Frederic Luján

Morbide Faszination

Roman

Aus dem peruanischen Spanisch von
Hannes Köhler

Die vorliegende Publikation ist in der *Deutschen Nationalbibliothek* registriert.
Die bibliographischen Details sind auf der nachfolgenden Webseite
veröffentlicht http://dnb.d-nb.de

Titel: Morbide Faszination
Titel der Originalausgabe / Spanisch: Mórbida fascinación
Alle deutschen Rechte vorbehalten
Herstellung und Verlag: BoD - Books on Demand, Norderstedt
Printed in Germany
Auflage, 2016
© Frederic Luján, 2016
www.fredericlujan.com

Übersetzung: Hannes Köhler
Lektorat: Paula Fernández Gómez
Foto des Autors: © Frederic Luján, Deutschland
Coverfoto: Neufra, Internet http://piqs.de/fotos/55353.html

ISBN 978-3-7431-0626-0

Biographie

Frederic Luján wurde 1957 in Gießen geboren. Er ist zweifelsohne eine der originellsten Stimmen der neuen spanischsprachigen Literatur. Er lebte lange Zeit in Peru. Er studierte Betriebswirtschaftslehre und arbeitete als Berater, Seminarleiter und Universitätsdozent in dieser Disziplin. Er hat für peruanische Zeitungen und Zeitschriften geschrieben. Luján, der heute in Dresden lebt, sagt, dass das Schreiben ein Segen ist, der den Geist stärkt. Seine außerordentlichen narrativen Fähigkeiten bewies er mit seinem 2003 veröffentlichten Debütroman *¿Por qué a mí?*, der als *Meine Opfer* in Deutschland erschien, sowie nachfolgend mit *El expresionista*, *La dulce espera* und jetzt mit *Morbide Faszination* (spanischer Originaltitel: *Mórbida fascinación*), seinem zweiten großen Roman, in dem uns der Autor vom ersten Moment an mit seiner großartigen Erzählkraft und ihrem außergewöhnlichen Wechselspiel zwischen Tragik und Komik packt. Darüber hinaus veröffentlicht Luján weitere Artikel auf seinem literarischen Blog *Flujanz*.

Der vorliegende Roman ist ein Werk der Fiktion. Die Handlung und alle handelnden Personen sind frei erfunden. Jegliche Ähnlichkeiten mit lebenden oder verstorbenen Personen sind rein zufällig und unbeabsichtigt.

Frederic Luján

... Der schlimmste Feind des Menschen sind nicht Mikroben oder Krankheiten, es ist der Mensch selbst, sein Stolz, seine Gier, Anmaßung, Eitelkeit, Arroganz, seine Vorurteile und Dummheit. Dagegen, ja, dagegen ist bis heute keine soziale Klasse geimpft worden und kein System bietet Heilung ...

HENRY MILLER, *Der Koloß von Maroussi*

Inhaltsverzeichnis

Der Arztbesuch 13

Und was sage ich jetzt Laura? 36

Der Geburtstag 58

Erste Diagnose 78

Der Plan 118

Zehn Stunden mit Morbo 173

Das Gespräch 212

Ungewisser Zustand 278

Frederic Luján

Morbide Faszination

Roman

Aus dem peruanischen Spanisch von
Hannes Köhler

Der Arztbesuch

Im Grunde ahnte Tilo Medina, dass es etwas in seinem Innern gab, das wuchs, wie besessen wuchs, und ihn dazu antrieb etwas zu tun, obwohl er nicht wusste was oder wie.

„Also, Herr Medina, wissen sie was?", sagte der Arzt besorgt und bewegte seinen Kopf mit der weißen, dichten Mähne; er kratzte sich an der Stirn und fügte hinzu: „Ich weiß ehrlich gesagt gar nicht, was ich Ihnen sagen soll, aber ich glaube dieses Mal brüten sie etwas Ernsthaftes aus."
Tilo hatte schon immer eine schwache Konstitution gehabt: Eine Anfälligkeit für Grippe, Bronchitis, Sinusitis, Migräne und in letzter Zeit diese beinahe chronische Müdigkeit mit einem Schwächegefühl in den Muskeln und Gliedermaßen. Dieses Mal schien auch sein Arzt besorgt zu sein, da er fürchtete, dass in seinem Patienten eine seltene Krankheit am Werk war, zu deren Behandlung ihm, als Allgemeinmediziner mit einer Spezialisierung als Chiropraktiker und einer Fortbildung in Akkupunktur in Nanjing-China, die nötigen Kenntnisse fehlten. Während er sich mit Tilo unterhielt, richtete er sich das Haarbüschel,

das immer in seiner Stirn hing. Er nahm alles auf, was Tilo ihm sagte, und beobachtete gleichzeitig die Reaktionen und das Verhalten seines Patienten.

„Ausbrüten? Haben Sie ausbrüten gesagt?", fragte Tilo. „Aber ich bin doch kein Huhn, Herr Doktor. Was meinen Sie?"

Tilo lachte, ganz der vergnügte Spaßvogel, der nicht mit dem Schlimmsten rechnen wollte.

Tilo hasste diese gezwungenen Besuche bei Hunderten von Doktoren, die ihm seine Frau Laura – in ihrer Übervorsicht in Fragen der Gesundheit und Präventivmedizin, Naturheilkunde, Homöopathie, Diätkost und solcher Sachen – stets aufnötigte. Obwohl er sie abgöttisch liebte und immer versuchte sie zufriedenzustellen – nach mehr als 20 Jahren Ehe – dachte er: *Ach du, meine Geliebte, warum nur! ... Du hättest mich lieber in Ruhe Kafkas 'Verwandlung' lesen lassen sollen, und vielleicht hätte ich mich auch in einen Käfer verwandelt.*

Die Literatur faszinierte Tilo, er nannte sie eine gute Art, sich in die Seele zu schauen. Er bedauerte es immer, dass er nicht die Karriere eines Schriftstellers gewählt hatte, obwohl er nie den Mut gehabt hatte etwas zu schreiben. Es war bereits mehr als drei Jahre her, seit er als Unternehmensberater das Handtuch geworfen hatte. Finanziell ging es ihm nicht schlecht, da er als einziger Sohn von seinem Vater – Don Isózimo Medina Ramírez, einem bekannten peruanischen Immobilienmakler – ein Vermögen geerbt hatte, das ihm und seiner Frau Laura für den Rest ihres Lebens eines gutes Auskommen erlaubte.

Tilo war eine dieser optimistischen, vergnügten, gutmütigen Personen, die es bevorzugten das Glas immer halbvoll zu sehen; und in letzter Zeit hatte er festgestellt, dass er stark war und ein dickes Fell hatte, wenn es um Schmerzen ging. In seinen Augen waren die Krankheiten etwas, das man mit dem Kopf bekämpfte. Ganz im Gegensatz zu seiner Frau, der es gefiel ständig von ihren Leiden zu sprechen und übertrieben auf sich achtzugeben; „pass auf, was du isst!", pflegte sie zu sagen, „schau mal, jetzt muss ich zum Ayurveda und dann zum Wellness"; *Functional Food, Anti-Aging*-Medizin, *Chi Kung, Feng Shui, Tai Chi, Reiki* und all diese Behandlungen mit sonderbaren orientalischen Namen, die von einigen genutzt und von anderen kommerzialisiert wurden, waren für Laura wundervolle Hilfsmittel. Ständig sagte sie Tilo, dass er dieses oder jenes nehmen solle, denk daran, dass ich heute einen Termin beim Augenarzt habe, warum wächst mir da dieser Pickel; hier zum Zahnarzt, dort zur Massage und solche Sachen.

Und obwohl er sich bei diesen Fragen gerne taub stellte, hatte Tilo seit einiger Zeit auch den Verdacht, dass etwas in seinem Körper nicht gut funktionierte. Seine Gliedmaßen, vor allem die Beine, reagierten nicht mehr wie früher: er bewegte seine immer schwerfälliger werdenden Füße wie ein Galeerensklave, war immer müde, erschöpft, so als ob er einen kiloschweren Klotz zöge, der an seinen Füßen befestigt war.

Er war nervös. So sehr er sich auch dazu zwang die negativen Gedanken zu vermeiden, in seinen Kopf wuchs ein Gestrüpp aus Vermutungen, dass ihn nicht zur Ruhe kommen ließ.

„Aber Doktor Rossmann! Meinen sie nicht vielleicht, dass es sich eher um eine verschleppte Grippe handelt? ... Wissen sie, nämlich, eine von denen, die in diesen harten Wintern immer in einem köcheln. Erinnern sie sich, dass ich jetzt bereits seit zehn Tagen dieses Antibiotikum nehme, mir fehlen nur fünf, dann war's das, dann ist es endlich vorbei." Er zeigte ihm die blau-grüne Verpackung des Medikaments und legte sie auf den Schreibtisch. „Dieses Schwächegefühl und die Schmerzen, die ich jetzt im Rücken und in den Beinen habe, verschwinden bestimmt nächste Woche, wenn ich mit der Behandlung durch bin, oder? Was sagen Sie, Herr Doktor?"

Tilo munterte sich selber auf. Aufgrund seines stets positiven Wesens, fiel es ihm schwer zu akzeptieren, dass es etwas Ernstes sein könnte. Er wollte der Krankheit keinen Vorteil gewähren, weil sie wie ein Feind ohne Vorwarnung gekommen war, plötzlich, mit starken, stechenden Schmerzen in seinem gesamten Körper, so als ob man ihn mit Tausend vergifteten Pfeilen beschoss, die seine Haut durchdrangen und seine Muskeln mit ihrer Ladung füllten.

Der Arzt sagte nichts, ganz der gute Mediziner, er beobachtete lediglich das Mienenspiel in Tilos ausgezehrtem Gesicht und sagte sich: *„Verdammt! ... Armer Kerl. War doch mal ganz füllig und rosig."*

Jetzt war Tilo dürr und hatte blaue Augenringe, die seine Augen so sauber umrandeten, dass sie tätowiert wirkten. Sogar die Haut eines Leguans sah gesünder aus als Tilos, sie war ganz porös, rau und verfärbt, so als ob er Gelbsucht hätte. Und seine Augen standen ihm aus dem Schädel hervor.

„Außerdem, Herr Doktor, glaube ich, dass mir so etwas vorher schon einmal passiert ist. Ich hatte ein Breitbandantibiotikum genommen, an dessen Namen ich mich jetzt unglücklicherweise nicht mehr erinnere, und das ist alles: ich werde wieder frisch sein, wie die Morgenröte.

Erinnern Sie sich, Herr Doktor Rossmann? Denken Sie bitte nach! Wie hieß dieses Medikament?"

Tilo überspielte sein Unwohlsein wie immer mit einem Lächeln. Aber das Gestrüpp aus negativen Vermutungen ließ ihn nicht los: *Scheiße! ... was soll das, mir zu sagen, dass ich was ausbrüte? Verdammt! Ich bin doch kein Huhn, das Eier legt. Wenn er will, nehme ich jetzt weiter diese blau-grünen Pillen und alles was er möchte, und womöglich verwandle ich mich tatsächlich in ein Leghorn und lege sogar goldene Eier ...*

Ein kurzes Lachen brach aus ihm hervor.

So war er: Er nahm sich selbst nicht ernst. Er schaute sich die Verpackung des Medikaments an, so als sähe er sie zum ersten Mal. Und der Arzt schaute ihn an, so als wolle er sagen: *und was ist jetzt mit ihm los?*

Es war diese spezielle Art das Leben zu sehen und sich zu verhalten, seine Unbekümmertheit, die ihn stets zu solchen Reaktionen trieb. Vielleicht entschied er sich aus deshalb dazu die hypochondrische Ader seiner Frau Laura zu ignorieren, besonders wenn sie ihm zum Beispiel sagte er solle zum Institut für Tropenmedizin in Dresden gehen, um sich genauer durchchecken zu lassen, er werde am Ende noch einen dieser sonderbaren Viren haben, oder Bakterien, Bazillen, Keime, Mikroben, die sich bei ihm eingekapselt hätten; oder er solle nach Berlin, solle es ausnutzen, dass sie dort auch Unterwassermassagen anböten; und er solle in acht nehmen vor Stomatitis, Kolitis, Sinusitis, Bronchitis, Konjunktivitis ... *Genug, genug, Laura, bitte!, als nächstes behauptest du, dass ich eine Metastase (oder Metastasitis?) habe, und schleppst mich zum Institut für Nuklearmedizin,* dachte er ironischer weise und schaute den Arzt an, ohne allerdings etwas zu sagen.

Um Tilo besser zu verstehen, muss man wissen, dass es ihm eine mentale Befreiung bedeutete, seine Gedanken mit den Büchern zu verbinden, die er las.

Mal sehen, ob du mich wie den eingebildeten Aristokratenjüngling Julius von Alfredo Bryce Echenique behandelst ... ha ha ... und er begann sich von *Manongo* inspirieren zu lassen, einer anderen Figur desselben Autors.

Die Realität war, dass er dort in der Praxis seines Arztes saß, weil er seit circa fünf Monaten Schwierigkeiten damit hatte, die Bewegungen seiner Füße, Arme und Hände gut zu koordinieren. Morgens, beim Aufstehen, erwachte er mit gebrechlichem Körper, insbesondere tauben Beinen und Rücken.

Zweifelsohne zog er es vor, starrköpfig wie er war, zu denken, dass sich um banale und unwichtige Dinge handelte, die vermutlich etwas damit zu tun hatten, dass er in einer Woche fünfzig Jahre alt wurde. *Natürlich, Mensch, das muss es sein, ich werde einfach ein bisschen pummelig, das ist alles. Mein Geburtstag, wie schön, den werde ich ordentlich feiern!* dachte er freudig, im selben Augenblick in dem er seinen Blick durch das Sprechzimmer schweifen ließ, wie ein Verurteilter, der das erste Mal seine Zelle betritt. Was er wirklich schrecklich fand, war dieser Geruch nach medizinischem Alkohol, gemischt mit weißgottwelchen Mikroben, Bakterien oder mikroskopischem Ungeziefer, die die anderen Patienten sicher an diesem Ort verteilt hatten.

Als er sah, wie der Doktor konzentriert in seiner medizinischen Historie las, ganz so als sei es einer dieser Romane, die dich daran zweifeln lassen, ob der Held der Geschichte überlebt oder nicht, versuchte er ihn abzulenken, um zu schauen, ob er nicht plötzlich seine Meinung änderte:

„Doktor Rossmann, Sie, der Sie in China gewesen sind, um zu lernen, wie man Patienten mit Näh- und Stecknadeln piekst und all dieses Zeug, denken sie nicht, wir sollten lieber auf Mutter Natur vertrauen? Manchmal lösen sich die Sachen ganz von alleine, auf ihre eigene Weise. Oder? ... Was sagen Sie? Glauben Sie mir Doktor, Sie werden sehen, dass ich mich bald wieder bewege wie ein Wurm, der nach einem stürmischen Regentag sein Versteck verlässt ... hehehe", und wie immer war die Hälfte aller Wörter im Scherz gesagt.

Der Doktor, ein umsichtiger Mann der alten Schule, der nicht das geringste Anzeichen machte, dass er die Anspielung verstanden hatte, hob seinen Kopf und auch ein klein wenig seine Mundwinkel, so als wolle er sagen, dass er ihm hier nicht den Spaßvogel machen solle, und er sagte:

„Sehr komisch, sehr komisch, aber *Fakt ist Fakt!*" Er liebte es diesen Halbsatz zu wiederholen. „Und würden Sie mich jetzt ihre Patientenakte zu Ende lesen lassen?" Er vertiefte sich wieder in die Papiere. Er wickelte mit dem Zeigefinger die Locke auf, die immer über seiner Stirn hing, so als wolle er einen Knoten lösen.

„Herrje, entschuldigen Sie, Herr Doktor, es war ja nur ein Vorschlag, lesen Sie weiter ..."

Tilo wusste jetzt nicht mehr, wohin er schauen sollte, was tun, wie sich verhalten. Er schaute auf das Fensterbrett hinter dem Arzt, schaute sich die Bibliothek an, die voll von Büchern mit sonderbaren Namen war, er schaute und schaute. Plötzlich spürte er, wie sein Körper begann zu erstarren, genau wie eine Tüte voller Wasser, wenn man sie in einen Gefrierschrank steckt. Es war dieser neue Feind, der sich wieder einmal mit tödlichen Symptomen ankündigte. Tilo konnte nicht lange ruhig in einer Position verhalten, er fühlte sich gefangen in seiner eigenen Muskelmasse, die hart war wie der Panzer einer Schildkröte. Es linderte jedes Mal die Leiden, oder bessergesagt die Erstarrung, wenn er seine Haltung veränderte.

Obwohl der Doktor bemerkte, dass er unbequem und ungeduldig war, zog er es vor mit seinen Erläuterungen fortzufahren:

„Also, schauen Sie, das einzige, was ich vorgebe, ist ihnen die eindeutigen Dinge zu sagen, mit einer Basis, *Fakt ist Fakt,* Herr Meduna, Entschuldigung ... Medona? Modina?" Er hatte die schlechte Angewohnheit die Namen seiner Patienten schnell zu vergessen, und wenn das passierte, schaute er ins Leere und spielte stets mit seiner Locke.

„*M-e-d-i-n-a*, Herr Doktor, *M-e-d-i-n-a*", korrigierte ihn Tilo, indem er ihm den Namen buchstabierte; außerdem schrieb er es in großen Druckbuchstaben auf einen Zettel und legte ihn auf den Tisch. Immer wenn Tilo das weiße Haarbüschel betrachtete, das über der Stirn des Doktors hing, als habe es ein Eigenleben, versetzte ihn seine blühende Phantasie vor eine Medusa mit tausenden weißen Schlangen, die über dem Kopf wimmelten.

„Sie haben Recht", antwortete der Doktor, „ich bitte Sie um Verzeihung, das muss daran liegen, dass ich ins Rentenalter komme ..." Er schnappte sich den Zettel und wiederholte den richtigen Namen zwei Mal bedächtig: „M-e-d-i-n-a, M-e-d-i-n-a ... so spricht man das aus, oder?"

„Perfekt, Herr Doktor, sehr gut!", bestätigte Tilo, so als handle es sich um einen Schüler. „Denken Sie immer an die offenen Vokale *e-i-a*, und Sie werden sehen, dass Sie ihn nie wieder vergessen." Jetzt betrachtete Tilo das große, verchromte Stethoskop, das vor der Brust des Mediziners hing, und er dachte an Weißgottnichtwas.

„Gut, gut ... jetzt ist es gut. Ich wollte Ihnen nur sagen, dass was sie haben, kein Spiel ist. Wenn jetzt nichts passiert, dann fürchte ich, dass Sie nicht wieder frisch sein werden, wie die Morgenröte, wie Sie das ausdrückten, sondern sich auch sicher nicht wieder wie ein Wurm bewegen können. Wissen Sie, jetzt, wo ich Ihre Krankengeschichte studiere, denke ich, dass sich Ihre Situation schnell verschlechtern könnte, wenn wir nicht umgehend handeln. Außerdem beunruhigt mich diese Erstarrung mit einer Verminderung der Sensibilität, die Sie oft in den Beinen und Armen verspüren. Natürlich kann das an vielen anderen Faktoren liegen, wie zum Beispiel an der degenerativen Arthrose, die sich in Ihrer Wirbelsäule zeigt, im Speziellen im Nackenbereich, und die einige ihrer peripheren Nervenbahnen in Mitleidenschaft ziehen könnte; oder es könnte auch auf eine nicht genauer definierte rheumatische Arthritis oder eine Reaktion auf eine Immunanomalie oder eine Immunerkrankung zurückzuführen sein. Jedenfalls ... ich hoffe, dass Sie mich jetzt verstehen, oder? Ihre Anamnese ist kompliziert und alles andere als einfach."

Tilo hatte diesen medizinischen Ausdruck vorher bereits gehört, was ihm jetzt aber sonderbar erschien, da seines Wissens nur Menschen ab achtzig aufwärts daran litten.

„Wie bitte? Wollen Sie andeuten, dass ich auch noch meine Erinnerung verliere?"

„Aber nein, was für Ideen Sie haben, Herr Medina... *HO-HO-HO*", als Reaktion auf Tilos lustige Antwort, stieß der Doktor ein Gelächter aus wie der Weihnachtsmann. „Also wirklich, Sie sind einfallsreich. Ich meine nicht Amnesie, sondern *Anamnese*, das sind zwei verschiedene Sachen. Anamnese bezeichnet das Zusammenbringen aller persönlichen, erblichen und familiären Informationen eines Patienten im Rahmen einer Untersuchung. Das ist alles. Verstehen Sie mich jetzt, Herr Medino? Verzeihung! Ich meine Medina!"

„Ach gut, zum Glück. Ich hatte schon befürchtet, dass ich jetzt auch noch krank im Kopf bin, Herr Doktor", antwortete Tilo erleichtert.

„*HO-HO-HO* ... Sehr witzig, sehr witzig!" Der Doktor dröhnte weiter wie der Weihnachtsmann. „Ich rate Ihnen jedenfalls dazu, sich ruhig auch ein wenig mehr im neurologischen Feld untersuchen zu lassen; Sie wissen schon: die spezialisierte Medizin mit Tomographie- und Magnetresonanz-Analyse, Überprüfungen der Nervenleitgeschwindigkeit, Elektromyographie und all diese Techniken, mit denen einige meine Kollegen arbeiten. Und denken Sie auch daran, dass es Ihnen nicht schaden würde sich von einem Internisten untersuchen zu lassen. Die letzten Hämoglobin-Analysen sind katastrophal: Ihre weißen Blutkörperchen gönnen sich auf Kosten der roten gerade ein Festmahl, und ich würde vermuten, dass sich das, selbst wenn wir Ihre komplizierte Anamnese außen vor lassen, zu einer bösartigen galoppierenden Anämie entwickeln könnte. Hören Sie! Wenn Sie so weitermachen, versichere ich Ihnen, dass Sie in drei Monaten nicht mehr aus dem Bett hochkommen. Außerdem sollten wir auch die Leukozyten, Proteine und die Eisenwerte untersuchen, die ganz schön erhöht sind, und den Blutzucker; ich sage Ihnen: den hatten Sie noch nie so niedrig wie jetzt."

Tilo brach der kalte Schweiß aus. Er fühlte sich schlimmer als am Anfang. Je weiter die Unterhaltung voranschritt, desto überzeugter war er davon, dass er den Teufel in sich trug, und dass er ihm langsam den Organismus zerfraß, so wie ein Holzwurm das Holz. Und er dachte an seine Füße, die immer schwerer wurden, schläfrig, so als würden sie langsam sterben; oder schlimmer: als würden sie sich ablösen, mit dem Knochen und allem. Er grub seine Finger mit aller Kraft in seine Oberschenkel, um sich zumindest für einen Augenblick von diesem unangenehmen Gefühl abzulenken.

Nein, bitte! Du! Schon wieder! Lass mich in Ruhe! Warum, warum?, und er behandelte die Krankheit, als ob sie eine Person wäre.

Kurz danach begann ihn eine stechende, starke elektrische Strömung zu durchfluten, die in der Taille begann und hart in seinen Füßen auslief. Er verbarg seine Beschwerden, und ohne, dass der Doktor es merkte, rieb und massierte er pausenlos seine Oberschenkel. Nichts nervte ihn mehr, als wenn man Mitleid mit ihm hatte.

Der Doktor, konzentriert auf seine Berichte und das aufnehmend, was er ihm vorher gesagt hatte, fuhr fort:

„Ah ja ... hier ist es, ich hab es gefunden, das waren die Daten, die mir gefehlt haben: Das Medikament heißt *Doxycyclin*. Es ist sehr gut." Er überflog sein Vademekum: ein Buch, das mehr wie ein riesiger Backstein aussah. „Sie haben Recht, Sie hatten einmal ganz ähnliche Symptome, nur dass Sie damals Probleme mit den Bronchien hatten, auch wenn Sie ebenfalls etwas am Rachen hatten, was sich dann verkomplizierte und zu Aphten im Mund führte."

So analytisch wie er war, ließ er einen Augenblick seine Notizen sinken und indem er ihn mit einem Blick anschaute, der ihm bis ins Knochenmark drang, sagte er: „Ja, das ist es! Ich erinnere mich sehr genau: Sie hatten viele Aphten, haben Sie die vielleicht immer noch?"

Tilo zuckte mit den Schultern, so als sei es alles Mögliche, nur nichts Ernstes.

„Keine Ahnung, ich glaube schon. Ich hab sie ständig, das sind so winzige Wunden, rund, aber sie tun nur weh, wenn ich etwas Scharfes oder Saures esse. Und das mir, der mir Tacos mit Chili so gefallen, oder diese leckeren Rollmöpse mit eingerollten Essiggurken."

Der Doktor konnte kaum glauben, dass es eine Person gab, die so nachlässig und schusselig mit ihrer eigenen Gesundheit umging. Er legte seine Stirn in Falten, öffnete seine erfahrenen Augen und antwortete:

„Aha! Das ist es also, Herr Medina, wahrscheinlich ist das der Grund für Ihr Unwohlsein. Also, ich weiß nicht recht, wie wäre es, wenn wir noch ein bisschen genauer diese …" Er unterbrach sich, und forderte Tilo mit einem an den Enden abgeflachten Holzstäbchen dazu auf, den Mund zu öffnen: „Mal sehen, mein Lieber, öffnen Sie Ihren Mund mal für mich, strecken Sie die Zunge raus und machen Sie *AHHHHHHHHH,* damit ich was sehen kann."

Er konzentrierte sich so sehr auf die Untersuchung, dass er selbst ebenfalls den Mund halb öffnete; nur dass die Position in der er sich befand, mit leicht vorgebeugtem Oberkörper stehend, begann ihm unangenehm zu werden, sodass er es vorzog seinen bequemen Stuhl heranzurücken und den Vorgang zu wiederholen.

Das Gesicht des Doktors war so nahe, dass Tilo sogar den Linseneintopf aus seinem Mund riechen konnte, den er zum Mittag gegessen hatte.

Diese Situation ließ ihn immer verzweifelter werden. Aber als Liebhaber der guten Literatur, versuchte er seine Verzweiflung dadurch zu überwinden, dass er darüber nachdachte, wie die fesselnde Geschichte von *Gregor Samsa* wohl enden mochte, der sich in Kafkas *Verwandlung*, die Tilo vor einigen Tagen zu lesen begonnen hatte, in einen gigantischen Käfer verwandelte. Aufgrund seiner blühenden Phantasie und der Leichtigkeit, mit der er sich in andere Dinge vertiefen konnte, begann er in diesem kurzen Moment mit der Hauptfigur der Erzählung *Nabo, der Neger, der die Engel warten ließ* von García Márquez eine weitere gedankliche Vermischung zu entwerfen. Der Einfluss der Literatur auf Tilo war so groß, dass er eines Tages imaginärer weise sogar den Kopf seiner Frau Laura abtrennte, um ihn durch jenen von Flora Tristán zu ersetzen – der Heldin des Romans *Das Paradies ist anderswo* von Vargas Llosa – einfach weil es ihn fasziniert hatte, wie sie beschrieben wurde: Eine charakterstarke, mutige Frau, die, in seinen Augen, für wirklich noble und gerechte Ideale kämpfte.

Die Kreationen seiner Imagination waren so lebendig und ideenreich, dass es ihm manchmal schwer fiel nicht den Faden zu verlieren. Da sie immer präsent waren und mit ihm lebten, aber ohne dass er sie formen konnte, passierte es, dass sie sich schnell im Durcheinander der alltäglichen Pflichten verloren.

„Hm, wie ich vermutet habe! Hier sehe ich eine andere, große Aphte", sagte der Doktor besorgt, während er beharrlich in der Mundschleimhaut herumwühlte. „Aber wie können Sie das aushalten? Haben Sie keine Schmerzen? Sie können jetzt den Mund schließen, mein Bester!"

Aber Tilo achtete nicht auf ihn, sondern dachte mit geöffnetem Mund weiterhin an die Figur *Samsa* und stellte sich vor, ihn am besten gemeinsam mit dem Schwarzen *Nabo* zum Schlafen in den Stall zu schicken.

Er hatte den Doktor vollständig ignoriert und, was noch schlimmer war, seinen Unterkiefer weit nach unten hängen lassen, sodass er wie eines dieser Sumpfkrokodile aussah, das mit geöffneter Schnauze und geschlossenen Augen unter der Sonne döste, während er sich fragte, ob Doktor Rossmann mit seinen gekräuselten Haaren, die ihm stets vom Kopf herabhingen, nicht eher ein immenses Insekt sei, genauso wie jenes bei Kafka.

„Herr Medina, hören Sie mir bitte zu!" Da er immer noch nicht ganz bei sich war, erhob der Doktor seine Stimme und schüttelte ihn an der Schulter. „Ich habe Ihnen gesagt, dass Sie den Mund jetzt wieder schließen können… AUFWACHEN! AUFWACHEN!", rief er.

Kurz nachdem er Tilo den ein oder anderen Klaps auf die Wange gegeben und seine Schultern gerüttelt hatte, schloss dieser seinen Mund wieder, schluckte und blinzelte ein wenig.

„Ja, ja, was denn, was denn? Wo bin ich, wo bin ich? Und wo ist Gregor Samsa?", wiederholte er, noch ganz in seine Träume vertieft; seine Gesten deuteten Unbehagen an, er schloss die Fäuste, die wie versteinert wirkten.

Wenn er in Traumwelten abtauchte, was immer häufiger geschah, vergaß er für gewöhnlich alles um sich herum, sogar den Schmerz, der ihn immerzu quälte.

„Aber ... wer ist denn dieser Gregor, Gregor Samsa? Von wem reden Sie", fragte ihn der Doktor, während er seine eigenen Schlüsse zog: *Du grüne Neune, der Arme, das muss der Blutzucker sein, der ist sicher im Keller.*

„Ähm ... Verzeihung ... wie bitte?", antwortete Tilo. Er blinzelte und befeuchtete seine Lippen, die verschrumpelt waren wie eine Rosine.

Aber der Doktor wollte diesen *Gregor Samsa* und die gigantischen Insekten lieber nicht mehr erwähnen, von denen Tilo zuvor gesprochen hatte, aus Angst, er könne wieder mit seinen Verrücktheiten beginnen.

„Ich fragte Sie, wie Sie diese Aphten oder Geschwüre und Wunden aushalten können, die Sie im Mund haben. Ich weiß nicht, ob ich mich jetzt klar genug ausdrücke?"

„Aphten?", antwortete Tilo, so als habe er diesen Ausdruck noch nie gehört.

Erst nachdem er selbst mit seiner Zunge all die Wunden überprüft hatte, die sich in seinem Mund befanden, war es, als ob er den Fokus zurück gewänne und den Gesprächsfaden wieder aufnehmen konnte.

„Ah ja, Aphten! Jetzt erinnere ich mich, kein Problem Herr Doktor, die hab ich ständig. Haben Sie zufällig diese hier gesehen, unter der Zunge? Die ist so groß wie 'ne weiße Bohne. Schauen Sie!"

Er sperrte erneut seine acht Zentimeter Mundraum auf und indem er mit dem Zeigefinger darunter fuhr, hob er ein wenig die Zunge, die mit den Narben vergangener Aphten übersät war, um dem Arzt zu zeigen, was sich darunter verborgen hielt.

„Aber zum Glück tut es nur weh, wenn ich mir die Zähne putze, deswegen benutze ich auch *ELMEX Ultra Sensitive*. Die hat mir meine Frau Laura empfohlen, die ist sehr gut. Ich hab sie mir pur in die Wunden geschmiert wie eine Salbe und sie hat gewirkt wie ein Wundermittel."

„Schön, das ist gut, aber wir sollten jetzt nicht vom Thema abweichen, dagegen verschreibe ich Ihnen besser *Recessan*, darin ist *Polidocanol* ..."

„Poli-Was?" Eine Falte furchte Tilos Stirn.

Der Doktor beachtete ihn kaum.

„Vergessen Sie es am besten gleich wieder. Gehen Sie zur Apotheke und tragen Sie sie einfach auf. Ah, und für die Nacht, wissen Sie, sollten Sie die prophylaktischen Mundspülungen mit *Salviathymol*-Tropfen nicht vergessen. Die sind sehr gut, ich glaube, dass ich hier auch noch Proben habe ..." Er drehte seinen Stuhl etwas nach links, beugte ein wenig den Rumpf und zog aus einer Schublade zwei Schachteln hervor, die er Tilo schenkte.

„Danke, Doc, Sie sind auch sehr gut; die werde ich heute gleich nehmen", sagte er, wie immer mit dem Lächeln eines sorgenfreien Mannes im Gesicht. Anschließend schaute er den Doktor so an, als wolle er ihn um etwas bitten: „Ähm, Sie haben nicht zufällig noch ein paar andere Sachen hier? Also ... ich meine, damit diese nervigen Wunden nicht wieder auftauchen, Herr Doktor. Denn ich wollte die Zeit nutzen, um Ihnen das auch noch zu sagen ..." Da er in letzter Zeit ständig alles vergaß, zog er aus der Hemdtasche einen Zettel hervor, auf dem ihm seine Frau alle Dinge aufgeschrieben hatte, die er fragen sollte. „Ah ja, hier steht's, meine Frau hat mir alles aufgeschrieben: wenn diese lästigen Wunden auftauchen, dann fühle ich mich auch schwach und grundsätzlich unwohl, so vier, fünf Tage bis eine Woche, Herr Doktor. Ist das normal und was soll ich tun? Oder ist das am Ende eine Allergie wegen all der Bananen, die ich morgens esse, oder der Erdnüsse am Abend, während ich meine Bücher lese? Apropos Bücher, Sie haben nicht zufällig *Die göttliche Schnepfe* von Sergio Pitol gelesen? Das ist großartig, ich empfehle es Ihnen!" Tilo wollte jetzt nicht mehr über Krankheiten oder Unwohlsein sprechen.

Wegen der Schmerzen, die in seinen Gliedmaßen immer stärker wurde, begann er sich wie eine Aufziehpuppe zu bewegen. Er überschlug erst das eine Bein, dann das andere, wechselte die Haltung, wippte mit den Füßen und kreiste die Hüften, um herauszufinden, ob dieses kalte und harte Gefühl in den Füßen verschwinden würde, aber alle Mühen waren umsonst. Für Augenblicke lief ein Kribbeln durch seine Hände, die zitterten wie bei einem Alkoholiker, der seine Flasche braucht. Er wollte auch nicht, dass der Doktor es bemerkte, da er Angst hatte, dass dies die Sprechstunde verlängern würde. Denn schließlich war Tilo eigentlich nur hingegangen, um seine Frau zufriedenzustellen, die in den letzten zwei Wochen zu jeder Zeit des Tages insistiert hatte, du musst, du musst, du musst, denn sonst passiert dir etwas, und all diese Sachen.

Aber die Schmerzen und das Unwohlsein, das er in diesem Moment fühlte, waren so intensiv, dass er es gerade noch schaffte dem Doktor in einem weinerlichen Ton zu sagen:

„AU! Ich halte es nicht mehr aus, zu Hilf ..." Aber er schaffte es nicht mehr, den Satz zu beenden.

Es war ein Schmerz, wie er ihn noch nie erlebt hatte, der ihm tückisch durch Rücken und Beine fuhr, so als ziehe jemand einzeln an jedem Nervenstrang in seinem Körper.

Paradoxerweise begann er in seinem Innern auch eine andere Energie zu spüren, die wuchs und wuchs, wie ein Körper im Körper, der dort zu bleiben schien, heimlich und versteckt, so als wolle er ihn einladen ein Rätsel zu lösen.

Verdammich, aber warum reagiere ich so, was passiert mit mir?, fragte er sich, ohne wirklich zu wissen, was er tun oder wie er reagieren sollte. Es waren diese Eingebungen, die ihm stets wie Blitze durch den Kopf schossen, so als wollten sie ihm einen Hinweis geben, oder vielleicht, wer wusste das schon, um allem eine Form zu geben, einen Namen. Während er an andere Dinge dachte, suchte er unterbewusst nach einem Fluchtweg, aber der Schmerz folgte ihm trotzdem überall hin.

So sehr sich sein Körper auch vor Schmerzen wand, verdrehte und bog wie eine Schlange, seine Gesichtszüge verloren weder ihre gewöhnliche Unerschütterlichkeit noch ihren Optimismus: Mit entspannten und weichen Kiefermuskeln und Wangen, einer glatten Stirn und einem Blick, so als sei er kurz davor das Licht der Hoffnung am Ende des dunklen Leidenstunnels zu entdecken.

Obwohl Doktor Rossmann Tilo und seine häufigen Ausbrüche seit mehr als acht Jahren kannte, seine Ablenkungen und Scherze, die ihn manchmal daran zweifeln ließen, ob er es ernst meinte oder nicht, hatte sein Patient ihn diesmal so sehr erschreckt, dass er so laut brüllte, dass seine Stimme das ganze Zimmer ausfüllte:

„WAS IST JETZT? WAS HABEN SIE? WAS PASSIERT MIT IHNEN?" Und der Arzt sprang von seinem Stuhl auf, sodass er beinahe alles herunterwarf, was auf seinem Tisch lag, er packte Tilo an seinem sich windenden Nacken und versuchte ihn mit dem anderen Arm so gut es ging an Brust und Taille zu halten, bevor er zu Boden stürzte und sich verletzte. Zum Glück reichte die Zeit noch, um seine Krankenschwester über die Sprechanlage zu rufen.

Es waren noch keine fünf Sekunden vergangen, da erschien auf der Türschwelle bereits der Körper einer beinahe einen Meter achtzig großen Frau, stämmig und mächtig, eine dieser Frauen, die alleine durch ihren Blick Respekt einflößte.

„Sehr gut, Frau Ochsenknecht, kommen Sie, helfen Sie mir bitte mir Herrn Medina, wir werden ihn auf die Liege legen", schlug der Doktor vor. Die Beiden arbeiteten seit über zwanzig Jahren zusammen.

„Keine Sorge, Herr Doktor, lassen Sie mich das am besten machen, ich hab da meine Tricks", antwortete Frau Ochsenknecht.

Sie hatte den Bizeps und die Oberarme eines Ringkämpfers; nur ihre helle, trillernde Stimme passte so gar nicht zu so einem Körperbau; zudem hatte sie vor kurzem einen Kurs in Intensivmedizin belegt, so wie ihn auch die Sanitäter der Bundeswehr absolvierten, bevor sie in Krisengebiete wie Afghanistan, den Irak und Uganda geschickt wurden.

So packte die Krankenschwester Tilo und hob ihn mit einer Bewegung hoch, so als sei er ein Stofftier, legte ihn vorsichtig auf der Arztliege ab und bettete seinen Kopf auf die Kopfstütze.

„Ah, sehr gut! Immer mit der Ruhe, Frau Ochsenknecht, Vorsicht, Vorsicht!", warnte sie der überraschte Doktor, denn trotz all der Jahre, die sie zusammen arbeiteten, war er immer wieder überrascht von der Wucht die sie immer an den Tag legte, wenn sie ihm zur Hand ging. Während er ihr dabei half es Tilo auf der Arztliege bequem zu machen, starrte er auf einen Eckschrank voller medizinischem Gerät. „Perfekt, und könnten Sie mir jetzt die Injektionsspritze Nummer 20 geben, eine von diesen, die ich in dem weißen Schrank habe ...", und er begleitete seine Worte mit einem Blick dorthin, das Kinn erhoben. „Ich werde Ihnen eine Ampulle Metamizol mit einer konzentrierten Dosis Vitamin B12 injizieren, um zu schauen, ob sich Ihre Nerven ein wenig revitalisieren und die Entzündung abklingt." Er konnte sogar mit den Fingerkuppen fühlen, wie die Nerven in Tilos Rücken pochten. „Um Gottes Willen! Das ist ja komplett verhärtet!" Er schüttelte den Kopf, ohne die Haarlocke in Ordnung zu bringen, die immer über seiner Stirn hing.

Während Tilo tapfer durchhielt und die Lippen aufeinander presste, massierte ihm die stämmige Krankenschwester den rechten Fuß, so als würde sie Teig kneten.

„Ja, ja ... ist schon gut, ist schon gut!", flüsterte sie weich in sein Ohr und befeuchtete dabei sein Muschel; *das macht ihr Dialekt*, dachte Tilo, dem es schien als rolle sich beim Sprechen ihre Zunge auf, und während er das alles dachte, trocknete Schwester Ochsenknecht ihm schon mit der Hand die Stirn, von der die Schweißtropfen wie Kondenswasser perlten.

Als der Doktor bemerkte, dass Tilo begann wieder etwas ruhiger zu atmen, machte er sich lieber daran die ersten Instruktionen zu geben:

„Ich werde Ihnen jetzt direkt einen Einweisungsschein in die Neurologie des Städtischen Krankenhauses Dresden-Neustadt schreiben, denn wie ich vorhin bereits sagte, scheint mir das eher eine systemische Erkrankung mit schweren neurologischen Folgen zu sein ... verstehen Sie mich Herr Medino, Medini, Meduno?" Die Spannung des Augenblicks ließ ihn erneut den Namen verwechseln.

Tilos ließ seinen Kopf zurück auf die Kopfstütze sinken und aß aus Verzweiflung ein Stück des Papiers, das seine Liege bedeckte. Der Schmerz war so intensiv, dass ihm jetzt nicht einmal mehr das half, was er über die Verwandlung von Kafka gelesen hatte.

Ich bin am Arsch!, war das einzige, das ihm durch den Kopf ging. *Ach nein, drauf geschissen. Ich feiere trotzdem!* Obwohl er sich unter Qualen bog, war sein fünfzigster Geburtstag etwas, das er nicht vergessen konnte. Während er sich auf eine Seite drehte und den Hintern weich machte, damit die Nadel der Injektion richtig eindringen konnte, erinnerte er sich noch vage daran, was der Doktor ihm vor einer Weile gesagt hatte, und mit einer skeptischen Geste murmelte er nur noch einige Worte:

„Gut, wenn Sie es sagen, aber... wo befindet sich denn diese Quacksalberhütte, Verzeihung, dieses Krankenhaus und wie komme ich dorthin?"

„Keine Sorge, Herr Medina, ich werde Ihnen einen Transport organisieren. In Ordnung? Ruhen Sie sich für den Moment lieber ein wenig aus und warten Sie, bis die Injektion Wirkung zeigt."

Nachdem er ihm alles, was noch in der Ampulle verblieb, injiziert hatte, prüfte der Doktor Tilos Pupillen, die glücklich zu ihrer normalen Größe zurückgekehrt waren, danach kontrollierte er Puls und Blutdruck und begab sich schnell zu seinem Schreibtisch zurück, um das ganze Bündel an Rezepten und am Ende auch die Einweisung auszufüllen, die er vorher erwähnt hatte.

„Fertig! Hier habe ich Ihnen hier auch *Voltaren Resinat* aufgeschrieben, abgesehen davon, dass es stärker ist als das *Dispers*, ist es auch sehr gut gegen Muskelverkrampfungen. Nehmen Sie es am besten zwischen den Mahlzeiten mit einem Dragee *Gastracid 20 mg*, so schützen Sie Ihre Darmflora. Ah, und vergessen Sie nicht, wenn Sie aus der Klinik kommen direkt hier vorbeizuschauen, damit wir sehen können, wie wir mit der Behandlung fortfahren, was Ihnen bestimmt auch schon die Experten aus der Klinik mitteilen werden. Ich glaube, wenn mich mein Gedächtnis nicht täuscht …" Sein Blick fixierte irgendeinen Punkt, wie um sich an etwas zu erinnern. „Dort arbeitet als Neurologe auch Herr Professor Doktor Jürgen Kaminsky. Ein sehr guter Mensch, eine wirkliche Koryphäe in dieser Disziplin … sehr exakt, sehr exakt."

Dank des lindernden Effektes des Metamizols, begann der stechende Schmerz in Tilos Taille und seinen Beinen langsam zu verschwinden, nur dieses sonderbare Gefühl, das er in seinem Innern verspürt hatte und das ihm auf gewisse Art geholfen hatte sein Unwohlsein zumindest teilweise zu neutralisieren, war immer noch da, eingekapselt, so als warte es auf seine Entdeckung.

„In Ordnung, danke, Herr Doktor. Aber Sie haben mir bisher immer noch nicht gesagt was ich habe, oder haben könnte", sagte er, eher verwirrt als ängstlich.

Er rückte mit größter Vorsicht an den Rand der Arztliege, die nicht einmal einen halben Meter breit war, und zog sich ohne den Hintern zu heben die Hose zurecht, die wie eine Latzhose an ihm herum baumelte, so sehr hatte er abgenommen; anschließend setzte er zuerst den linken Fuß auf den Boden, dann den rechten, er richtete seine Taille auf und streckte seine Arme in Richtung Decke, so als sei er gerade aus einem langen Albtraum aufgewacht.

„Ach, Herr Medina, aber nein! Nach dem was Sie tun, habe ich den Eindruck von Ihnen, dass Sie mir nicht zuhören", antwortete ihm der Doktor in einem Ton, so als ermahne er ihn wegen mangelnder Aufmerksamkeit. „Ich wiederhole Ihnen noch einmal: ich bin nicht sicher, aber ich glaube, dass Sie eine systemische Erkrankung haben, die, so scheint mir, auch die peripheren Nerven des Körpers betrifft." Während er sich die Hände mit einer milchigen Desinfektionsflüssigkeit wusch, beobachtete er seinen Patienten über den Spiegel, der über dem Waschbecken hing. „Es tut mir leid, und ich möchte ehrlich zu Ihnen sein: in all den Jahren, in denen ich meine Praxis habe, habe ich noch nie einen Fall wie den Ihren behandelt. Wirklich sonderbar. Aber machen Sie sich keine Sorgen, das ist jetzt die Aufgabe für die Neurologen des Städtischen Krankenhauses Dresden-Neustadt, und die werden wissen was zu tun ist." Und er schmierte seine Hände bis zu den Handgelenken mit einer Creme ein, die nach Rosen duftete.

Und was sage ich jetzt Laura?

Seitdem Tilo die Praxis verlassen hatte, war er nicht mehr derselbe. Dieses sonderbare Gefühl war geblieben, das mehr eine Obsession zu sein schien, und pochte dauerhaft in seinem Unterbewusstsein.

„Ich werde es herausfinden, ich werde es herausfinden", wiederholte er sich pausenlos und zermarterte sich den Kopf mit Gedanken, so als hingen davon nun seine Hoffnung und Zukunft ab.

Es war ungefähr fünf Uhr nachmittags, minus zehn Grad, die Luft eisig und die Straßen mit wattigem Schnee bedeckt. Es war Februar, der kälteste Monat des Winters. Er lebte in Radebeul, einem pittoresken Ort mit knapp Dreißigtausend Einwohnern, sehr bekannt für seine Weinberge, urigen Restaurants und touristischen Orte; es war der Ort, an dem der berühmte Karl May gelebt hatte, Erfinder des heldenhaften *Winnetou* und seiner Abenteuer im Wilden Westen.

Während er den Hang emporstieg – sein Haus lag am Fuß eines Hügel, direkt neben einem Weinberg – beobachtete er die Wohnungen auf der Anhöhe am anderen Elbufer, mit ihren Dächern in wechselnden Rottönen. Alles, was Tilo wahrnahm, verknüpfte er augenblicklich mit jenem sonderbaren Gefühl, das in seinem Innern pochte. Vor den stechenden, körperlichen Schmerzen, die ihm manchmal sogar das Gehen unmöglich machten, hatte er jedes Mal weniger Angst; letztendlich hatte er sich beinahe an sie gewöhnt.

Ich weiß wohl, was ich fliehe, aber nicht, was ich suche. In jedem Fall ist es besser, einen schlechten Zustand gegen einen ungewissen zu tauschen... Dieses Zitat des französischen Denkers *Michel de Montaigne* kam ihm ganz plötzlich in den Sinn.

Während er wie ein Schlafwandler durch eine steile Straße lief, versuchte er das Chaos seiner Gedanken zu ordnen.

„Aber natürlich, ist es nicht vielleicht eine Art Verschwörung meiner Seele, dass ich nun diese neue Reise unternehmen muss, die meine Krankheit ist?"

Er sprach mit sich selbst, mit gehobener Stimme, so als wolle er sich in diesem Moment zum Freund seiner Schmerzen und Leiden machen, sie mehr verstehen als abstoßen. Etwas sagte ihm, dass es nutzlos sein würde, wie gegen einen Feind mit einer Krankheit zu kämpfen, oder was auch immer er hatte, und genau deshalb war es besser, sie nicht wie einen Gegner zu sehen, sondern wie einen Verbündeten. Ja, das würde er sein, ein Verbündeter, ein Komplize jener Obsession, die ihm jetzt die Gedanken durchbohrte. War es vielleicht seine Faszination für Bücher und für alles, was er gelesen hatte, las und lesen würde, die ihn dazu brachte? Oder war es so, dass er sich in einen Masochisten verwandelte?

Er ordnete weiter seine Gedanken und schaute mit seinen weit aus den Höhlen hervorstehenden Augen fasziniert in das Firmament, so als verbände er sich mit der göttlichen Vorsehung.

Eine Alte, die gerade all den Schnee weggeschippt hatte, der sich vor ihrem Haus aufgetürmt hatte, erschreckte sich, als sie Tilo so vor sich hin brüllen sah, so sehr, dass sie sich hinter der Schwelle ihrer Tür versteckte. Andere beobachteten ihn heimlich, während sie ihre Gesichter gegen die Fenster drückten, die von ihrem feuchten Atem bedeckt waren.

Als er vor dem Blumenladen vorbeikam, der nur zwei Straßen von seinem Haus entfernt lag, kamen seine Gedanken einen Moment zur Ruhe.

„Ja, warum nicht? Ich werde meiner Laura einen schönen Blumenstrauß schenken, damit sie sich nicht so große Sorgen macht", sagte er sich.

So war er: obwohl er wusste, dass seine Frau manchmal sehr wenig Geduld mit ihm hatte, ihn wie ein großes Kind behandelte, gefiel es ihm immer sie zu überraschen; und nicht nur sie, sondern auch seine Adoptivtochter Karina. Sie war die Tochter aus Lauras erster Ehe: Laura war Witwe geworden, als Karina nicht einmal fünf Jahre alt gewesen war. Sie war sein Augapfel, er liebte sie abgöttisch. Tilo war eine dieser Personen, die es mehr genoss zu schenken als beschenkt zu werden.

Laura sah man die vier Jahre nicht an, die sie älter war als Tilo. Sie war schlank und groß, Tilo musste immer den Nacken strecken, wenn er sie küsste, hatte eine Hautfarbe, die etwas dunkler war als das blasse Weiß der deutschen Frauen. Wegen ihrer aristokratischen Erscheinung, immer gut gepflegt, so als sei sie eine Schaufensterpuppe, ärgerte er sie mit dem Spitznamen *Luxus Lady*. Sie wirkte immer einbalsamiert, weil sie die besten kosmetischen Cremes und Öle benutzte (sie ging mindestens zwei Mal pro Woche zu ihrer Freundin der Kosmetikerin und alle zwei Wochen zu ihrem schwulen Friseur); wenn sie die Straße entlang lief mit einem ihrer vielen, oder besser gesagt mit einem der hundert Paar Schuhe, die sie besaß (und dann gab es da noch die Handtaschen) und die sie wie einen Fetisch in einem abschließbaren Schrank aufbewahrte und stets genau so auswählte, dass sie mit ihrer Kleidungsauswahl übereinstimmten, dann schauten sie alle, aber insbesondere ihre Freundinnen voller Neid an und sagten untereinander: „Ach Mädchen, sie sieht wirklich königlich aus ... Ich weiß nicht, was diese Frau macht, um sich so gut zu halten, denn ich glaube nicht, dass sie es wegen ihres halb durchgedrehten Ehemanns tut."

Tilo dagegen war das absolute Gegenteil. Er mochte es, sich einfach zu kleiden; er sagte, dass der Mensch, der vom Affen abstammte, es besser so halten sollte wie die Massai: mit einem einzigen Kleidungsstück, das sie gegen die Sonne schützte und fertig. Tilo hatte ein hässliches Antlitz, er erinnerte eher an einen Hamster: speckige Wangen mit einer platten Nase, außerdem kleine, spitze Ohren und gerötete Augen, die ihm aus dem Gesicht hervorstanden. Einige seiner Freunde rieten dazu getönte Brillengläser zu benutzen, genauso wie *Heino*.

Da Tilo in letzter Zeit etwas vergesslich geworden war, hatte er es unterlassen seinen Hosenschlitz hochzuziehen. Als er in den Blumenladen eintrat, lächelte ihn die Verkäuferin an, eine glückliche Dicke, die kein bisschen schüchtern war, und hielt sich dabei die Hand vor den Mund, damit man ihre Zahnlücke nicht sah, wies ihn aber direkt darauf hin, dass dort unten etwas geöffnet geblieben war.

„Ah ja, danke! Da habe ich ja ganz zu Recht das Gefühl gehabt, dass mir da unten etwas eingefroren ist", sagte Tilo und lächelte. Ohne besonderen Grund, fühlte er sich vom Lila und Weiß der Lilien angezogen, die man direkt am Eingang des Ladens platziert hatte.

„Frau Wiedow, warum stellen Sie mir nicht einen schönen Strauß dieser Blumen zusammen", sagte er, ohne viel nachzudenken.

„Aber Herr Medina, mag Ihre Dame nicht Nelken?", zögerte die Verkäuferin, da sie erahnte, dass sie für seine Frau sein sollten. Sie kannten sich, seit er nach Radebeul gezogen war.

„Ja, ich weiß, aber man muss sie daran gewöhnen, damit sie ihren Geschmack ändert, Frau Wiedow. Außerdem scheinen ihre Nelken noch ganz klein zu sein, nur Knospen. Ich möchte etwas, das Aufmerksamkeit erzeugt, voller Leben, so wie diese schönen Lilien." Er untersuchte jede Blume, die in der Vase steckte und stellte sich das erstaunte Gesicht seiner Frau vor.

Er nährte sich der größten Blüte mit seiner Nase, um ihren Geruch zu prüfen und er nieste so stark, dass sie sich komplett auflöste; nur einige Blütenblätter hingen noch im Haar und auf der Bluse der Verkäuferin.

„Verdammt, entschuldigen Sie vielmals! Ich scheine allergisch auf den Geruch von Lilien zu reagieren."

Als er ihr dabei helfen wollte die Blütenblätter zu entfernen, warf er ungeschickt eine Vase um, die, zu seinem Unglück, noch voller Wasser war, das zu allem Überfluss auch noch nach faulen Eiern stank. Er hatte ernsthafte Probleme mit den Bewegungsnerven seiner Hände, manchmal reagierten sie schwerfällig, unkoordiniert.

„Verflucht! Ich weiß nicht, was heute los ist, alles geht schief! ... Hehehe ..." Er löste wie immer alles mit einem Lächeln.

„Nein, was für Ideen Sie haben, ich werde das jetzt saubermachen ... das macht fünfundzwanzig Euro", sagte die Verkäuferin, die die Ungeschicktheit ihres Kunden gut kannte und lieber wollte, dass er schnell bezahlte und den Laden verließ, bevor er ihn ihr komplett zerstörte.

Tilo passierten ständig derartige Dinge und das schlimmste daran war, dass er es manchmal nicht einmal bemerkte. Erst vor kurzem war er gegen die Glastür eines Supermarkts gelaufen, weil er für den Ausgang hielt, was noch dazu das Büro des Filialleiters war.

Der Strauß, den er kaufte, war so groß und dicht, dass seinen Gesicht zwischen diesem Urwald aus Blumen verschwand, und da er zu allem Überfluss aufgrund der Schmerzen in seinem Bein noch von links nach rechts schwankte, musste er kleine Kunststückchen aufführen, um nicht zu stolpern.

Am Eingang seines Hauses – oder besser gesagt von Lauras Haus, die es sich während ihrer ersten Ehe gekauft hatte: Ein Gebäude mit drei Stockwerken, in dessen zweiten Stock sie wohnten - erwartete ihn Laura mit einem Gesichtsausdruck, der eine sofortige Erklärung erwartete und den Lilienstrauß nicht einmal bemerkte, den Tilo in der Hand hatte. Den Blick auf den Boden fixiert und mit verschränkten Armen, den rechten Fuß leicht tippend, schien sie ihm zu sagen: *Hoffentlich hast Du dem Arzt alles gesagt, Du Hanswurst!*

„Laura, Liebste!", brach es aus dem lächelnden Tilo hervor, so als sei sie seine erste Liebe. „Schau, was ich Dir mitgebracht habe, die sind für Dich, Lilien, gefallen sie

Dir?" Für ihn war es eine Überraschung sie dort zu finden, draußen bei dieser Eiseskälte.

„Ja, danke, Tilo, sie sind schön, aber ...", tatsächlich wollte sie ihm etwas Anderes sagen, aber stattdessen besänftigen sich ihre zornigen Züge ein wenig, um ihm zu sagen, was sie dachte: „Und hatten sie keine Nelken? Ich liebe doch Nelken."

Tilo wollte ihr lieber nicht antworten. Sie schien sich wirklich nicht über die Blumen zu freuen.

„Danke, Tilo, die sind gigantisch, aber ins Wohnzimmer werde ich sie nicht stellen können, wegen der Bonsais, die mir meine Mutter geschenkt hat." Laura bedankte sich trocken und zog eine Grimasse. Als er sie auf den Mund küssen wollte, hielt sie ihm lieber die Wange hin.

„Na gut, wenn du willst, stell sie ins Bad. Ja genau, ins Bad, neben das Klo", antwortete Tilo ironisch und zuckte mit den Schultern.

Er war sehr müde, das Einzige, was er in diesem Moment tun wollte, war seine Beine im Sessel auszustrecken.

„Bad, Bad, was für ein Unsinn!", entgegnete Laura, so als warne sie ihn, vernünftig mit ihr zu reden. „Ich stell sie also in den Flur, aber weil es dort wenig Licht gibt, werden sie natürlich früher verwelken. Und jetzt komm und stütz Dich auf meine Schultern!" Und Laura bog leicht ihren Oberkörper, damit er sich besser auf sie lehnen konnte, während sie die Treppen hinaufstiegen. „Weißt du was, Tilo? Ich glaube, das nächste Mal komme ich mit Dir zum Arzt, dieses ganze Theater ist jetzt wirklich zu viel für Dich. Ich habe mich hier draußen fast eine Stunde lang halb zu Tode gefroren auf Dich gewartet. Wie soll ich mich verhalten?" Und sie bewegte bitter den Kopf.

Die Müdigkeit und Erschöpfung wurden immer offenkundiger; glücklicherweise hatte er Körperfülle und Gewicht verloren, sonst hätten sie eine weitere Stunde auf den Treppen gebraucht.

„Nein Liebling, ich habe mich nur wegen der Lilien ein wenig verspätet, die Du undankbarer Weise zu verachten scheinst."

„Ist ja gut, ich habe Dir doch gesagt, dass sie schön sind, reizend, was soll ich Dir denn noch sagen?" Lauras schlechte Laune war unerträglich, es gefiel ihr nicht, dass sie stets dieselben Dinge wiederholten.

Jeder Schritt nach oben erschien Tilo so, als klettere er auf den *Mont Blanc*. So müde war er. Die Beine waren wieder taub geworden, zudem hatte er Probleme zu atmen. Sobald sie in der Wohnung waren, half ihm seine Frau den abgewetzten Trainingsanzug anzuziehen, den er immer trug, er streckte sich eine Weile auf dem Sessel aus und danach setzten sie sich zum Essen an den Tisch: Einige Scheiben Roggenbrot mit Käse, ein Paar Scheiben Wurst, Essiggurkensalt, Diätjogurt und ihre Kanne Salbeitee.

Sie aßen schweigend, ihre Blicke trafen sich, so als warteten sie darauf, dass jemand ein Signal gäbe, um ein Thema anzuschneiden. Tilo versuchte die Angelegenheit eher zu vermeiden, er kaute ruhig seine Brote und dachte vielmehr darüber nach, welche Geschichte er ihr jetzt auftischen könnte.

„Und sonst? Ich vermute Doktor Rossmann wird Dir etwas gesagt haben, oder?", fragte Laura und weichte ihren Blick auf. Dieses Mal wollte sie alles bis ins kleinste Detail wissen. Nur der Gedanke daran, dass Tilo etwas Ernsthaftes haben könnte, hatte sie zu einem Nervenbündel werden lassen. Schon seit über einer Woche hatte sie kein Auge mehr zugemacht.

Aus Angst davor, dass seine Frau ihn umgehend in die Klinik bringen und ihm so die Geburtstagfeier verderben könnte, die er mit solcher Sorgfalt für den nächsten Samstag geplant hatte, entschied Tilo sich dafür noch einmal auf die Lilien zurückzukommen:

„Laura, mein Liebling, ernsthaft, sag es mir ehrlich: gefallen Dir meine Lilien? Ich habe Dir auf jeden Fall alle gekauft, die sie hatten."

Er trank den Tee mit einem Strohhalm, weil es die einzige Möglichkeit war, wie er etwas Heißes trinken konnte, ohne dass ihm die Wunden in seinem Mund brannten.

„Fängst Du schon wieder mit den Blumen an, Tilo! Wie oft soll ich Dir denn noch sagen: Ja, ja, ja! Sie sind schön, wunderbar, herrlich ... Mein Gott, lass es jetzt endlich, endlich gut sein!" Ihre braunen Augen leuchteten und bekamen dabei eine fast gräuliche Färbung; sie trommelte mit ihren langen, perfekt gepflegten Fingernägeln einen Galopp gegen die Tasse.

„Ja, gut, und nur damit Du es weißt: ich habe für Dich den schönsten Strauß ausgesucht, den ich finden konnte, Liebling. Weißt Du, dass die Verkäuferin, als ich ihr sagte, dass ich dieses Mal wirklich etwas Auffälliges mit intensiven Farben suche, sich auch sofort daran erinnerte, dass Dir Nelken so gut gefallen? Aber ich habe ihr trotzdem gesagt, dass ich diese möchte, die hübschesten und schönsten des Ladens ..." Er suchte ihren Blick, so als könne dieser ihm sagen: *Ja, mein Schatz, Du hast Recht, lass uns lieber über ein anderes Thema als Deine Krankheit reden.*

Aber nein, Laura sah vielmehr so aus, als würde sie ihn gerne ohrfeigen. Sie aß eine einzelne Scheibe Gewürzgurke nach der anderen, so als seien es Hostien. „In Buenos Aires gibt es zum Beispiel auch Lilien, die mit zusammengewachsenen Blüten wachsen, ich glaube sie heißen *Alstroemeria pelegrina*. Ich hab das irgendwann mal in einer Gärtnereizeitschrift gelesen, aber frag mich lieber nicht warum ..." Diesmal lachte er ängstlich. „Ich glaube, deshalb sagt man, dass sie zu den lilienartigen Gewächsen gehört, eine immergrüne Pflanze mit langem Stiel und großen Blüten, weiß und sehr wohlriechend. Hättest Du gedacht, dass mich auch in der Botanik auskenne? Hehehe ..."

Und so flüchtete er sich weiterhin in triviale Themen, bis Lauras Geduld erschöpft war. Sie schlug auf den Tisch und grub ihre Finger dabei mit solcher Kraft in die Tischdecke, dass der halbe Nagel ihres Zeigefingers davonflog und die Gewürzgurken auf dem Teller einen Sprung machten.

„GENUG! GENUG! GENUG!", brach es lauter aus ihr hervor als aus einem Nilpferd. „Pass mal auf, Tilo, ich habe fast eine Stunde wie eine Idiotin und halb erfroren an der Tür auf Dich gewartet, warum kannst Du mir nicht ein wenig mehr Aufmerksamkeit widmen? Und jetzt will ich, dass Du mir verdammt noch mal alles, aber auch alles erzählst, was Dir Doktor Rossmann gesagt hat!" Ihre Augen begannen sich mit Tränen zu füllen.

Als er sah wie seine Frau Rotz und Wasser heulte – etwas, das für sie wirklich ungewöhnlich war – unterbrach sich Tilo und sprang überrascht auf, er warf die Teetasse um und ließ die Gewürzgurkenscheiben über den Tisch treiben.

„Aber warum weinst Du, Laura? Was hab ich gemacht, hab ich etwas Falsches gesagt?" Er strich ihr mit der Hand über den Kopf. „Es liegt bestimmt an den Lilien, die Dir nicht gefallen haben, oder? Aber schau mal, wenn Du willst, kaufe ich Dir beim nächsten Mal wieder Deine Nelken. Was sagst du, gefällt dir die Idee?"

„Was faselst du von Blumen? Steck Dir deine Blumen sonst wohin! Warum bist Du so ein Idiot, so ein Trottel und Zyniker?" Laura wusste in diesem Moment nicht, woher ihr Zorn kam. „Bemerkst du gar nicht was du tust und sagst? Siehst du, du hast den ganzen Tee über den Tisch gekippt. Alles zittert an Dir, du kannst Dich nicht mehr kontrollieren. Findest Du das normal? Du bist krank Tilo, sehr krank."

Sie warf ihm alles vor. In diesem Augenblick wollte sie ihn steinigen, ihn töten, aber gleichzeitig spürte sie Trauer, große Trauer, beinahe Mitleid, dass sich ihr Ehemann immer mehr in eine fremde, unbekannte, gleichgültige Person verwandelte, die sich um nichts und niemanden kümmerte.

„In jedem Fall ist es besser einen schlechten Zustand gegen einen ungewissen zu tauschen", die Phrase quoll wieder aus seinem Mund hervor, so als wolle er sie als Antidot gegen ihre Worte verwenden; er artikulierte sie langsam und bewegte die Lippen kaum.

Sie betrachtete ihn mit feuchten Augen; sie wollte ihm so viel sagen, ihre Wut und Ohnmacht waren indes so groß, dass sie sein Streicheln hasste.

„Ich nicht gesund? Krank? Unsinn, Quatsch, Laura! ... In jedem Fall ist es besser einen schlechten Zustand gegen einen ungewissen zu tauschen." Dieses Mal sagte er es klar und direkt. Er schaute ihr fest in die Augen, um zu prüfen, ob es ihm dabei half ihre Gedanken besser zu ergründen. „Ich glaube, du weißt genau worauf ich mich beziehe. Und bitte, sag mir nicht, dass es nicht so ist, denn ich kann es in deinen Augen sehen. Schau mal, warum vergessen wir das Alles nicht lieber, es sind doch nichts als Banalitäten, oder? Es ist einfach so, dass Du, wie alle anderen, übertreibst, immer übertreibst." Fest in seiner Überzeugung und dem Entschluss folgend, dass er sie besser ignorieren, absolut indifferent bleiben sollte, begann Tilo Robert Musil zu interpretieren, einen anderen seiner Lieblingsautoren: „Denk wie Musil: *Unser ganzes Sein ist nur der Wahn der Anderen.* Ja, das ist es, der Wahn der Anderen und nichts mehr. Die Epik, basierend auf einer Einheit von Welt und Individuum. Laura, ich meine das ernst, Du machst Dir zu viele Gedanken über das was die Anderen sagen. Entspann Dich bitte, Liebling!"

„Das ist ja wohl der Gipfel, ich bitte Dich, im Unsinnreden bist du wirklich Weltmeister. Ich glaube, diese Bücher richten mehr Schaden an, als dass sie Dir helfen. Bleib auf dem Boden. Was redest Du denn? Einen schlechten Zustand gegen einen ungewissen tauschen. Blödsinn, nichts als Blödsinn. Von was für einem Misil, Masil, Musil, oder wie zum Teufel der heißt, sprichst du jetzt?" Laura wich Tilos Zärtlichkeiten aus und machte ihren Nacken hart. Sie sprach energisch mit ihm: „Ja, und jetzt hör auf mir die Haare zu betatschen und setz Dich lieber auf Deinen Platz und trockne das Desaster, das du auf dem Tisch verursacht hast!"

Je mehr Laura weinte und schimpfte, desto mehr verstrickte sich Tilo in seine wirren Gedanken. Waren es vielleicht die Streitigkeiten mit seiner Frau, die in ihm den Wunsch verstärkten sich in diese utopischen Gedanken zu flüchten, in der Hoffnung sie mögen wahr werden? Was motivierte ihn dazu sich einen Ort zu erträumen an dem er sie leben, fühlen, mit ihnen experimentieren konnte? Oder war es so, dass er sich einfach in einen Bücherparasiten verwandelte, der nur die Ideen Anderer interpretierte?

„Weißt Du, dass die tiefste Anlehnung des Menschen an seinen Mitmenschen in dessen Ablehnung besteht?", sagte Tilo, im Versuch sie zu beruhigen und auch in seine Gedankenwelt zu ziehen. „Ablehnung, was für ein interessantes Wort, oder Laura? Unser Leben sollte ganz und gar Literatur sein. Lieber Herrgott, warum erleuchtest Du mich nicht so, wie Du es mit Musil getan hast?"

Als er sah, dass Laura weiterhin die Stirn runzelte, stürzten seine Luftschlösser ein und er kehrte wieder auf den Boden der Tatsachen zurück. Es blieb ihm nichts anderes übrig, als sich wieder an seinen Platz zu setzen und das Desaster zu säubern, das er verursacht hatte.

Abgelenkt wie er war, holte er, statt den Tisch mit dem Küchenlappen zu wischen, ein Stofftaschentuch aus seiner Hosentasche mit dem er, immer noch in seine Mischwelt aus Phantasie und Realität versunken, die Tischdecke rieb und dabei eingehend die Gemüsescheiben, seine halbleere Tasse, den Brotteller beobachtete, so als seien diese Objekte Symbole für Etwas, das für ihn noch verworren war. Und da er das Taschentuch auch weder auswrang noch ausspülte, verschmierte er alles nur noch schlimmer.

„Aber Tilo, ich bitte Dich, was für eine Schweinerei, konzentrier Dich auf das, was Du machst! Hör sofort auf und hol den Küchenlappen!", befahl Laura wütend, als sie sah in welchem Zustand er die Tischdecke aus besticktem

Leinen gelassen hatte, für die sie ein Vermögen bezahlt hatte.

Erst nachdem er praktisch aus Gewohnheit den Anweisungen seine Frau gefolgt war, die immer wieder sagte, was für ein Rüpel er sei, und mach hier noch sauber und dort, und jetzt versaust du mir das auch noch das Mahagoni, fasste Tilo schließlich den Mut, um zu sprechen:

„NEIN, NEIN, NEIN! Ich hätte lieber nicht auf Dich hören sollen, nicht zum Arzt gehen, keine Medikamente nehmen, kein Garnichts, das ist alles. Verstehst Du? Du begreifst nicht, wie ich diese Situation hasse, all die Kommentare, deine Sorgen, Unruhe, oder Krankheit, wenn du es so nennen willst, von der nur Gott weiß, wohin sie mich bringen wird. Alles entsteht nur im Kopf, Du wirst sehen, ich werde diese Krankheit in etwas Sinnvolles verwandeln, ihr einen Sinn geben. John Cheever sagt: *Wir besitzen nicht mehr Bewusstsein als die Literatur, die schon immer die Erlösung für die Verdammten gewesen ist* ...Und ich bin auch ein Verdammter, und zwar durch diese verfluchte Krankheit, dieses Leiden oder Unwohlsein, nenn es wie Du willst. Laura, ich bitte Dich, warum lässt Du mir nicht meine Ruhe, denn... *nicht auf Freuden und Vergnügungen ist ein Mann stolz. Stolz und froh im Grunde der Seele machen ihn nur tapfer überstandene Anstrengungen und die geduldig ausgehaltenen Leiden.*" Diese Gedanken schossen ihm in Sekundenbruchteilen durch den Kopf, als er sich an das Buch *Der Spaziergang* von Robert Walser erinnerte. „Am Ende bin ich es schließlich, der leiden muss, und niemand sonst. Mach Dir keine Sorgen, ich werde schon einen Ausweg finden, in Ordnung?"

„Ausweg? Hast du Ausweg gesagt? Wenn Du so weiter machst, ist der einzige Ausweg, den Du haben wirst, dass ich Dich aus diesem Haus in Richtung Krankenhaus jage, verstehst Du? Ja, Krankenhaus! Da solltest Du hingehen. Und jetzt bitte ich Dich, lass es uns nicht weiter hinauszögern, sag mir endlich: „Was hat Dir Rossmann gesagt? Was hast Du? Ich vermute, dass er Dir auch etwas verschrieben hat?"

Glücklicherweise war Tilo nicht impulsiv und regte sich nicht schnell auf; im Gegenteil, er nahm die Dinge stets mit guter Laune. Sein bestes Empfehlungsschreiben war es, dass er sich seiner Frau stets fügte und sie respektierte, oder es zumindest versuchte.

„Ist ja gut Laura, beruhige Dich", sagte er und suchte nach der Hand seiner Frau, um sie zu streicheln.

Obwohl Laura sich ihm gegenüber oft hart und uneinsichtig, manchmal sogar unsensibel verhielt, tat es ihr doch in der Seele weh zu sehen, wie ihr Mann gegen die Schmerzen kämpfte, die ihn seit einiger Zeit quälten. Er blieb immer ruhig, ertrug alles mutig und ohne ihr je etwas zu sagen. Ja, sie wusste genau, dass sie ihn deshalb bewunderte: er hatte ein großes und gütiges Herz, war stets fröhlich und ein großartiger Familienvater, der für Karina, ihre Tochter, immer sein Bestes gab. Was konnte sie sich mehr wünschen? Es lag zweifelsohne genau daran, weil sie ihn sich mit aller Kraft wieder gesund und stark wünschte, dass sie jetzt Tilos gleichgültigem und gefühllosem Verhalten gegenüber nicht einlenken oder gar aufgeben konnte.

„Tilo, ich möchte Dir weder etwas vorwerfen noch Dir das Leben schwer machen. Du weißt das ich, Karina, Deine Familie, Deine Freunde, alle, aber wirklich alle sich große, wirklich große Sorgen machen und Du, was machst Du? So kann das nicht weitergehen! Mein Gott, was hast

Du? Es wird Zeit, dass sie Dich einweisen, um Dich zu heilen und Du wieder der Tilo wirst, den ich kennengelernt habe." Sie zitterte am ganzen Körper und erbrach beinahe den Salat, den sie gegessen hatte.

Tilo dagegen versuchte weiterhin ihr die Wahrheit abzumildern:

„Schau mal, glaubst Du wirklich, dass ich mich so verhalten würde, wenn Doktor Rossmann mir gesagt hätte, dass es wirklich etwas Ernsthaftes ist? Nein, natürlich nicht, oder? Alles, was er mir gesagt hat, ist, dass ich, wenn ich dieses Taubheitsgefühl in den Beinen und den Armen habe, am besten Voltaren Resinat nehmen soll, das auch sehr gut gegen Muskelschmerzen ist. Das ist alles. Er sagt, das seien Beschwerden, die einige haben, wenn sie sich den Fünfzigern nähern, so wie ich ... hehehe." Er lächelte und zeigte sein großes Gebiss, als er sich plötzlich an seinen Geburtstag erinnerte. „Ui, was für eine Aufregung, Liebling! Am nächsten Samstag werde ich fünfzig, ein runder Geburtstag, stell Dir das vor!"

Über all die Diskussionen und Sorgen hatte Laura vergessen, dass ihr Ehemann am nächsten Samstag tatsächlich das halbe Jahrhundert vollmachte.

„Stimmt, Du hast recht, ich hatte das völlig vergessen. Aber gut, lass uns zuerst dieses Thema abschließen, also sag mir: was hat Dir der Doktor in Bezug auf die Aphten gesagt?"

„Was ... über die Aphten? Ach so, keine Sorge, er hat mir Recessan verschrieben, da ist *Polidocanol* drin ... hehehe." Er lachte zufrieden, aber nicht, weil er sich an diesen sonderbaren Namen erinnert hatte, sondern weil er merkte, dass sich das Gespräch zwischen ihnen beruhigte.

„Diese Creme wird auch dabei helfen, dass die Wunden schneller verheilen, zudem betäubt sie schnell."

„Ja, ich weiß, dieses Medikament haben wir auch den Kindern in der Station für Zahnmedizin im Krankenhaus gegeben." Da sie Krankenschwester gewesen war, kannte sich Laura auch mit Medikamenten aus. „Aber gut, erzähl weiter. Das ist alles, was er gesagt hat? Denn ich wette Du hast auch vergessen ihm von den anderen Sachen zu erzählen, wie zum Beispiel von den Atembeschwerden und von diesem bellenden, trockenen Husten, den Du immer bekommst, oder vom Zittern Deiner Hände, den unkoordinierten Bewegungen, wenn Du läufst, die Dich wie eine Marionette aussehen lassen, oder dieser Piepsstimme, die so klingt als hättest Du zwei Liter Helium geschluckt; was mir aber am meisten Sorgen macht, ist diese Müdigkeit, dass Du es nicht einmal aushältst zwanzig Minuten auf den Beinen zu sein, oder um den Block zu laufen. Das ALLES, ALLES habe ich Dir auch aufgeschrieben!" Laura erhob wieder ihre Stimme.

„Aber nein, Laura, entspann Dich. Warum redest Du nicht leiser mit mir? Zu Deiner Beruhigung: ich habe diese Liste dem Doktor gegeben, er hat ein paar Sachen durchgestrichen und ein paar notiert und mir gesagt, dass ich mir keine Sorgen machen soll, dass diese Symptome vielmehr Nebenwirkungen dieser grün-blauen Pillen sein müssen, die ich nehme und weiter nehmen werde, bis die Behandlung meiner Grippe abgeschlossen ist, oder was immer ich habe. Erinnerst Du Dich? Das ist alles. Er hat mir auch dazu geraten, sobald ich mit diesen Pillen durch bin, also in fünf Tagen, direkt mit den *Voltaren Resinat* zu beginnen, um zu schauen, was passiert. Du musst verstehen, dass die chemischen Substanzen der Medikamente nicht mit allen Körpern gleich reagieren. Der Doktor vertraut diesem Produkt, es weil seiner Meinung nach irgendeinen neuro-inflammatorischen Prozess kontrollieren wird, den ich haben könnte."

Er erinnerte sich auch an die Injektion, die man ihm gesetzt hatte, sodass er unbewusst die rechte Gesäßhälfte hob und sich leicht auf die gegenüberliegende Seite des Sitzes lehnte.

„Außerdem hat er mir ein paar Spritzen verpasst – meine Herren! Ein Wundermittel, das alles Unwohlsein vertrieben hat. Übrigens, Du, die Du Krankenschwester warst, kennst Du zufällig die dicke Ochsenknecht, die Krankenschwester von Doktor Rossmann? Denn, heiliger Strohsack, was für eine Kraft hat diese Frau, das ist unglaublich, die hat mich mit einem Ruck hochgehoben wie eine Stoffpuppe ... *In jedem Fall ist es besser einen schlechten Zustand gegen einen ungewissen zu tauschen.*" Er vervollständigte von Zeit zu Zeit seine Lügen, und dachte an dieses Zitat, das sich wirklich in sein Gedächtnis eingebrannt hatte.

Da er seine Frau gut kannte, hatte er auf dem Nachhauseweg den Einweisungsbescheid für die Klinik versteckt, ihn geknickt und in die Brieftasche gesteckt, damit sie ihn nicht finden konnte.

„Nein, ich kenne sie nicht, und sie interessiert mich auch nicht und wechsle nicht schon wieder das Thema." Laura betrachtete ihn misstrauisch. „Außerdem glaube ich nicht, dass das alles ist, was er Dir gesagt hat, denn ich weiß wie verpeilt Du bist, Du hast Dich sicher nur an zehn Prozent von dem erinnerst, was ich Dir gesagt habe. Ach Tilo, Tilo! Manchmal muss ich Dich wie ein Kind behandeln." Sie bewegte den Kopf, so als mache sie sich selbst

Vorwürfe, dass sie ihn nicht begleitet hatte. „Mal sehen, zeig mir die Rezepte, ich will sehen, was er Dir aufgeschrieben hat..."

Tilo gab ihr natürlich nur das Rezeptbündel, das er in seiner Hemdtasche aufbewahrt hatte.

„Hier, da sind sie, und setz mal ein anderes Gesicht auf, in Ordnung?" Er wollte sie an der Taille kitzeln, aber nichts da, sie ließ es nicht zu, war kalt wie ein Eisblock.

Während seine Frau ausführlich die Anweisungen des Arztes las, lenkte Tilo sich ab, indem er versunken betrachtete, was sie angezogen hatte. Oder war es erneut das Zitat von Montaigne, das ihm durch den Kopf ging? Während er auf Lauras Halskette starrte, lenkte er seine Gedankengänge wieder um und beförderte sich so in den Roman *Das Paradies ist anderswo* von Vargas Llosa. Dieser imaginierte Mord, den er eines Tages begangen hatte, erschien ihm wieder, als er in Gedanken Lauras Kopf abgetrennt und durch den der Heldin Flora Tristán ersetzt hatte. Er betrachtete perplex die große Halskette aus getrockneten Seeigeln, die ihr bis zum Bauchnabel hing, sie schien einer dieser Rosenkränze zu sein, den die Ordensschwestern eines Klosters im Mittelalter benutzten, und Tilo dachte: *Schau Dich an. Wie eine Nonne? Mal sehen, ob Du Dich dann nicht wie Flora verhältst und ich Dich besser ins Kloster der heiligen Catalina schicke, damit Du dort nicht fünf Nächte, sondern vielleicht ein bisschen länger bleibst: ein Jahr, zwei, drei, oder vielleicht mehr; mal schauen, ob Du Dich auch mit den Zamba-Sklavinnen, den Mulattinnen und Schwarzen, vor allem aber den Indianerinnen anfreundest, den armen Indianerinnen, damit Du sie aus ihrem verfaulten und kranken, ja, wirklich kranken Schicksal errettest. Du, die Du Dich für halb bewundernswert hältst und mir immer Anweisungen gibst, ich glaube, das würde Dir nicht schlecht bekommen ...*

Als er kurz davor war auch das Vaterunser mit einem Avemaria und einem Gloria zu beten, um zu schauen, ob sein Flehen erhöht werden würde, löste sich alles auf, verdunkelte sich, und da war wieder das Zitat ... *In jedem Fall ist es besser, einen schlechten Zustand gegen einen ungewissen zu tauschen ...*, das sich in seinen Neuronen festgesetzt hatte. Er war jedes Mal überzeugter, dass es sich nicht um einen einfachen Zufall handelte, sondern um einen wunderbaren, außergewöhnlichen Aufruf, der seine Vorstellungswelten jedes Mal mit mehr Kraft versorgte.

Laura trug eine weite, sehr elegante Wollbluse und eine schwarze, sehr schöne Samthose; es gefiel ihr sich immer sehr distinguiert zu kleiden, selbst zum Schlafengehen. Sie erhob für einen Augenblick ihren Blick, eine Braue wie immer nach oben gebogen, und sagte ihm:

„Hast Du mir etwas gesagt?" Sie ließ die Rezepte nicht los. „Hm? Ich hatte den Eindruck, dass Du mit mir gesprochen hast."

Laura war von dem, was sie gelesen hatte, immer noch nicht recht überzeugt, sie deutete an:

„Wie sonderbar! ... Aber der Doktor verschreibt Dir hier nur prophylaktische Medikamente und Schmerzmittel. Mehr nicht. Du verheimlichst mir etwas, Tilo."

„Neeeein, Blödsinn, mach nur weiter, Liebling." Tilo rieb unauffällig sein rechtes Bein, damit sie nicht bemerkte, dass er sich wieder ärgerte.

Er achtete darauf nicht rot zu werden. Er wusste, dass sie, wenn sie weiter auf diese Art nachforschte, bald alles herausfinden würde, und dann wäre sein Geburtstag auch im Eimer.

„Aber warum sollte ich Dich anlügen, Liebling? Oder glaubst Du etwa, dass ich zwei Stunden in der Praxis gewesen bin, nur um mir anzuschauen wie der Doktor mit seiner Locke spielt? Schau, er hat mir sogar zwei Proben dieser Creme geschenkt, Requisan, Rezosan oder wie die heißt ..."

Er holte aus seiner Hosentasche zwei völlig plattgedrückte Tuben; bei einer war sogar der Deckel abgefallen und sie hatte einen kleinen, gelben Heiligenschein auf den Stoff der Hosentasche geschmiert.

Glücklicherweise erinnerte sich Laura in diesem Moment als sie auf die Uhr schaute daran, dass sie um sieben bei Tongoy sein musste, dem körperbehinderten Medizinmann mit Spezialisierung in Bio-Resonanztherapie, damit er ihr ein Produkt gegen Staphylokokken geben konnte, das er ihr versprochen hatte, sodass sie von ihrem Sitz aufsprang und sagte:

„Na gut, ich hoffe, dass es Dir hilft. Verdammt, jetzt ist es aber spät geworden, ich muss zur Praxis von Tongoy flitzen, er hat versprochen mir einige Proben seines Medikaments *Sanakuhr* zu geben, vielleicht befreit mich das endlich von diesen Bazillen, die mir den Bauch aufblähen." Mit etwas verbesserter Laune, und man könnte vielleicht sogar sagen einem kleinen Lächeln, berührte sie vorsichtig einen der Stiele des Lilienstraußes, streifte mit ihrer Wange leicht jene Tilos – wie es ihre Art war – und verabschiedete sich, nicht ohne vorher zu sagen: „Tilo, weißt Du was? Ich glaube, Du hast recht, sie sehen schön aus. Wenn Du möchtest, kannst Du, nachdem Du die Teller gespült und alles aufgeräumt hast, den Tisch mit Deinen Lilien schmücken. Ah, übrigens: Deine Freunde haben heute Nachmittag angerufen, um zu bestätigen, dass sie am nächsten Samstag zu Deinem Geburtstag kommen."

Der Geburtstag

Die Woche verging wie im Flug und seit einigen Tagen hatte Tilo begonnen die neuen Medikamente zu nehmen und sich die Creme gegen die Aphten aufzutragen. All das erschien ihm als eine Dummheit, als Blödsinn, aber letztendlich musste er es tun, weil seine Frau sonst wieder mit derselben Leier kommen würde. Manchmal hatte er Zweifel, ob es richtig war ihr den Einweisungsbescheid von Doktor Rossmann zu verheimlichen, aber er rechtfertigte sich mit dem Gedanken, dass ihm das sowieso nicht helfen würde seine Leiden zu heilen. Das Unwohlsein, das er in seinen Armen, Händen und Beinen verspürte, verschärfte sich immer mehr. Seit einer Weile suchte er eine Spur, einen Hinweis, der ihm sagte: ja, Du machst das gut, Du wirst sehen, das Deine Leiden und Schmerzen Dir dabei helfen werden etwas herauszufinden, über das Du Dich nicht beschweren wirst.

Ja, so ist es, ich werde einfach aushalten und ihr lieber nichts sagen ... In jedem Fall ist es besser, einen schlechten Zustand gegen einen ungewissen zu tauschen, sagte er sich und dachte wieder an das Zitat des berühmten französischen Prosaisten aus dem Mittelalter, Montaigne.

Immer schon hatten ihn die skeptischen Schriftsteller faszinert, die über existenzielle Themen schrieben und die menschliche Realität scharf kritisierten.

Laura schlief wie ein Murmeltier, es war erst ungefähr halb Vier Uhr morgens.

Im selben Moment, als ihm ein starker, stechender Schmerz vom Nacken kommend in Wellen in die Wirbelsäule und bis in die Finger und Füße fuhr, stieß Tilo einen lauten Schrei aus: „VERDAMMTER MORBO!", und obwohl er nicht wusste wie, war seine Frau danach nicht erwacht. Er stieß diesen Namen MORBO mit einer Überzeugung hervor, als habe er in genau diesem Moment endlich diese große Unbekannte entschlüsselt. Es war so als ob der Held, der er selber war, und die Stimme seines Bewusstseins in diesem Moment verschmolzen, um jener Figur, die seine Krankheit war oder die ihm zumindest immer diese Schmerzen bereitete, eine Form zu geben.

„*Morbo*, natürlich, das ist es ... ich werde Dich immer so nennen: *M-o-r-b-o*", er buchstabierte den Namen, so als lerne er den geheimen Code eines Tresors auswendig.

Seine Frau schlief so friedlich weiter, mit in den Kissen versunkenen Ohren, dass sie glücklicherweise nichts bemerkt hatte.

Tilo rieb sich verzweifelt die Taille und die Beine, so als könne diese Bewegung auch das Unwohlsein aus seinem Körper befördern, dem er den Namen Morbo gegeben hatte. Er wechselte seine Haltung, bewegte sich wie eine Eidechse und hörte dabei nicht auf diesen Namen auszusprechen, in der Hoffnung das könne den Schmerz vertreiben, aber nichts da, er wurde immer stärker. Er wirkte wie ein lebendiger Organismus, der sich über das gesamte Zellgewebe seines Körpers verteilt hatte und der (trotz allem) Neugierde in ihm weckte, große Neugierde. Er stand auf und streifte in absolut schlimmem Zustand klagend durch das Wohnzimmer und stieß dabei mit lauter Stimme hervor:

„AU, SCHEIßE, MORBO, TU' MIR NICHT SO WEH! Denn so werde ich Dich immer nennen. Wusstest Du das?" Er tappte durch das Wohnzimmer und stütze sich dort ab, wo er konnte. „Statt mich jetzt durch diese stechenden Schmerzen leiden zu lassen, warum verbünden wir uns nicht? AU, AUUU ...!" Er stolperte über die Teppichkante und stürzte beinahe mit dem Gesicht auf den Boden.

Er spürte, wie sich die Nerven in der Taille wie ein Kaugummi zogen und die Schmerzen bis in die Hüfte jagten wie die Nadeln eines Fakirs. Er hörte nicht auf sich ein ums andere Mal zu wiederholen: *In jedem Fall ist es besser, einen schlechten Zustand gegen einen ungewissen zu tauschen ... In jedem Fall ist es besser, einen schlechten Zustand gegen einen ungewissen zu tauschen ... In jedem Fall ...* Und er dachte, dass es besser wäre alles schriftlich festzuhalten, was er in diesem Moment fühlte.

Er lehnte sich gegen das Wohnzimmerfenster, das auf die Straße ging, beobachtete das Licht der Straßenlaternen, das noch leuchtete, obwohl die Nacht langsam in den Tag überging, und entwarf seine Idee etwas genauer:

„Mensch, natürlich! Jetzt sehe ich alles viel klarer: Ich werde diesen Zustand meiner Gesundheit tauschen gegen das Ausformulieren meiner Schmerzen, oder ich könnte es auch als das denkbar ursprünglichste Mittel der Schmerzwahrnehmung zur Selbsterhaltung und Selbstverteidigung meines Organismus' gegen diesen wichtigsten Antagonisten wahrnehmen, der Du sein könntest, verdammtes Arschloch, meine Krankheit, oder was immer Du bist."

Tilo war erstaunt über diese brillante Idee.

„Hervorragend Michel, hervorragend", rief er aus und bezog sich dabei wie immer auf den Namen dieses großen Denkers, der ihn erleuchtet hatte. Er humpelte in Richtung seines kleinen Arbeitszimmers: ein mit Büchern vollgestopfter Raum, in dem man aufgrund der Vielzahl von Regalen die Wände kaum sah; er machte es sich so gut er konnte vor seinem alten, staubbedeckten Schreibtisch bequem, entzündete eine Lampe, nahm einen abgenagten Bleistift und begann auf ein Blatt zu schreiben:

... Morbo, verdammt noch mal, es ist ungefähr vier Uhr morgens und da bist Du wieder, stichst mir in die Taille und durchbohrst mir mit Deiner Elektrizität das Knochenmark. Du gehst mir auf den Sack! Wenn Du willst, dann komm ruhig und umarme mich, versüß mir die Inspiration mit dem, was Du immer bringst: Schmerzen, Schmerzen, Schmerzen. Ja, das ist es, so fühle ich Dich, natürlich fühle ich Dich. Ist vielleicht das, was Du willst das ich schreibe? Dann schaffst Du es. Großartig, Dummkopf! Aber gut, das macht nichts, ich werde Dich trotzdem aushalten, weil Du und ich jetzt Komplizen sind, große Komplizen für immer in dem was ich, oder besser gesagt meine Hand verraten oder beschreiben wird, stimmt's? ...

Und wieder stechender Schmerz, diesmal in einem Teil seiner Schulter; aber so wollte es Tilo, zumindest solange, bis die Finger seiner Hand auf dem Papier alles verraten hatten, was er in diesem Moment über sein Leiden fühlte.

> *Schau mal ... warum schließen wir keinen Waffenstillstand, wenn es das ist, was Du willst? Ich lasse Dich weiter durch meine Nervenbahnen und vergifteten Leitungen strömen; Du wirst Dich von meinen Proteinen ernähren, wirst Dich mit meinen fragilen Antikörpern amüsieren; Du wirst die Zellen meiner Gliedmaßen und Organe zerstören, oder nenn es wie Du willst, aber bitte, erleuchte weiterhin meinen Verstand, damit er mehr ermitteln kann über diesen, den anderen, ungewissen Zustand, den ich entdecken möchte und der nicht aufhört mich zu beunruhigen. Erinnere Dich daran, dass Du Dich ohne mich nicht ernähren kannst, sodass wir, von jetzt an, eine perfekte Symbiose formen werden, in Ordnung?*

Krumm und den Kopf über das Papier gebeugt, beschrieb und erkundete er so beinahe vier Stunden alles, was ihm seine Imagination zu schreiben auftrug. Er korrigierte hier und strich dort, bis ihm die Vögel verkündeten, dass es Tag war. Paradoxerweise fühlte er sich erleichterter und ruhiger, je mehr Zeilen er schrieb. Es war, als ob sich sein Leiden plötzlich mit einer Muse verbündete, die ihm die Herausforderung stellte, dass er all das, was ihn immerzu quälte, auf Papier bringen musste, um so eine Schmerzen zu lindern.

Es war Samstag und seine Frau schon seit einiger Zeit wach. Sie frühstückten beinahe immer getrennt. Besonders morgens, nach dem Aufstehen, genoss sie es ohne Tilo zu essen, da er sie, ihrer Meinung nach, mit seinem Temperament und seinem ewig scherzenden Wesen manchmal irritieren und auf die Palme bringen konnte.

Beide befanden sich jetzt in der Küche und bereiteten das Essen für die Gäste vor, die zur Feier kommen würden. Für Tilo war es ein sehr besonderer Geburtstag, da seine Mutter ihn an einem Tag wie diesem genau vor fünfzig Jahren zur Welt gebracht hatte, in einem Krankenhaus in Frankfurt – das einige renommierte Wirtschaftswissenschaftler das finanzielle Zentrum Europas nannten – und wo sie, aufgrund von Entwicklungen in den Geschäften seines Vaters, ebenfalls nicht lange bleiben konnten, da sie sich schon einige Monate später alle im malerischen Lima niederlassen mussten. Tilo wünschte sich an diesem Tag stets besonders, das seine Eltern bei ihm wären. Tilos Vater, Isózimo Medina Ramírez, ein mächtiger Immobilienmakler, Besitzer beinahe aller alten Gebäude entlang der Avenida Arequipa, einem der wichtigsten Boulevards in Lima, war vor sechs Jahren verstorben. Tilos Vater war ein Mann, dessen Körperbau, so könnte man sagen, wie der seines Sohnes war, also wenig anmutig: Tellergesicht, klein von Statur, beinahe ohne Hals, breiter Rumpf und mit zu langen Armen, die nicht zu seinem Körper passten. Zweifelsohne war das Beneidenswerte an ihm sein großes

Charisma, er war in Lima geboren, ein echter *Mazamorrero*, aber einer von denen, die immer fröhlich waren und scherzten. Eigenschaften die, zum Glück oder Unglück, auch sein einziger Sohn Tilo geerbt hatte. Seine Mutter hingegen, Margot Berger, die erst vor einem Jahr verstorben war, stammte aus Berlin und war eine schöne Frau gewesen; so schön, dass sie mit ihrer weißen Haut und ihren himmelblauen Augen strahlend hervorragte zwischen all den dunklen Mestizen und Einheimischen, die stets auf den Straßen Limas unterwegs waren, dem Mekka des leichten Lebens. Ihre peruanischen Freundinnen zum Beispiel merkten immer recht verwundert an, wie es möglich gewesen sei, dass sie ein solches Monster zur Welt gebracht haben konnte, da Tilo von Kindesbein an wie ein Hamster aussah, mit einer platt gedrückten Nase wie sein Vater. Tilo waren die traurigen Erinnerungen an den Tod seiner *Mutti*, so pflegte er sie zu nennen, bis heute sehr präsent, weil ihre Lebensgeister auf die denkbar unheilvollste Weise erloschen waren: sie erstickte in ihrem eigenen Haus an einem Pfirsichkern. Deshalb fiel es Tilo bis heute sehr schwer, diese erschütternden Szenen zu vergessen, wie die Arme dort nach Luft rang und ihr Gesicht immer lilafarbener wurde.

Vielleicht aufgrund der Halluzinationen über Morbo, die Tilo in jener Nacht gehabt hatte, oder vielleicht wegen all der Dinge, die er in seinem Monolog zu schreiben begonnen hatte, war es so, dass er sich an seinem Geburtstag vielleicht nicht gleichgültig, aber doch sonderbar fühlte, sehr sonderbar, ganz versunken in seine Gedanken; und er untersuchte und beobachtete alles, was um ihn herum geschah oder was er wahrnahm, nun viel genauer.

„Wie sonderbar, heute bist Du komisch drauf, unnormal ... Was ist los, ist Dir eine Laus über die Leber gelaufen?", fragte ihn seine Frau, während sie Zwiebeln für das Dressing hackte. Laura hasste es zu kochen, beziehungsweise sie tat es fast nie, nur zu ganz besonderen Gelegenheiten wie dieser zum Beispiel.

„Nein, mein Schatz, ich bin heute einfach ein bisschen nachdenklicher, das ist alles."

„Hm, nachdenklich? Aber so bist Du doch die ganze Zeit, halluzinierst gedankenverloren herum. Liegt das nicht vielleicht an den Pillen, die Dir Doktor Rossmann verschrieben hat?"

„Ja klar, das muss es sein ... hehehe ..."

Tilo lachte, er wollte das Thema wechseln; seine Augenringe, die schon vorher an einen brahmanischen Mönch erinnerten, hatten sich an diesem Tag noch verstärkt.

„Hör mal, Laura, warum helf ich Dir nicht lieber ein wenig? Ich sehe doch, dass Du an den Zwiebeln leidest. Komm, lass mich das lieber machen, okay?" Tatsächlich war Tilo überrascht, dass seine *Luxus Lady* sich ihre schönen, stets mit feinen Cremes parfümierten Hände schmutzig machte.

„Ah ja, gute Idee, hier ..." Und ohne viel darüber nachzudenken nutzte sie die Gelegenheit und drückte ihm die ganze Tüte in die Hand, obwohl sie ihn weiterhin skeptisch betrachtete: „Und? Du hast mir meine Frage noch nicht beantwortet. Was ist mit Dir los, warum bist Du so? Und Achtung, ich warne Dich, ich werde dieses Mal besser kochen als Du, der Du mir in Deiner Unordnung fast immer die Schränke vollschmierst und alles herumliegen lässt, wie ein Schwein. Eine Sauerei!", wiederholte sie und wischte jede Minute mit einem feuchten Lappen über die Vinyloberfläche des Tisches.

Laura war eine Frau die derart obsessiv mit der Ordnung der Dinge beschäftigt war, dass sie es manchmal vorgezogen hätte alleine zu leben; Sie liebte ihre Möbel und all den Zierrat, den sie über die gesamte Wohnung verteilt hatte, so sehr, dass es an einen Fetisch erinnerte.

„Ach nein, hoffentlich zerkratzen mir Deine Kumpel nicht das Parkett, das habe ich gerade versiegelt. Ah, übrigens, wegen Deiner Freunde: wie heißt dieser dicke Lackaffe, der sich, glaube ich, ungefähr vier Mal hat scheiden lassen und mir einmal diese schöne Blumenvase aus chinesischem Porzellan zerbrochen hat, nur weil er nicht aufhören konnte beim Reden die Hände zu bewegen? Erinnerst Du Dich?"

„Aber klar, das ist Pocho, Pocho Savaleta, mein bester Freund ... hehehe. Auch wenn es Dir nicht gefällt, ich hab ihn übrigens auch eingeladen. Er hat mir vor ein paar Tagen erst gesagt, der Spinner, dass er sich schon wieder scheiden lassen möchte, um, so sagt er, mit seiner großen Liebe zusammenzuleben: einer dieser frechen Kubanerinnen mit dickem Hintern ... hahaha ..."

„Das wundert mich nicht. Man merkt schon, dass Ihr Latinos sehr heißblütig seid. Ihr seht immer nur Sex, Ärsche und Titten. Aber lass uns lieber das Thema wechseln, also sag mir, warum zum Teufel Du so bleich bist und Augenringe hast, als hättest Du die ganze Nacht an einen Strick geknüpft geschlafen."

Ausnahmsweise zog Tilo es vor, ihr lieber auf andere Dinge zu antworten.

„Sex? Ärsche? Titten? ... Aber Liebste, warte einen Moment und wechsle nicht so schnell das Thema, okay?

Und Sex, oder was Du darunter verstehst, sollte in Wirklichkeit sein wie frühstücken, völlig normal, *cool baby*, total *cool*, weißt Du? Sieh mal Laura, was Sache ist doch, dass Pochitos Frau ihm morgens ein bisschen mehr Marmelade auf sein Brot schmieren sollte, das ist alles. Äh... ich weiß nicht, ob Du mich verstehst. Du zum Beispiel, hast mir schon eine Weile nicht mal mehr Butter draufgeschmiert ... Hahaha!" Er stieß ein ironisches Gelächter aus und erinnerte sich nebenbei an das letzte Mal, dass er im Badezimmer masturbiert hatte; er tat das fast immer zwei Mal pro Woche, jetzt da seine Frau wegen der Betablocker, die sie gegen den hohen Blutdruck nahm, nie mehr Lust auf ihn hatte.

Tilo machte weiter mit seinen schelmischen Kommentaren, garnierte sie auch mit Zitaten seiner Lieblingsschriftsteller:

„Ach Laura, meine Laura, aber niemand verlangt von uns, dass wir ein rosarotes Leben führen, aber auch nicht, dass alles schwarze Verzweiflung sein soll, weißt Du? Ein sehr schlauer Satz von Vila-Matas. Ah ja, und jetzt, da Du über Sex redest: du solltest *Animal Tropical* von Gutiérrez lesen, einem wahren Meister der Liebesszenen und, darüber hinaus hat das Buch den Geschmack von Zuckerrohr ... hahaha ..."

„Ach Du, musst immer alles verdrehen. Ich hab Dir gesagt, dass Du um Gottes Willen all diese heiligen Bücher verbrennen und jetzt lieber etwas produktiveres machen solltest, zum Beispiel endlich diese bescheuerten Zwiebeln schälen, ja? Ich schwör Dir, dass ich direkt morgen mit Tongoy reden werde, meinem Medizinmann, der auch Psychologe ist, vielleicht kann er Dich aus dieser geistigen Lethargie reißen."

„Hey, wirklich gute Idee, vielleicht können wir mit deinem Hexer auch über das schwarze Pantheon der Literatur sprechen, hehehe... Glaubst du er wird auch über *Fräulein Fifi* von Guy de Maupassant Bescheid wissen?"

„IDIOT!", war das Einzige, was seine Frau ihm trocken antwortete, wie immer schlecht gelaunt, ohne das kleinste bisschen Humor, während sie die Kartoffeln zum Kochen in einen Topf tat.

„Danke Schatz, das mit dem Idioten gefällt mir ... ich sehe schon, dass Du ein wenig raffinierter geworden bist mit Deinen Beurteilungen; jedoch muss ich Dich hier ein wenig korrigieren: Idiot kommt eigentlich vom griechischen Idiotes, was so viel wie Privatmann bedeutet, von idios, den Einzelnen betreffend, im Lateinischen dann später idiota, was erst nur meinte, dass man sich aus der Politik heraushielt, später dann, das man ein Laie war, ein Ungelehrter. Verstehst Du, was ich meine?"

Abgesehen davon, dass Tilo es mochte nichts niemals ernst zu nehmen, war er abgelenkt, was Grund genug war, dass er statt der zwei Zwiebeln, die ihm seine Frau zum Schneiden gegeben hatte, jetzt gerade sämtliche Zwiebeln aus der Tüte fertig gehackt hatte.

„Fertig, ich bin durch", sagte er zufrieden, weil er die Aufgabe erledigt hatte, und packte die restlichen Schalen in die leere Tüte.

„Aber, Du bist ein ... und jetzt, du Trottel? Was machen wir mit der stinkenden Sauerei, die Du zerhackt hast? Hab ich Dir nicht vielleicht gesagt, dass Du nur zwei schneiden sollst?" In diesem Moment hätte Laura ihm am liebsten den Topf mit den kochenden Kartoffeln über den Kopf gekippt.

„Entschuldige, das war nur eine leichte und unbedeutende Streckung in der Anordnung meiner Befehle, das ist alles." Tilo tränten jetzt die Augen, weil er so viele Zwiebeln geschnitten hatte. „Aber, nun gut, wenn Du meinst, warum machst Du daraus später nicht Gelee und bewahrst es im Kühlschrank auf? Wusstest Du, dass Zwiebel auch sehr gut gegen Husten und Schnupfen hilft? Pass auf, ich erklär's Dir ..."

Und natürlich langweilte Tilo sie erneut, indem er ihr dieses Mal alle medizinischen Vorzüge dieser Gartenpflanze erklärte, bis sie es nicht mehr aushielt, ein lautes „VERDAMMT, HALT JETZT DIE KLAPPE!" brüllte und Tilo sich erschrocken aus der Küche zurückziehen musste, um ihr mit anderen Aufgaben zu helfen.

Glücklicherweise waren die vier Stunden bis zur Ankunft der Gäste wie im Flug vergangen und Laura hatte wie immer nichts getan außer zum Herrn im Himmel zu beten, dass ihr der Pöbel aus Bohemiens und zweitklassigen Künstlern, die Freunde ihres Mannes, nicht die gesamte Einrichtung verdreckten, die sie stets mit einer solcher Hingabe und Liebe pflegte, dass man es Übertreibung nennen konnte.

Tilo fühlte sich an diesem Tag unwohl, sehr schwach, ihm war schwindelig und hatte zudem noch einen flauen Magen. Nachdem er seiner Frau dabei geholfen hatte den Boden zu fegen und dabei, wie immer, auch ihr übliches Gerede ertragen hatte, wie: „ach, Vorsicht, du zerbrichst mir den Bonsai und zerkratzt mir die Möbel; und putze auch hier und dort, und verrück mir das und dies dort", zog er es vor sich erneut in sein Arbeitszimmer zurückzuziehen, um wieder alles aufzuschreiben, was er sich vorstellte; zumindest bis ihm seine *Luxus Lady* Bescheid geben würde, dass die Gäste gekommen waren:

> *... Donnerwetter, Morbo, ich weiß wirklich nicht, was heute los ist, aber an diesem Morgen fühle ich mich anders, schwindelig und schwach, sehr schwach, und ich habe einen Magen, in dem alles wie Suppe zerfließt. Hat Laura vielleicht Recht? Womöglich liegt es an den Tabletten, die mir der alte Löckchendoktor gegeben hat? ... Wie Fliegen, ja, viele Fliegen mit großen Zwiebelaugen und schlaksigen Beinen wie die von Laura, so fühle ich mich und es macht mir den Kopf schläfrig. Sie fliegen und fliegen pausenlos um mich herum, so als hätten sie nichts anderes zu tun, die Schwachköpfe ...*

Er holte aus der Packung des Medikaments den Beipackzettel, um die Nebenwirkungen genauer zu studieren und gerade als er sich vornahm, die Anzeigen und Gegenanzeigen des Medikaments in alphabetischer Reihenfolge auf einen Zettel zu schreiben, begann er, ganz der Spinner, der er war, beim Schreiben alles zu deformieren, was er las und fühlte:

> *... Was für ein Witz! Diese non-steroidalen Tabletten mit ihren anti-inflammatorischen Effekten, voller Enzyme mit oxygenen Zyklen, verkomplizieren mir jetzt auch noch*

die Synthese der Prostaglandine. Verdammt! Aber sind doch alle nur wie viskoseförmige Larven, die dick an meinen Darmwänden kleben und sich, Stück für Stück, alle in Scheiße verwandeln werden. SCHEISSE! ICH SCHEISS AUF ...!

Tilo schaffte es gerade noch so sich auf den Klodeckel zu setzen. Er hielt sich dort fast eine halbe Stunde auf, aber nicht mit jenem so natürlichen Ausscheidungsvorgang, sondern weil er wieder begann von Morbo zu halluzinieren (seinem einzigen Verbündeten und seiner einzigen Muse, von nun an); und mit dem Lippenstift seiner Frau, den er dort gefunden hatte, begann er auf einem Stück Klopapier zu schreiben, vermutlich verband er es auch mit jenem berühmten Vers von Lorca: *Nichts hilft, mein Sohn, erbrich dich! Dagegen gibt's kein Mittel*, genau das, was auch ihm in diesem Moment geschah:

... Schau und riech jetzt bitte Dein Werk, Morbo ... Schämst Du Dich auch dafür? Ah, aber egal, ich werde mich diesem Gestank nicht beugen. Denn schließlich entstammt er meinem Körper, resultiert aus einem enzymatischen Zerfall, und nichts mehr. Ich wette, dass dieser Müll, den die schamlosen und räuberischen Industriellen immer in die Flüsse kippen, viel mehr stinkt. Diese meine relativ solide Einheit, die jetzt eher an Durchfall erinnert, ist weder eine Sünde noch ein Sakrileg. Nein, nein, das ist sie nicht! ... Es handelt sich

vielmehr um eine natürliche Säuberungsreaktion meines Körpers von schädlichen Substanzen, und nichts mehr. Ja, ich weiß, aber wirst Du sagen, dass es nicht Deine Schuld ist, sondern die Schuld der Medikamente? ... Äh, ja, gut, Du hast nicht ganz Unrecht: es ist wahrscheinlicher, dass es an den Fermentationen dieser oxygenen Zyklen im Voltaren liegt, dass ich jetzt diesen schwächlichen Ausschuss produziere, der zum Teufel noch mal eher an das Wasser des Songhua Jiang Flusses erinnert. Verdammt! Und wenn ich daran denke, dass mein Stuhlgang sonst immer von recht guter Konsistenz und gleichmäßiger Rundheit war; leider war er so abgezählt, wie die milden Gaben der Geizhälse in der Kirche meines Viertels ...

Tilo hatte jetzt zwar seinen Magen entlastet, wurde aber immer schwächer und zeigte Anzeichen von Fieber, er schaute, was im Klo war, wusch sich, und bevor er dieses heilige Refugium verließ, stopfte er sich die beschriebenen Klopapierblätter in die Hose und ging in sein Büro, um den gesamten Text auf seinem Laptop abzutippen und zu korrigieren. Anschließend zog er es vor einige Habseligkeiten in einen Reisekoffer zu packen und, ohne dass es ihn quälte seine Frau und die Freunde, die extra seinetwegen gekommen waren, zurückzulassen, schrieb er Laura eine Notiz und schlich sich still und heimlich durch die blinde Tür in der Küche davon, in Richtung der Notaufnahme dieses Krankenhauses in Neustadt, das ihm der Arzt aufgeschrieben hatte.

Laura befand sich in diesem Moment im Wohnzimmer und empfing die Gäste. Unter den Anwesenden war natürlich auch Pocho, der enge Freund von Tilo. Und dieser Freund strahlte dieses Mal noch extravaganter als je zuvor: er trug einen Kalbsfellmantel, der ihm quasi bis zum Bauchnabel reichte, und eine gelbe Baseball-Mütze mit den Initialen seines Namens. Die anderen Gäste, in der Mehrzahl Latinos, Künstler-Boheme und Exilpolitiker mit halb-sozialistischen Tendenzen, die ebenfalls in der Nähe von Tilos Wohnort Radebeul lebten, waren zum Glück nicht ganz so extravagant gekleidet gekommen wie Pocho, aber zu Lauras Unglück sprachen sie alle in einem Spanisch, das schnell war wie aus dem Maschinengewehr, über Politik und derart abstrakte und metaphysische Themen, dass sie es tausend Mal vorgezogen hätte, wenn sie nie gekommen wären.

„Hey Laura, und was ist mit dem Ehrengast?", fragte Pocho sie überrascht, während sie ihm ein Glas Whisky reichte.

Laura konnte nicht leugnen, dass Tilo hässlich war, aber dieser Pocho war der Gipfel der Disproportion: extrem fett, riesige Nase, schielend und mit einer Hautfarbe, die seit der Geburt oder wegen einer Allergie eher an die Hauptfigur aus einem Hitchcock-Film erinnerte.

„Ich weiß nicht, ich glaube, er ist im Bad? Ich finde ihn in letzter Zeit sehr verwirrt, wie abwesend. Das alles macht mir Sorgen, große Sorgen, Pocho", gestand Laura und vermied es lieber, ihn anzuschauen.

„Ja, aber wie schade, *Gringuita* – so nannten sehr viele von Tilos Freunden sie fast immer –, aber mach Dir keine

Sorgen, Tilo ist eine sehr starke und optimistische Person, Du wirst sehen, dass er sich bald besser fühlt. Stell Dir vor! Neulich hat er mir gesagt, dass er mehr über seinen Schmerz herausfinden, oder besser gesagt sich ein wenig mehr darin vertiefen möchte, oder in das, was er haben könnte. Und darüber hinaus hat er mir sogar gesagt, dass er ein Projekt im Auge hat, ein großes Projekt, das die Richtung seines Lebens verändern würde. Und Vorsicht, das war kein Scherz, es war ihm sehr ernst. Ich kenn ihn zu gut, Gringuita, wir sind nun schon seit fast zehn Jahren wie Pech und Schwefel."

„Das ist ja alles schön und gut, aber wenn seine Gesundheit nicht in Ordnung ist, dann sind auch seine Projekte im Eimer, verstehst Du?" Laura schaute sich im Zimmer um, ob Tilo auftauchte.

Der Lärm und das Geschrei, das die Gäste verursachten, waren so groß, dass es schien als sei Niemandem die Anwesenheit des Ehrengastes und Geburtstagskindes in diesem Moment wichtig.

Pocho hatte bereits das dritte Whiskyglas in der Hand.

„Gringuita, sei bitte nicht so pessimistisch, okay? Der schräge Vogel weiß schon was er tut. Es ist einfach so, dass er Dich auch nicht beunruhigen will, ganz im Gegenteil, ich kenne Tilo jetzt schon seit so vielen Jahren, ich glaube, er würde Dir nie etwas sagen oder antun, was ihn selbst beträfe, verstehst Du? Er ist vielleicht ein bisschen verrückt und speziell, aber seine Liebenswürdigkeit und Zuneigung Anderen gegenüber ist unglaublich. Erinnere Dich nur daran, was er alles für *el Grupo* tut und wie sehr er hilft."

El Grupo war der Name einer interkulturellen Gruppierung von Latinos, die sich der Organisation und Förderung multikultureller und integrativer Veranstaltungen widmete.

„Und all die immigrierten Freunde, die gerade erst angekommen sind. Nicht umsonst und mit großer Ehre haben wir Tilo, unser Gründungsmitglied, zum Geschäftsführer auf Lebenszeit ernannt. Oder hast Du vielleicht vergessen, was er immer alles für Dich und deine Tochter Karina tut? Ich glaube er ist ein sehr offener, manchmal vielleicht zu offener Mann."

„Gut, ja, Du hast Recht. Karina und ich lieben das ja auch sehr an ihm. Ich weiß, dass er ein sehr gütiger, kultivierter und intelligenter Mann ist, und mit seinem Wissen und seiner Erfahrung hilft er Karina auch sehr bei Ihrem Studium. Aber was hat das alles mit dem zu tun, was er jetzt hat? Er ist krank, sehr krank, Pocho, und Ihr alle scheint es nicht zu merken oder auf die leichte Schulter zu nehmen. Schau nur dort, wie sie sich alle amüsieren ..." Und ihr Blick deutete in eine Ecke des Wohnzimmers, auf die restlichen Freunde, die in dieser Nacht ordentlich einen drauf machten, ohne sich darum zu kümmern, ob Tilo bei ihnen war oder nicht.

„Oh ja, stimmt, Du hast Recht, ich werde diese Gauner jetzt direkt zum Schweigen bringen! ... Es ist einfach so, Gringuita, dass wir Latinos nun mal so sind, mit viel Übertreibung und Geschrei, aber mit Herz, viel Herz; oder wie man dort zu sagen pflegt: mit guten Vibrationen." So langsam begann sich der enge Freund von Tilo aber auch zu sorgen. „Schau mal, Gringuita, warum gehst Du Deinen Mann nicht lieber suchen, mir scheint, dass er sich ein bisschen viel Zeit lässt, oder?"

Laura setzte ihr Saftglas auf dem Esszimmertisch ab, der vollgestellt war mit Käse- und Schinken-Häppchen, diversen Früchten und in dessen Mitte das berühmte *Estofado de Pollo* stand, ein peruanisches Schmorhähnchen-Gericht, das sie diese Nacht extra gekocht hatte. Sie bemerkte nicht, dass die anderen Personen sie ebenfalls verwundert anschauten und sich fragten, warum das Geburtstagskind nicht erschien, um die Kerzen auf seinem Kuchen auszublasen. Kurz darauf betrat sie das Badezimmer in dem sie, aufgrund der Unordnung, die herrschte, sofort bemerkte, dass etwas Ungewöhnliches passiert war. Dann klopfte sie mit der Faust drei Mal kräftig gegen die Tür von Tilos Büro, die dieser fast immer mit dem Schlüssel abschloss, aber nichts geschah, niemand antwortete. Verzweifelt begann sie jede Ecke des Hauses zu überprüfen: Sie trat auf den Balkon, stieg in den Keller, kehrte ins Schlafzimmer zurück, wo sie schließlich auf ihrem Nachttisch eine von Tilo unterschriebene Nachricht fand, auf der stand:

„Meine Liebe, mach Dir keine Sorgen, denn Deine Wünsche sind am Ende erhört worden, ich werde meinen Geburtstag nun in der Klinik für Neurologie in Dresden-Neustadt feiern. Wenn Du willst, kannst Du es auch allen meinen Freunden erzählen, die herzlich eingeladen sind. Ah, aber ich bitte Dich, vergiss nicht mir etwas vom Estofado mitzubringen, denn der schmeckt bestimmt zum Niederknien, versprichst Du mir das?
Tschüss, ich liebe dich
Tilo "

Am schlechten Schriftbild des Textes ließ sich ablesen, dass Tilo wieder eine dieser starken Taubheitsattacken in den Händen gehabt hatte: man konnte die Buchstaben kaum entziffern, sie erinnerten eher an ägyptische Hieroglyphen.

Da sie die Gäste nicht erschrecken wollte, versammelte Laura sie alle, von denen einige selbstverständlich schon recht euphorisch und alkoholisiert waren, sehr diplomatisch in einer Ecke des Wohnzimmers und begann ihnen zu erklären, dass Tilo es aus Krankheitsgründen und Unwohlsein vorzog, ein wenig im Bett auszuruhen, dass sie aber, wenn sie wollten, seinen Geburtstag in seinem Namen mit aller Überzeugung bis spät in die Nacht weiterfeiern konnten.

Diese Nachricht löste natürlich unter den fast dreißig erschienenen Gästen einen großen Tumult aus; aber glücklicherweise verabschiedeten sie sich alle nach und nach, nachdem sie feststellten, dass sie umsonst warten würden, jedoch nicht ohne Tilo vorher eine schnelle Genesung zu wünschen und die Hoffnung auszudrücken, dass sie alle an einem anderen Tag kommen könnten, dann aber, um in seinem Namen eine große Party mit *Anticuchos* und *Picarones*, den typischen Fleischspießen und peruanischen Schmalzkringeln zu organisieren.

Das führte in diesem Moment bei Laura natürlich nur dazu, dass sie all diese folkloristischen Schreihälse zum Teufel jagte und sich beim Herrgott und all seinen Erzengeln wünschte, dass sie ihr Haus nie wieder betreten würden.

Erste Diagnose

„Guten Tag Herr Medini, wie ist das Aufwachen heute mit der Infusion, die wir Ihnen gelegt haben? Donnerwetter haben Sie uns da aber eine Nacht beschert!", sagte die Krankenschwester, die noch sehr müde von der letzten Nachtschicht war.

Es war gegen sechs Uhr morgens an einem Montag und für Tilo bereits der dritte Tag in der neurologischen Abteilung des Städtischen Krankenhauses Dresden-Neustadt. In der vergangenen Nacht hatte Tilo so intensive Schmerzen im Lendenbereich und in den Beinen gehabt, dass man seinen Zustand sogar intravenös mit starken Schmerzmitteln mildern musste. Die Krankenschwester legte ihm jetzt die aufblasbare Armbinde des Blutdruckmessers um den Oberarm, um den Druck in seinen Arterien zu messen.

„Schlecht, sehr schlecht!", antwortete Tilo. „Wie soll ich mich auf fühlen, mit all diesen Kabeln, die sie in meinem Arm befestigt haben. Außerdem bitte ich Sie, mein Name ist Medina und nicht Medini. Woran zum Donnerwetter liegt es, dass Sie alle, die im Gesundheitswesen arbeiten, Sie und auch mein Hausarzt Doktor Rossmann, sich nie meinen Namen merken können?", korrigierte sie Tilo verärgert. Durch die Wirkung der starken, schmerzlindernden Infusionen fühlte er sich, der sonst immer optimistisch und fröhlich war, aufgewühlt und sogar aggressiv.

Als Tilo sich in jener Samstagnacht in der Notaufnahme gemeldet hatte, hatte der diensthabende Arzt entschieden ihn lieber direkt einzuweisen. Laut der Meinung des Mediziners handelte es sich aufgrund der Symptomatik und der schweren Ataxien in den Armen und Beinen um einen Fall, der viel weitreichenderer Untersuchungen bedurfte, so wie sein Zustand besondere Vorsicht verlangte. Seine Frau Laura hatte den Chefarzt der Notaufnahme glücklicherweise noch in derselben Nacht angerufen, um ihm einige Daten zu übermitteln, die für die Akten zu Tilos Patientengeschichte gebraucht wurden.

„Hundertsechzig zu neunzig. Hm … Ihr Systole ist ganz schön erhöht", sagte die Krankenschwester, während sie mit ihren dicken Fingern sein rechtes Handgelenk festhielt. „Jetzt werde ich Ihren Puls kontrollieren, mal sehen ob …" Und sie betrachtete von Zeit zu Zeit das Porträt von Tilos Frau und Karina (seiner Stieftochter), das er auf dem Nachttisch hatte.

„Fräulein, haben Sie mir vielleicht zugehört? Ich heiße Medina und nicht Medini." Tilo fuhr sie erneut an und schaute aus dem Zimmerfenster, so als suche er jetzt nach einer Fluchtmöglichkeit.

Die Krankenschwester fühlte sich geschmeichelt, weil man sie Fräulein genannt hatte, und milderte ein wenig ihre Gesten und ihre ernsthafte Attitüde einer Frau, die keine Witze verstand, und stattdessen dachte sie ironischerweise: *Danke für das Kompliment, aber wenn Du wüsstest, dass ich diesen Monat sechzig werde und fünf Kinder habe, würdest Du mich wohl nicht so nennen.* Trotzdem verlor sie nicht ihre formale Haltung einer Frau, die im Dienste der Gesundheit arbeitete, und riet ihm:

„Ruhig! Ruhig! Sehen Sie nicht, dass ich jetzt Ihren Puls kontrolliere ..." Sie beobachtete konzentriert den Sekundenzeiger ihrer Uhr. „Verdammt, Ihr Puls galoppiert auch. Warum beruhigen Sie sich nicht ein bisschen? Sie scheinen mir sehr angespannt zu sein." Sie vermerkte das Ergebnis auf einem Blatt. „Fertig, notiert. Das wird dem Chefarzt nützen, Herrn Professor Doktor Jürgen Kaminsky, der heute auch mit seinem Team kommen wird, um Sie zu besuchen. Wussten Sie schon, dass heute Montag ist, der Tag der großen Generalvisite?" Sie schaute wie durch den transparenten Schlauch die Flüssigkeit aus der hundert Milliliter Infusionsflasche tropfte, die man ihm gelegt hatte; dann ordnete sie mit einem Gummizug die anderen Kabel, sie mit Tilos Arm und dem Kopfende des Bettes verbunden waren.

„Das hat mir noch gefehlt, dass mich jetzt diese weiße Wolke von Medizinern untersucht. Wissen Sie was, ich möchte wirklich nicht, dass irgendjemand Visite macht oder mir sagt, was ich habe. Die Schmerzen, die ich andauernd spüre, reichen mir schon. Außerdem habe ich jetzt glücklicherweise schon eine Behandlung, die mir Linderung bringt."

„Wie interessant. Das heißt nach allem, was Sie letzte Nacht durchgemacht haben, therapieren Sie sich jetzt auch noch selbst." Die Krankenschwester notierte Ihre gesamte Konversation stets auf einem Blatt. „Und sagen Sie mir: dürfte man erfahren womit Sie sich therapieren wollen?"

„Na, mit dem Verstand, Fräulein, nur mit dem Verstand. Das ist alles."

Für einen Augenblick herrschte absolutes Schweigen zwischen ihnen. Und genau in diesem Augenblick blitzte die Gestalt des Morbo auf:

Oh, Morbo! Mein geliebter Feind, mutierender Bazillus der tausend Formen, einziger Komplize und Urheber dieses meines unsicheren Zustandes, ich bedanke mich noch einmal bei Dir für die Höflichkeit, mich erneut über meine Situation nachdenken zu lassen. Ich sehe Dich nun sehr klar. Da bist Du, anormal und wie eine fette, transparente Qualle, mit zwei dicken, stämmigen Tentakeln an den Seiten; genauso wie diese kraftvolle Krankenschwester ohne Taille und mit enormen Hüften, die ich jetzt neben mir habe und die mich zu allem Überfluss noch dazu zwingt Sachen zu tun, die ich nicht tun will ... Verflucht soll sie sein!

Und ohne sich um Nichts und Niemanden zu scheren, drehte er sich auf die Seite auf der sich sein Nachttisch befand, holte ein kleines Notizbuch heraus und begann zu schreiben, schreiben und schreiben.

„WAS MACHEN SIE ... SIE SIND VERRÜCKT GEWORDEN!", erklang der Schrei der Krankenschwester, die sogar die Fenster zittern ließ.

Aber nicht einmal die kraftvolle Stimme dieser Frau verhinderte, dass Tilo weiterhin alles notierte, was ihm in diesem Moment widerfuhr.

„Das ist jetzt wirklich der Gipfel, Herr Medina! Merken Sie nicht, dass Sie die Kanülen herausreißen und sich Schmerzen zufügen können?"

„Doch, ich weiß, entschuldigen Sie, aber was ich hier notiere ist viel wichtiger als alles Andere, verstehen Sie?" Und ohne den Kopf zu heben, um sie anzuschauen, schrieb er weiter in sein Notizbuch, so als existiere sie gar nicht, bis er den letzten Punkt skizziert hatte. Anschließend schloss er das Buch und mit einer Geste der Erleichterung drehte er sich erneut auf dieselbe Seite, um es in die Schublade des Nachttischs zu legen.

Durch die Anstrengung des Schreibens, war die Hauptvene, die über den großen Supinatormuskel seines rechten Arms verlief, geschwollen, und genau dort, wo man ihm die Nadel eingeführt hatte, blutete es ein wenig.

„Also nein, Herr Medina, was glauben Sie denn wo Sie hier sind? Zeigen Sie mir jetzt mal Ihren Arm …" Die Krankenschwester holte ein Stückchen Verbandsmull aus ihrer Tasche, desinfizierte die Wunde und befestigte ihm dann ein Heftpflaster. „Einerseits haben Sie die ganze Nacht über die Schmerzen geklagt, sodass wir Ihnen sogar diese Infusion legen mussten und jetzt … schauen Sie nur! Warum sagen Sie mir nicht lieber, was Sie wollen, dafür sind wir ja da!" Sie schüttelte entrüstet den Kopf.

„Ich bitte noch einmal um Entschuldigung Fräulein, es ist so, schauen Sie, ich erkläre es Ihnen: da diese meine weiche Birne von einem Kopf sehr schwach ist und ich die Sachen schnell vergesse, ziehe ich es immer vor sie aufzuschreiben. Verstehen Sie jetzt? Oder haben Sie etwa schon vergessen, dass ich Ihnen gesagt habe, dass alles im Kopf stattfindet?" Um die bittere Stimmung ein wenig zu versüßen, holte Tilo eine Tafel Schokolade hervor, die er unter der Bettdecke versteckt hatte. „Nehmen Sie, das wird Ihnen gefallen: Edelbitter Schokolade aus der Schweiz mit siebzig Prozent purem Kakao. Sie verstopft einen ein wenig, aber egal, sie ist sehr gut für die Nerven, meine Frau kauft sie mir immer."

„Danke, aber ich esse keine Schokolade. Ich werde sie meinen Kolleginnen aus der anderen Schicht geben", antwortete sie und verbog den Mund; sie steckte die Tafel dann in ihre Tasche und schaute ihn an, so als wolle sie sagen: *ich glaube, der hat nicht mehr alle Tassen im Schrank.* „Sehen Sie, ich verstehe, dass alles im Kopf stattfindet, aber wie wäre es, wenn Sie jetzt erst einmal ruhig bleiben und warten, bis die Ärzte kommen?" Sie begann das Bett zu machen, die Bettdecke glatt zu ziehen, wischte mit einem Tuch über den Nachttisch und sorgte da und dort für Ordnung. „Ich habe noch einen anderen Rat für Sie: wenn gleich das Frühstück kommt, warum, essen Sie dann nicht beide Brotscheiben, das wird Ihre Laune verbessern. Sie sind sehr nervös, Herr Medina, und ich verstehe das, aber Nichts und Niemand kann Ihnen helfen, wenn Sie sich selbst nicht helfen. Sie müssen sich ein wenig beruhigen, denn Sie sind schließlich aus freien Stücken zu uns gekommen, damit wir Ihnen helfen und Sie schnellstmöglich gesund pflegen. Ist das nicht so?"

„Äh ... gut, ja ... Sie haben Recht und deshalb bitte ich erneut um Verzeihung. Aber ehrlich gesagt denke ich, dass die drei Tage, die ich hier bin, genug sind. Verstehen Sie?"

Während Tilo jede Ecke dieses strengen, rechteckigen Klinikzimmers von knapp zwanzig Quadratmetern und dessen helle, gelbe Wänden betrachtete, vermisste er sein Haus, sein Büro, seine Bücher. Im Bett zu seiner Rechten gab es einen anderen Patienten; und gegenüber an die Wand hatte man einen kleinen, quadratischen Tisch mit zwei Stühlen gestellt, die an die Eingangstür des winzigen, knapp zwei Quadratmeter großen Badezimmers grenzten.

Da Tilos kräftige und misstönende Stimme nur schwer unbemerkt blieb, konnte der Patient im Nachbarbett nicht anders als ihm zuzuhören, und obwohl man ihn erst in der vorherigen Nacht eingewiesen hatte, vergaß er für einen Moment seine Schmerzen und sagte der Krankenschwester:

„Ja Schwester, er hat Recht, warum lassen Sie ihn nicht lieber in Ruhe. Weder für ihn noch für mich macht das viel Sinn. Schauen Sie mich nur an, mit meinem gesegneten Zittern, das ich jetzt sogar schon am Kopf habe; Sie haben mich ständig hier und ich kann überhaupt nichts machen."

Aufgrund des fortgeschrittenen Parkinsons, an dem der andere Patient litt, bewegte er unkontrolliert den Kopf, streckte ab und an die Zunge heraus und schüttelte zwanghaft die Arme, so als verscheuche er pausenlos Fliegen. Plötzlich wollte er auch auf dem Bett aufstehen, aber glücklicherweise reagierte er auf den brachialen Schrei der Krankenschwester und rollte sich wieder wie ein Baby unter der Decke seines Bettes zusammen.

„Ach nein, das hat mir noch gefehlt! Sie Beide bleiben jetzt ruhig, still, stumm, sonst schicke ich Sie in ein Spezialzimmer, in das kein Tageslicht scheint. Verstanden?"

Und sie schaute die Beiden an, als handle es sich um Rekruten.

Die Frau schrieb noch ein paar Sachen auf das Informationsblatt, das sie immer bei sich trug; dann beeilte sie sich die Jalousien zu öffnen, auch die Fenster selbst ein wenig, dann verließ sie den Raum mit einem solchen Türenknallen, dass beinahe das kleine, mit Holz gerahmte Bild mit dem Willkommensgruß des Direktors der Klinik zu Boden gefallen wäre, das hinter der Tür hing.

Draußen war es eiskalt, minus zehn Grad, und Emil – dem siebzigjährigen Patienten und Zimmergenossen von Tilo – erschien es, während er durch das kleine, alterstrübe Fenster des Zimmers den von wattigen Wolken verhangenen Himmel betrachtete, als sei Tilo, vielleicht auch als Gegensatz zum Ereignis mit der Schwester, nicht nur eine unterhaltsame Person, sondern als habe er ihn auch für einen Augenblick seine unerträglichen Schmerzen vergessen lassen. Als guter Deutscher hing er, vielleicht zu seinem Glück, vielleicht zu seinem Unglück, sehr stark an Regeln. Dass er sich nun jedoch kraftlos in diesem Krankenhausbett wiederfand und neben ihm ein Typ, der so voller schrulliger Ideen und so sorglos war wie Tilo, hatte ihm die Augen geöffnet und er versuchte die Dinge weniger förmlich anzugehen als vorher.

Beide saßen am Kopfende Ihrer Betten und musterten sich so mit ihren Blicken, so dass es schien, als ob sie sich gegenseitig wie Hellseher die Gedanken läsen. Während sie einander gegenseitig diskret studierten, frühstückten sie auch: zwei Scheiben Roggenbrot – eine mit einer dünnen Scheibe Schinken, die andere mit Käse – und ein Glas Buttermilch und je eine Tasse Kaffee. Tilo nutzte den

Moment, in dem der Alte ein schüchternes Lächeln lächelte, hielt sich nicht länger zurück und begann ihn zu duzen, so als kenne er ihn schon seit Jahren.

„Emil, macht es Dir was aus, wenn ich Dich *Emile* nenne? Das klingt besser. Außerdem wäre das für Dich eine große Ehre. Pass auf, ich erklär's Dir ..." und er begann wie üblich seine Qualitäten als eingefleischter Leser zu nutzen, um dieses Mal seine Ideen mit denen des *Emile* von Jean Jacques Rousseau zu verbinden. „Etymologisch passt das auch, Du musst ja bedenken, dass es eben jener Rousseau war – ein großartiger Philosoph und politischer Denker des achtzehnten Jahrhunderts –, der einen Großteil seines Schaffens diesem größten seiner klassischen Werke mit deinem Namen widmete, *Emile*, und er revolutionierte damit quasi den Prozess der Erziehung und legte so das Fundament zu dem, was wir heute die moderne Erziehungswissenschaft nennen. Was denkst Du? Bist Du einverstanden?"

„Ja, ja, klar ... Sie können mich nennen, wie Sie wollen, wenn ich sterbe, werden sie in meine Sterbeurkunde jedenfalls Emil schreiben." Und er lächelte ein wenig falsch, so als wolle er sagen: *Pass mal auf, ich weiß, dass ich altersschwach und ganz schön abgenutzt bin, aber jetzt willst Du mich zu allem Überfluss auch noch mental wiederbeleben, indem Du mich mit einem Intellektuellen vergleichst ...* Durch das Wackeln seines Kopfes lief ihm ein wenig Kaffee aus dem Mundwinkel.

„Hahaha, Du bist echt witzig. Deine Ehrlichkeit gefällt mir, bitte, Du kannst mich duzen, okay? Mich nennen sie Tilo, einfach Tilo. Nein, im Ernst, Du bist mir jetzt doppelt sympathisch und pass auf, das liegt nicht nur daran, weil ich Dich als Namensvetter dieses revolutionären

Klassikers von Rousseau ansehe, sondern weil ich außerdem spüre, dass hinter dieser Person, oder... äh... ich will sagen, dass den Tiefen Deiner Seele das Konzept eines besonderen Mannes zugrunde liegt, dessen wichtigste Eigenschaft seine Immoralität ist. Verstehst Du mich jetzt ein bisschen besser?"

„Also, ehrlich gesagt, nur ein bisschen, oder besser gesagt, fast überhaupt nicht."

Wegen seines eher spärlichen Gebisses und trotz seiner Hände, die umher wackelten wie die eines Spielzeugroboters, unternahm der Alte eine enorme Anstrengung, um sein Brotstück in seine Kaffeetasse zu tunken und es so ein wenig feuchter und weicher essen zu können.

„Gut, ist nicht so wichtig. Immer mit der Ruhe, Du wirst es sicherlich später verstehen." Und Tilo befeuchtete auch sein eigenes Brot, um es dem Alten zu geben. „Hier! Lass das und iss lieber meines, das ist schon weich!"

„Danke, Du solltest Dich nicht so bemühen, ich glaube, ich hätte es früher oder später auch geschafft. Hehehe ..." Der Alte lachte eine Weile. „Aber ... jetzt hast Du ja kein Brot mehr."

„Mach Dir keine Sorgen um mich. Wenn Du willst, habe ich auch Schweizer Schokolade, die im Mund von alleine zergeht ... Willst Du probieren?"

„Danke Tilo, also Du bist ein wirklich ..."

„Du willst wohl sagen ein wirklicher Schokoladenliebhaber ... hahaha." Er unterbrach ihn mit einem Gelächter und bevor er ihm seine Liste an Beschwerden und Wehklagen beichten konnte, zog Tilos es vor ihn weiter über Rousseau zu unterweisen: „Weil es so ist, Emile, und um das aufzunehmen, was ich Dir über Rousseau erzählt hatte, denn das möchte ich Dir auf eine sehr besondere Art und Weise erzählen, weil dieser große französische Denker sicher auch deine Eltern beeinflusst hat, als sie Dich taufen ließen. Diese Gesellschaft, die paradoxerweise unsozial ist – und ich hoffe, dass zumindest all die Quacksalber, die in diesem Kloster hier arbeiten, es nicht sind – und uns immer dieselbe Rolle zuweist, nämlich die des Sklaven, immer erdrückt von Unannehmlichkeiten und Verpflichtungen, die uns egoistisch und manchmal sogar unmenschlich werden lassen. Deshalb, ja genau deshalb teile ich Rousseaus Vorstellung, die besagt, dass man, um die vollständige Sozialisation des Individuums zu erreichen, dieses einsperren und von seiner sozialen Realität isolieren muss ..." Tilo machte eine kleine Pause, nur um sich davon zu überzeugen, dass ihm sein Bettnachbar weiterhin seine Aufmerksamkeit schenkte. „Hörst Du mir zu, Emile?"

„Ja, ja, klar, erzähl weiter, erzähl! Interessant, sehr interessant dieser *Russo*", antwortete er. Er sprach den Namen falsch aus und während er versuchte ein anderes Stück Brot in seiner Tasse einzuweichen, dachte er: *Meine Güte, jetzt fass Dich mal kurz, bevor diese Ärzte kommen und uns erwischen, ohne dass wir zu Ende gefrühstückt haben.*

„Perfekt, ich fahre also fort", sagte Tilo. „Äh, wo war ich? ... Verdammt! Ich glaube dieses Mistzeug, das sie mir in meine Venen injiziert haben, beeinflusst langsam aber sicher meine Birne. Ah ja, klar, jetzt erinnere ich mich! ... Schau, was ich Dir sagen wollte, war vielmehr, dass jeder in Wirklichkeit wie der Junge *Emile* von Rousseau sein sollte. Was heißt, dass ich mich darauf beziehe, dass man in einer besonderen Harmonie aufwachsen sollte, die aus einem Gleichgewicht zwischen den intuitiven

Gefühlen, der besonnenen Vernunft, der Kunst, der Kultur und der Moral besteht. Das ist alles. Aber okay, woher weiß ich denn, dass das nicht passieren wird; Du wirst sehen: wenn wir sterben, werden vielleicht all diese Organisationen, scheinheiligen Verbände oder weißgottnicht für welche Personen oder Individuen uns in hölzerne Pyjamas kleiden und uns obendrein noch verehren (wenn sie uns verehren), wie es ihnen am besten gefällt.

„Hör mal, stimmt, Du hast Recht. Schau Dich an, ich wusste ja nicht, dass Du diese philosophische Ader hast. Nur ein kleiner Vorschlag: Warum beendest Du nicht lieber Dein Frühstück, bevor dieser Kaminsky mit seiner ganzen Truppe kommt? Denn dann werden sie uns sicher nicht nur mit den von Dir erwähnten Holzpyjamas verkleiden, sondern uns am Ende auch noch wie Ratten für ihre Experimente wiederverwerten."

Tilo konnte kaum noch seinen letzten Schluck Kaffee trinken, da war schon das ganze Regiment der Stationsärzte der neurologischen Abteilung der Klinik eingetreten. Der Erste, der eintrat, war der Professor und Direktor der Abteilung, der Doktor Jürgen Kaminsky; dann folgte der Oberarzt, ein zuständiger Spezialist (der Stationsarzt), zwei Assistenzärztinnen und die Oberschwester. Sie alle stellten sich rings um Tilos Bett auf, unbeweglich wie Betonstatuen und in identischen Abständen zueinander, schienen sie am Boden festgeschraubt zu sein; sie beobachteten ihn so, als sei er eher ein sonderbares Exemplar oder, so wie es sein Bettnachbar angedeutet hatte, eher wie eine einfache Ratte in ihren Experimenten.

„Sehr erfreut, ich bin der Direktor der Abteilung, Professor Kaminsky ..." Der Chefarzt streckte Tilo seine

Hand entgegen und streifte kaum dessen Fingerkuppen mit seiner Innenfläche. Alle schauten Tilo so fest an, dass er sich in seiner blühenden Phantasie eher vorkam wie jener verurteilte Soldat aus Kafkas *In der Strafkolonie*.

„Und wie fühlen Sie sich heute, Herr Meduni?", fragte der Professor und runzelte seine knochige, von Sommersprossen übersäte Stirn, während er mit einer Lampe konzentriert Tilos Augenhintergrund erkundete.

„Äh, also um ehrlich zu sein, ich glaube viel besser, Doktor Ku-lonn-ski." Da Tilo es einfach nicht glauben konnte (noch einer, der seinen Namen falsch aussprach), sprach Tilos dieses Mal absichtlich den Namen des Arztes falsch aus, er artikulierte kräftig und langsam, um sich etwas zu entschädigen. „Und, sagen Sie, wenn es Ihnen recht ist, Doktor Ku-lonn-ski, könnten Sie jetzt die Zeit nutzen, um mich zu entlassen?"

Der Arzt räusperte sich und bewegte auf sonderbare Weise seine Augen, so als fiele es ihm schwer sich in diesem Augenblick taub zu stellen. In diesem Moment näherte sich der andere Spezialist der Abteilung und Stationarzt hinterlistig Tilo, drückte seinen Mund beinahe an sein Ohr und sagte:

„Entschuldigen Sie, der Chef heißt nicht Kulonnski, sondern Kaminsky."

Aber Tilo zog es lieber vor ihn zu ignorieren und begann erneut sich in die *Strafkolonie* von Kafka hineinzudenken: *Jetzt, verdammt, will mich dieser Scheißoffizier mit diesem seinem Apparat verurteilen, oder ich sollte besser sagen, mit seinem ganzen Ärzteteam, aber zumindest könnte er mich mit meinem richtigen Namen ansprechen.*

„Entlassen? Haben Sie entlassen gesagt? Ich hoffe, dass das, was Sie gesagt haben, nur ein Scherz war?", antwortete der Professor konsterniert. Sein Gesicht war so rot geworden, dass sogar die Sommersprossen auf seiner Stirn verschwanden, und er lächelte gequält und zeigte dabei seine maisgelben Zähne.

Anschließend befahl er seinem Adjutanten, dem Oberarzt, er möge laut die Zusammenfassung von Tilos erster klinischer Untersuchung vorlesen.

„Jawohl Herr Professor, sofort", antwortete der Oberarzt völlig steif, ohne etwas Anderes als den Mund zu bewegen. Der Oberarzt gehorchte der hierarchischen Befehlsfolge, er ging zur Oberschwester hinüber, und ohne den Mund zu öffnen, nur durch einen arroganten Blick, so als sage er *und worauf wartest Du noch, gib sie mir endlich*, befahl er ihr stumm ihm den Bericht zu geben.

Die Krankenschwester, eine Frau mit beachtlicher Oberweite, zog umgehend und mit einer Geste, als befolge sie einen Befehl, die rote Mappe mit der Krankengeschichte aus einem kleinen, fahrbaren Ordnerschrank und reichte sie ohne zu murren ihrem direkten Vorgesetzten, dem Oberarzt.

„Hier habe ich ihn, Herr Professor", sagte der Oberarzt und begann unverzüglich laut vorzulesen: „Eins. Genereller klinischer Zustand: Schlechter Allgemeinzustand des Patienten, mit Verdacht auf Pathologien im Bereich der Lungen und des Abdomen; leicht fiebriger Zustand mit Magenverstimmung; leichte Geschwürbildungen in der Mundhöhle; leichtes Ungleichgewicht im Herz-Lungen-System; schwacher Puls der Dorsalarterie in den Füßen sowie stechender Schmerz in der Lumbalzone. Zwei. Neurologische Befunde: schwache Muskelreflexe in beiden

Körperhälften, im Besonderen in den Extremitäten; sehr schwacher, beinahe nicht vorhandener Reflex der Achillessehne auf beiden Seiten; Defizit in der Sensomotorik in Händen und Füßen; deutliche motorische Schwäche im rechten Arm sowie in der Bewegung der Hüfte, Streckung und Beugung der Knie und Füße; Atrophie der Schultermuskulatur, Oberschenkel und in den kleinen Muskelfasern der Füße; asymmetrischer rechter Finger-Nasen-Versuch; Knie-Hacken-Versuch mit ataktischen Ergebnissen; unsicherer Schritt beim Gehen und zudem deutliche Ataxie; distale symmetrische Hypästhesie in beiden Beinen; links- und rechtsseitige Pallanästhesie. Drei. Neuropsychologische Befunde: enorm hyperanimierter Zustand, zudem Hyperaktivität mit leichten Symptomen situativer phobischer Paranoia, begleitet mit Gedankengängen, die beinahe immer und ausschließlich mit Krankheit und Schmerz in Verbindung stehen..."

Und als der Arzt weiterlesen wollte, unterbrach ihn die Krankenschwester und reichte ihm den Bericht, den ihre Kollegin der Nachtschicht für den Schichtwechsel am Morgen geschrieben hatte. Der Arzt nahm das Papier, las es schweigend, hustete ein wenig und war überrascht von allem, was dort geschrieben stand, besonders von den unpassenden Ausdrücken wie: Patient beinahe übergeschnappt, rebellisch, unruhiger Floh et cetera, sodass er es vorzog alles zusammenzufassen und zu sagen:

„Und hier, Herr Professor, steht ebenfalls, dass sich der Patient sehr unruhig und nervös zeigt, dass er manchmal sogar unautorisiert die Klinik verlassen möchte." Mit reichlich verschwitzter Stirn und zitternden Händen ordnete der Oberarzt den ganzen Berg an Blättern und übergab sie der Eminenz und maximalen Autorität, dem Professor Kaminsky.

Im Zimmer herrschte absolutes Schweigen. Und Tilo hatte natürlich schon vor einer Weile aufgehört sich all die Dinge über die *Strafkolonie* vorzustellen und spielte mittlerweile in seinen Gedanken schon mit jener anderen Erzählung, *das Urteil*. Rund um Tilos Bett kreuzten das medizinische Gefolge und die Assistenten des Professors die Blicke, so als fragten sie sich voller Spannung: *und jetzt? Was wird der Chef nun sagen?*

Der Professor, ganz der Fachmann, setzte sich seine kleinen, lupenähnlichen Zusatzgläser auf die Brille und prüfte noch einmal den gesamten Bericht, unterstrich jedoch dieses Mal mit einem Bleistift all jene Dinge, die ihn besonders interessierten. Nach einer Weile setzte er mit höchster Bedächtigkeit seine Lupengläser wieder ab, steckte sie in die Tasche seines Kittels und fragte Tilo in einem schuldhaften Ton an:

„Und was sagen Sie mir jetzt? Nachdem Sie all das gehört haben? Haben Sie immer noch den Wunsch zu gehen?" Und ohne ihm anschließend Zeit zu geben zu antworten, fuhr er fort: „Machen Sie sich jetzt bitte frei, ich möchte Sie untersuchen." Er musterte dabei ebenfalls verstohlen seine Schülerinnen, so als wolle er sagen: *Und Ihr, Mädchen, gebt schön acht, damit Ihr lernt, wie man eine klinische Untersuchung durchführt bei einem Patienten mit Verdacht auf polyneuropathische Sensibilitätsstörung und darüber hinaus auf Lichtheim-Syndrom.*

Der Professor entfernte zunächst den Schlauch von Tilos Infusion, passte dann mit einem Pflaster die Kanüle an, die dieser im Arm stecken hatte und nachdem er sein Ohr auf Tilos Brust gelegt und den langen Mittelfinger mit dem Zeigefinger seiner linken Hand zusammengeführt hatte, begann er damit rhythmisch seinen Brustkorb abzuklopfen, so als spiele er auf einer Bongo einen afrokubanischen Klang; das Gleiche machte er mit seinem Rücken und der Zone der Nieren; anschließend kreuzte er seine Hände wie ein X und tastete den Unterleib und den Bauch ab; er befühlte die Muskeln der Lendengegend; er maß minuziös den Puls einiger Arterien an verschiedenen Punkten des Körpers; er streckte und rieb einzeln Tilos Finger und Zehen und betrachtete gleichzeitig die Farbe der Zehen- und Fingernägel; er untersuchte mit einem vibrierenden Instrument die Sensibilität der Extremitäten; er ließ Tilo für drei Minuten mit geschlossenen Augen im Zimmer umherlaufen und stehenbleiben; dann ließ er ihn die Arme nach oben strecken und sich zum Boden hinunter beugen, mit auf den Boden gedrückten Handflächen (diesen Vorgang musste Tilo ungefähr fünf Mal wiederholen); anschließend begann er mit den Prüfungen des Gleichgewichtssinns, er sagte ihm zum Beispiel: „Mal sehen, stehen Sie mal auf einem Bein, jetzt auf dem anderen, jetzt wieder dem rechten, dem anderen, wieder dem rechten, links, rechts, links…" und so wies er ihn an, dass er alles zehn Mal wiederholte; er wandte auch den Test der Muskelkraft in den Oberarmen, Unterarmen und Beinen an; er beobachtete erneut derart gründlich Tilos Pupillen, dass er eher wirkte wie einer dieser fanatischen Goldgräber, wenn sie den Sand eines Flusses sieben; er ließ ihn dann mit seinen Augen das Glühlämpchen seiner Taschenlampe verfolgen, er sagte: „Und jetzt folgen Sie bitte aufmerksam diesem Lämpchen… gut, gut, so, ein bisschen mehr nach rechts, links, oben, unten, noch einmal bis hier, nach dort, ein bisschen weiter nach unten, oben und wieder hier..." Und das alles so lange, bis der Arme Tilo beinahe schielte. Dann schlug er mit einem kleinen Gummihammer auf einige Gelenke der Arme, Ellenbogen, Handgelenke, Knie und Füße; er stach mit einer Nadel vorsichtig in den geraden Muskel seines rechten Oberschenkels, in den Schneidermuskel, in die Streckmuskel seiner Zehen, Finger, den langen Wadenbeinmuskel, den vorderen Schienbeinmuskel, bis er schließlich fertig war.

„Sehr gut, das ist für den Moment alles, wir sind fertig. Sie können sich jetzt anziehen", sagte ihm der Professor, wie immer in einem arroganten Kommandoton; dann rückte er den kleinen, metallischen Rolltisch mit den Akten heran, um auf einem Formblatt seine herausragendsten Beobachtungen zu notieren.

„Donnerwetter, Doktor, Sie hätten mich lieber beim New-York-Marathon teilnehmen lassen sollen", sagte ihm Tilo erschöpft und mit bis zu den Ohren verkrampftem Körper.

Der Einzige, der ein kaum hörbares Lachen ausstieß, das eher wie ein Keuchen klang, war Emil. Die Anderen hingegen waren durch die Übellaunigkeit ihres Anführers hinreichend indoktriniert worden, dass sie sich nicht einmal regten, trocken waren, völlig lakonisch und ohne Spaß.

„Sind Sie immer so witzig, Herr Medina?", war das Einzige, was der Professor sagte, während er knapp über seine Schulter schaute.

„Erstaunlicherweise ja. So bin ich, Herr Professor. Außerdem muss ich ausnutzen, dass meine Frau nicht da ist ... hehehe ..." Tilo lachte alleine und rieb sich die Muskeln seiner Beine, die ebenfalls verhärtet waren. „Es ist so, dass mein Lauralein ...", beinahe hätte er gesagt *so wie Sie*, „eine spitzenmäßige Miesepeterin ist und ich mich immer sehr ernsthaft und vernünftig verhalten muss, verstehen Sie?"

Die Krankenschwester stieß ein sonderbares Geräusch aus, von dem man nicht sagen konnte, ob es ein Lachen, ein Rülpser oder etwas in der Art war.

„Hm ... dann erlauben Sie mir Ihnen zu sagen, Herr Meduni, Verzeihung, ich meine Medina, dass wir hier in der Klinik Sie bitten, dass Sie am besten dasselbe tun: Bewahren Sie Vernunft, viel Vernunft, aber vor allem auch Geduld", sagte ihm der Professor beinahe ohne mit der Wimper zu zucken. „Sie sind ja tatsächlich hier her gekommen, damit wir Sie heilen und nicht, damit Sie uns unterhalten. Ich weiß nicht, ob ich mich jetzt klar ausdrücke? Und ich bitte darum, dass Sie mir jetzt auf die folgenden Fragen nur mit einem Ja oder Nein antworten: Haben Sie Schluckbeschwerden? ..."

„Ja", antwortete er, und musste sich zurückhalten und innerlich bis zehn zählen, um ihm nicht irgendetwas anderes zu sagen, wie zum Beispiel: *Hör Du mir lieber zu. Schlucken kann dasselbe sein wie schlürfen oder schlingen. Ja, das ist es, Spucke schlingen, viel Spucke, Du unglücklicher und arroganter Penner!*

„Probleme beim Sprechen?"

„Äh, gut ... was soll ich Ihnen jetzt sagen? Ich glaube nicht, bis auf diese Piepsstimme, die mir manchmal rausrutscht."

„Muskuläre Kontraktionen?"

„Äh ... Sie meinen sicher diese Krämpfe die ich immer im Rücken, den Armen und Beinen bekomme, bei denen ich dann hart werde wie eine Mumie, oder?"

„Ja, genau die."

„Ah, gut ... dann ja."

„Haben Sie während des Tages auch den Eindruck, dass Sie sich dysfunktional bewegen?"

„Dysfunktional? ... Was heißt das?" Tilo zweifelte, korrigierte aber automatisch sein Zögern und sagte: „Oder würden Sie es nicht lieber abnormal nennen?"

Emil, sein Bettnachbar, musste, während er dem Gespräch zuhörte, dieses Mal in seine Kopfkissen beißen, um nicht laut loszulachen.

„NEIN, NEIN, NEIN!", weigerte sich der Professor energisch und es war zu merken, dass seine Geduld fast am Ende war. „Ich werde es auf andere Weise erklären: In Ihrem Haus oder während Ihres Alltags, haben Sie da nicht manchmal das Gefühl, dass Sie gewisse Bewegungen mit ihren Armen, Händen, Beinen oder jedweder anderer Extremität oder jedwedem anderen Teil Ihres Körpers ungewollt, oder sagen wir unkontrolliert ausführen?"

„Ah, darum ging es! ... Ja, ja, klar, ständig. Und dieser ganze Mist passiert mir immer besonders dann, wenn mein geliebtes Frauchen Laura mich mit ihrem Putzfimmel und ihrem Ordnungswahn aus dem Konzept bringt. Ah, denn das ist wirklich so, meine Laura ist immer sehr, also wirklich sehr ordentlich und exakt, überkorrekt, wissen Sie?"

„Herr Meduna, ich bitte Sie, ich glaube, ich hatte Ihnen gesagt, dass Sie mir bitte nur mit Ja oder Nein antworten. Außerdem interessieren mich Ihre privaten Probleme nicht, verstanden?"

„Natürlich, entschuldigen Sie! Machen Sie nur weiter, Professor *Kullonski*, äh, Verzeihung, ich meine *Kullinski*, aber vorher würde ich, wenn Sie erlauben, eine kleine Randbemerkung machen: warum nehmen Sie sich nicht die Zeit, um sich Ihre Papiere noch einmal genau anzuschauen, denn es scheint mir, dass mein Nachname falsch notiert ist ... Mein Name ist Medina, mit *i* und ohne *u*."

Die Sommersprossen auf der Stirn des Professors verschwanden aufgrund der beinahe lilafarbenen Färbung, die sein Gesicht anzunehmen begonnen hatte, mittlerweile fast vollständig, so als sei er ein Chamäleon.

„Stimmt, Sie haben Recht, das ist mein Fehler, aber bei so vielen Patienten ... Ah ja, noch etwas anderes, mein Name ist auch nicht *Kullonski* oder *Kullinsky*, sondern Kaminsky." Er wiegte den Kopf ein wenig zu einer Seite und zeigte nur der Form halber ein etwas gezwungenes Lächeln. „Also gut, wie wäre es, wenn wir jetzt weiter machen. Haben Sie auch Gelenkschmerzen?"

„Ja."

„Heiserkeit oder Stimmschwankungen?"

„Ja."

„Müdigkeit?"

„Ja."

„Dysfunktion der Blase oder Probleme mit der Verdauung?"

„Ja, beides. Es ist sonderbar, Doktor, ich wirke beinahe wie ein Hund, so viele Haufen wie ich immer mache. Außerdem ... wissen Sie, was die Verdauung angeht: ich furze so, dass ich mich selber erschrecke. Was für stinkenden Blähungen, mein Gott!"

„In Ordnung, in Ordnung, ich glaube es ist nicht notwendig, dass Sie jetzt so ins Detail gehen ... Und Ihre Atmung, wie sieht es damit aus? Hektisch, oder scheint es eher so, dass Ihnen manchmal die Luft fehlt?"

"Ja, jo, jooo ...", antwortete Tilo, so als sänge er, ohne das „A" richtig zu betonen, eher ein „O".

„Jojo was? Herr Medina, ich brauche eine konkrete Antwort. Entweder ja oder nein."

Tilo, der dieses ganze Verhör nicht mehr aushielt, entschied sich von nun an wie der mexikanische Komiker Cantinflas zu reden, in der Hoffnung, dass er sie durcheinander bringen könnte und sie ihn so vielleicht endlich in Ruhe ließen.

„Joo, *verry* elementar, mein *teacher,* aber leih mir jetzt mal ein Stückelchen Deiner *attention*: sobald ich Ihnen jetze genau nur mit einem einsamen, melodiösen *Ja* ohne jeglichen Schwung antworte, und wie Sie ja jetzt wissen, natürlich im Namen des großen Gottes des Wohlklangs Apollo ... Oh Du mein Göttchen mein, vielleicht hörst Du mich jetzt an! ..." Tilo bekreuzigte sich übertrieben, schaute an die Decke und gestikulierte wie einer dieser religiösen Fanatiker. „Ich singe Ihnen jetzt hier nur in der nordischen Version: jo, schauen Sie ... und hier *please*, noch einmal *verry attention*: das heißt nicht, mein großer *teacher*, dass es automatisch bei einem zutrifft, da er aufgrund seines Äußeren perfekt gekocht, reif und gewürzt scheint. Anders gesagt, und wie ich auch bescheiden ein wenig hinzufügen möchte, zu diesem leckeren Braten, meinem *Estofado, en este momento* oder, äh, bessergesagt *at this time* von Jetze genau, könnte Ihnen dieser unterwürfige Troubadour voller schiefer Noten zustimmend auch das andere *Ja* singen. Das heißt, *Jo*, dieser Flegel hier, mit richtigem Vokal und nicht so melodisch wie das andere. Denn, *looking at me please* nur jetzt, mein großer *Maestroso*, denn das ist ja *verry simple*, schlichtestens, lediglich einfachst, wie das Lied von den drei Chinesen mit dem Kontrabass zu singen ..."

Der Professor, der mittlerweile nicht mehr rot oder lila, sondern bleich im Gesicht war und die Augen vor Zorn und Empörung verdreht hatte, musste dieses Mal wirklich eine große Anstrengung unternehmen, um sich zusammenzureißen und nicht etwas Unangemessenes zu sagen; er presste die Kiefer zusammen, ordnete sich recht nervös seine gestärkte, weiße Uniform, die sich während der ausgedehnten Untersuchung wie ein Stück Papier zerknittert hatte, und zog es vor dem Stationsarzt mit lauter Stimme folgende Anweisungen zu diktieren:

„Doktor Breit, der Patient muss morgen direkt nüchtern bleiben, damit eine gesonderte hämatologische Untersuchung bei ihm durchgeführt werden kann. Mich interessiert dabei im Besonderen, wie es um sein Antikörper-Niveau bestellt ist, das Protein S-100, die β-Einheiten des T-Zell-Rezeptors, die Glucose, das Differentialblutbild, die Elektrophorese und all die anderen Dinge. Ich möchte außerdem, dass Sie eine ausführliche Untersuchung seines Urins durchführen und dabei die Konzentration des Harnstoffes mit dem zugehörigen Niveau der alkalischen Phosphate vergleichen. Ist bis hierhin alles klar, Doktor Breit?" Und er schaute ihn an, als wolle er sagen: *Hoffentlich, denn ich will diesen traurigen Clown zumindest heute nicht mehr sehen müssen!*

„Ja, Herr Professor … ich hab es so aufgeschrieben und werde es auch so machen", antwortete der untergebene Arzt, dem ein wenig die Hand zitterte.

„Perfekt. Denn wir müssen herausfinden, was da in ihm vorgeht, und aufgrund dieses leicht fiebrigen Zustandes, den er immer hat, möchte ich, dass Sie die Dosis des *Paracetamol* um das anderthalbfache erhöhen und zudem einmal *Pantozol* geben. Bei all den Analgetika, die er nimmt, müssen wir aufpassen, dass ihm der Magen nicht noch von einem Geschwür perforiert wird." Und er schaute erneut ernst den untergebenen Arzt an. „Können Sie mir folgen, Doktor Breit?"

„Ja, ja, natürlich; anderthalb mal mehr *Paracetamol* und einmal *Pantozol*", wiederholte er gehorsam.

„Sehr gut. Ah ja ... noch etwas. Senken Sie ihm auch die Dosis des intravenösen Opiates um dreißig Prozent, ich glaube, es bringt ihn ein wenig durcheinander. Ersetzen Sie es nachts lieber mit zwanzig Milligramm des Beruhigungsmittels *Zopiclon*."

Der Professor schaute nun zur Krankenschwester, er klopfte sich die Schuppen ab, die sich auf seiner Schulter gesammelt hatten, und während er die beiden Assistenzärztin verstohlen anschaute, sagte er:

„Und Sie, Schwester, bitte gehen Sie auch den beiden Studentinnen zur Hand, damit sie mir dringend, ich wiederhole, dringend in den nächsten Tagen den gesamten Plan A der Untersuchungen vorbereiten, das heißt: den Liquor cerebrospinalis und die ganze Batterie an Prüfungen der Nervenleitung, der Physis, Elektromyographie, Elektrokardiographie et cetera. Außerdem habe ich schon mit Doktor Schulz aus der Chirurgie gesprochen, damit man eine Biopsie von zwei Millimetern des Nervus Suralis in seinem linken Bein durchführt. Ah ja, fast hätte ich es vergessen, ich möchte auch, dass der Radiologe direkt morgen eine Computertomographie seines Thorax und eine Magnetresonanz des Schädels macht."

Kurz bevor er ging, setzte sich der Professor auf die Kante von Tilos Bett, schaute ihn fest an und sagte:

„Herr Medina, ich möchte, dass Sie wissen, dass dies hier kein Zirkus, sondern ein Sanatorium ist, in dem ich die Regeln festlege. Ich wünsche Ihnen einen schönen Tag ..." Und er wehte wie Rauch aus dem Zimmer, zusammen mit seiner Kolonne von Ärzten, die ihm gehorsam im Gänsemarsch folgten.

Es vergingen drei weitere Tage und die Schmerzen, die Tilo in der Taille hatte sowie die Taubheit in den Extremitäten, hatten nicht nachgelassen. Man musste ihm stattdessen die intravenöse Dosis des Opiats wieder erhören und ihm zudem ein starkes Muskelrelaxans verabreichen. Es waren mittlerweile alle wichtigsten Untersuchungen der Nervenleitgeschwindigkeit und Elektrophysiologie bei ihm durchgeführt worden, und selbstverständlich auch die kleine Biopsie zwischen der Ferse und den Wadenmuskeln seines linken Beines. Jetzt fehlten nur das abschließende Bild all der Blutuntersuchungen und das Ergebnis der Lumbalpunktion, die man zwischen den Rückenwirbeln drei und vier durchgeführt hatte, um eine Probe zu entnehmen und die Gehirn-Rückenmark-Flüssigkeit zu analysieren. Diese letzte Untersuchung war für Tilo schlimmer gewesen als eine Folterung durch die Inquisition, da er hypersensibel auf die Lumbalpunktion reagiert hatte, was als postpunktioneller Kopfschmerz bekannt ist, aufgrund dessen er nach der Untersuchung unerträgliche Schmerzen im Schädel und Übelkeit verspürt hatte, auch konnte er nichts essen, da er sofort alles erbrach. Was ein mehr als ausreichender Grund dafür war, dass Tilo ab und an von Morbo und seinen fiktiven Figuren phantasierte. Seine Schmerzen und die Übelkeit waren so schlimm, dass er sich quasi nicht aus dem Bett bewegen und, was noch schlimmer war, sich auch keine Erleichterung durch das Notieren seiner Selbstgespräche in seinem Notizbuch verschaffen konnte.

Tilos Frau fühlte sich, seitdem ihr Mann sich nun endlich in den Händen der Ärzte befand, deutlich ruhiger und hoffte vor allem, dass all das Leiden nur vorrübergehend sei und alles wieder sein würde wie früher, wenn er nach Hause käme. Alle seine Freunde aus der *Grupo* (jener Gruppierung, die von Tilo zur Förderung und Organisation literarischer und kultureller Aktivitäten gegründet worden war), schickten ihm ständig Bücher und noch mehr Bücher, damit er sich ein wenig ablenken konnte. Da sie sehr besorgt um ihren großen Freund und Anführer waren, riefen sie zu jeder Gelegenheit Laura an und fragten sie, wie es ihm ginge und ob man ihn jetzt endlich besuchen könne; sie sagten ihr zum Beispiel: „Aber nein, Gringuita, sei doch nicht so ... Wann glaubst Du denn, dass wir ihn sehen können? Denn wir würden ihm so gerne *Ceviche* und *Causa Limeña* mitbringen, die isst er doch so gerne." Aber aufgrund ihrer Neigungen gegenüber Ausländern, die man intolerant oder sogar radikal nennen könnte (besonders gegenüber jenen mit dunkler Haut), log sie ihnen immer etwas vor und dachte sich, *sie mögen alle in der Hölle schmoren.* „Aber bitte, versteh mich doch, es ist unmöglich, denn seine Ärzte haben mir gesagt, dass seine Internierung noch eine Weile dauern kann. Stell Dir vor! Obwohl ich seine Frau bin und er mir so fehlt, haben Sie mir auch gesagt, dass ich lieber nicht kommen soll ..." Und so überlistete sie sie beinahe immer.

Der andere Patient dagegen, der Siebzigjährige, fühlte sich, seitdem er mit Tilo zusammen in einem Zimmer befand, jeden Tag besser und hatte weniger Zuckungen als vorher.

„Mensch Tilo, warum dauert das bei Dir denn so lange? Zu diesem Zeitpunkt solltest Du Dich so gut fühlen wie ich", sagte ihm der Alte überrascht und schaute ihn an, so als wolle er sagen: *Verdammt, ich bedaure Dich wirklich ... Und ich fühle mich jetzt so vital und frisch.* Er redete neben seinem Bett stehend mit ihm; er hatte einen Morgenmantel mit fröhlichen und ziemlich grellen Farben an: mit Streifen in intensivem Orange, Entengelb und Indischrot. „Gefällt Dir mein Morgenmantel? Ich hab ihn gerade im Laden unten gekauft, neben der Cafeteria."

„Wie schön Emile, ich freu mich wirklich sehr für Dich." Tilo bedeckte ständig unbewusst seinen Mund, wie um dieses Gefühl erbrechen zu müssen im Zaum zu halten, dass ständig in ihm aufstieg. Sein Kopf drehte sich immer noch so schnell wie ein Roulettekessel.

„Soll ich Dir etwas bringen, einen Tee, Kaffee, oder lieber Wasser?" Der Alte hatte ihn sehr lieb gewonnen und half ihm stets bei allem.

„Nein, mach Dir keine Sorgen Emilein. Diese Scheiße wird bald vorbei sein. Hehehe ..." Tilo lächelte nur und dachte vielmehr an den Jungen *Emile* von Rousseau. „Nein ernsthaft, Emilein, ich freue mich von ganzem Herzen für Dich. Ich merke, dass das, was ich Dir über Rousseau erzählt habe, bei Dir Stück für Stück zu guten Ergebnissen führt."

„Emilein? Aber, warum das denn? Ich könnte sogar Dein Vater sein", empörte sich der Alte lächelnd.

„Ja, ja, ich weiß Emilein ..." Er sprach ihn wieder im Diminutiv an, hielt sich dann den Mund, um erneut den Brechreiz zu unterdrücken. „Pass auf, gravier Dir das lieber in Deinen Kopf: wenn es um Gefühle geht, dann ist das Alter, das jemand hat, völlig schnurzpiepegal. Ich erklär's Dir ..." Da er jetzt seine Extremitäten quasi nicht mehr fühlte, hingen seine Füße ständig aus dem Bett und damit sie sich nicht verkühlten, half ihm der Alte sie wieder an ihren Platz zu bringen und packte sie gut in die Bettdecke ein. „Dieser originelle Papageien-Morgenmantel, den Du da gewählt hast, zeigt mir auch, dass Du endlich lernst Du selbst zu sein, oder bessergesagt das, was Dein Gemüt Dir sagt was Du bist. Verstehst Du mich jetzt?"

„Äh ja, ein wenig ..." und der Alte betrachtete ausführlich sein Kleidungsstück.

„Ich erklär es Dir also weiter ... Pass auf, Du lernst jetzt also Schemata zu durchbrechen und Dich nicht von all den Formalitäten und dämlichen Konventionen unser Gesellschaft beeinflussen zu lassen. Das ist alles. Beobachte nur ausführlich wie sich all diese überheblichen Doktörchen verhalten und ihr Hilfspersonal, das immer gleichgültig und unsensibel in diesem Zimmer ein- und ausgeht. Oder glaubst Du, dass wir, weil wir, sagen wir mal, körperlich ein wenig behindert oder vielmehr durch unsere Schmerzen limitiert sind, es zulassen, dass hier so ein Arzt wie Kaminsky mit seinen akademischen Ehrentiteln und Weisheitsallüren kommt, der zu allem Überfluss noch meint, dass er unsere Körper besitzt, dass wir und so einfach demütigen lassen wie die anderen Kranken? Nein, nein, nichts da mein Freund! Du und ich, wir werden von jetzt an sein wie der Junge *Emile* von Rousseau und damit basta! Außerdem garantiere ich Dir, dass wir uns aufgrund unserer Krankheiten, oder was für eine Scheiße wir auch immer haben, nicht von all dem beeinflussen lassen sollten, was uns diese verlogenen Doktörchen sagen, sondern lieber eine perfekte Harmonie entstehen lassen sollten zwischen dem, was wir in uns fühlen, unserer Realität und unserer Moral. Und noch eine Sache, die Du Dir lieber einprägen solltest: das Schlechte ist nicht die Krankheit an sich, sondern die Frage ist viel mehr was die Ursachen sind, die sie auslösen. Ja, so ist das ... und eine von ihnen ist diese Scheißgesellschaft und all die anderen Gesellschaften auf der Welt, die vom Betrug verfault sind, sie sind schlecht, höllisch, teuflisch, es ist die Gesellschaft, die uns schwächt, verzehrt und krank macht. Soll ich Dir noch etwas anderes sagen, Emilein? Weder habe ich jetzt, noch werde ich je Angst haben vor meiner Krankheit oder vor dem, was ich haben könnte. Das ist nicht alles, ich habe mich sogar mit ihr befreundet, sie heißt *Morbo*, wusstest Du das? Es ist Morbo und selbstverständlich die Unterstützung einer höheren Macht, die das sein könnte, was man Gott nennt, die Indios *Taita*, den lieben Vater, die Vorsehung, den Titan, Superman, Batman oder weiß der Teufel wer; sie sind es, die mir die Kraft geben weiterzumachen und jeden Tag mehr herauszufinden über den Schatz, den dieser *ungewisse Zustand* darstellt, den wir im Grunde, tief im Grunde unseres Seins alle unbewusst immerzu suchen, seitdem wir geboren sind." Da Tilo merkte, dass der Alte ihm viel genauer zuhörte als früher, schlug er ihm Folgendes vor: „Ich habe eine Idee: weil Du und ich beide wissen, dass wir nicht ewig hier bleiben werden, sollten wir also etwas tun, von dem ich weiß, dass es uns sehr gefallen wird und nebenbei wirst Du sehen, dass wir auch den anderen Patienten einen großen Gefallen tun, die sich sicher ebenso verloren oder noch verlorener und unsicherer fühlen als wir in dieser Abteilung oder, wie es der Weise Kaminsky auch gesagt hat, in diesem ganzen Sanatorium."

Dem Alten, der jetzt nichts mehr zu verlieren hatte, erschienen diese Initiativen von Tilo mit all ihrer Extravaganz und ihren Wahnvorstellungen am Ende nicht mehr so unsinnig, wie er am Anfang gedacht hatte, und er entschied sich deshalb ihm zu folgen.

„Hör mal, dein Vorhaben ist nicht schlecht", antwortete er und half ihm jetzt mit dem Kopfteil des Bettes, damit er sich ein wenig bequemer fühlte. „Aber sag mir: wann glaubst du werden wir es tun und worum genau geht es?"

„Wir machen es einen Tag bevor sie mich entlassen. Denn so wie die hier arbeiten, wird genau dann in diesem Zimmer auch wieder der große Kaminsky mit seinem ganzen Kannibalenstamm seinen Auftritt haben."

„Aber ... und wenn sie mich zuerst entlassen, werden wir dann scheitern?"

„Nein, aber Emilein, benutz ein bisschen deine Birne. Tu einfach so, als ob Dir der Kopf schmerzt, Dir schwindelig ist, übel, und Du wirst sehen, dass sie Dich nicht entlassen."

„Stimmt, Du hast Recht, aber ... dann sag mir: was ist Dein Plan?"

Trotz seiner Schmerzen und des Schwindels, rückte Tilo unter großen Schwierigkeiten an seinen Nachttisch heran und griff von dem beinahe 30 Zentimeter hohen Turm aus Büchern, die ihm seine Freunde aus der *Grupo* geschickt hatten, das oberste, gab es dem Alten und sagte:

„Nimm, das ist für Dich. Es handelt sich um das nach der Bibel zweitverkaufte Buch auf der Welt: *Robinson Crusoe* von Daniel Defoe. Es würde mich sehr freuen, wenn Du es in diesen Tagen durchlesen könntest. Es ist sehr gut."

„Aber das ist ... was bedeutet das jetzt? Das ist doch nur ein einfaches Geschichtchen, so wie das von Sandokan. Außerdem habe ich es auch schon vor ungefähr sechzig Jahren gelesen, als ich ein Junge war."

„Ja, und genau deshalb garantiere ich Dir, dass Du es nie wirklich richtig verstanden hast." Tilo grübelte weiter und fügte hinzu: „Du musst das bitte verstehen: Du bist für mich wie der Junge *Emile* von Rousseau, es ist unumgänglich, dass du jetzt auch diesen Schiffbrüchigen *Robinson* und all das studierst, was er herausfindet und tut, um auf dieser Insel zu überleben, seiner eigenen Insel." Und er erinnerte sich plötzlich mit lauter Stimme an einen Satz aus dem Buch, den genau jener *Robinson* sagte ... „*Nun aber will ich den traurigen Bericht von einem einsamen Dasein, wie es vielleicht nie ein anderer Mensch auf Erden geführt hat, von seinem Beginne an erzählen und in aller Ordnung fortführen.*"

„Verdammt, ich sehe schon, dass Du mir jetzt auch noch Aufgaben gibst ... hehehe." Der Alte lachte jetzt nur und dachte: *Das ist in Ordnung, ich werde Dir nur folgen, weil Du mir eine intelligente Person zu sein scheinst, Du bist sympathisch, aber vor allem ehrlich und, nun ja, auch ein bisschen verrückt.* „Aber sag mal, was hat denn dieses Buch jetzt mit Deinem Plan zu tun?"

„Viel. Aber das wirst Du später herausfinden. Lies es Dir für den Moment einfach nur komplett durch, mitsamt dem Prolog."

In jener Zeit, die verstrichen war, seitdem sie sich über den Plan unterhalten hatten und die, nebenbei erwähnt, Tilo und seinem Bettnachbarn vorgekommen war wie eine Ewigkeit, kamen ihn auch seine Frau und Tochter besuchen. Als Tilo die schöne Karina sah (seine verwöhnte Stieftochter), umarmte und küsste er sie so überschwänglich, dass sie sogar die Krankenschwester rufen mussten, da es seinen Blutdruck durcheinander brachte. Sosehr ihn seine Frau und Tochter auch pausenlos fragten, wie es ihm ginge und was die Ärzte gesagt hatten, Tilo wollte sie wie immer nicht beunruhigen und antwortete einfach: alles sei gut und sie sollten sich nicht sorgen, denn bald, sehr bald würden sie ihn entlassen. Und so lenkte er fast immer das Gespräch um, sprach lieber über Dinge, die seine Tochter interessieren könnten, die Betriebswirtschaft an der Universität studierte, wie zum Beispiel: jene Zusammenfassung von drei Seiten, die Tilo ihr an einem Tag selbst über umfassendes Management erstellt hatte und die sie in einer Woche an der Universität abgeben musste. Weil Laura ihm währenddessen aber immer diese verärgerten Grimassen zog und keinen der Scherze verstehen wollte, die ihm solchen Spaß machten, ärgerte er sie mit einigen Anspielungen, indem er sagte: „Aber Liebling, warum bringst Du mir das nächste Mal nicht lieber auch ein paar Lilien mit, vielleicht lässt sich so ein wenig dieses hitzige Klinik-Ambiente mildern?" Oder aber: „Oh, jetzt weiß ich, ich habe eine Idee! Ich möchte, dass Du bei Deinem nächsten Besuch Tongoy mitbringst, deinen Medizinmann, vielleicht bilden er und Professor Kaminsky ja ein gutes Doppel und tanzen mir den Regentanz um das Bett. Hahaha …" So lachte er alleine, wie immer ganz der Spaßvogel.

Seine Frau nutzte die Gelegenheit, um ihm das zu berichten, was Pocho (Tilos bester Freund und in seiner Abwesenheit nun einziger Vorsitzender und stellvertretender Moderator der Sitzungen der *Grupo*) ihm über die wichtigsten Veranstaltungen und Workshops mitteilen wollte. Einmal pro Woche verwöhnte sie ihn auch, brachte ihm eine schwere Tüte voller Bananen, vier Tafeln Schokolade, zwei Tüten Erdnüsse, zwei Tüten Rosinen und Bücher, viele Bücher natürlich.

Tilo war nun bereits zehn Tage in der Klinik und alles war bisher so verlaufen, wie er es sich in Wirklichkeit vorgestellt hatte. Immer diese Ärzte, steif vor Arroganz, kalt, emotionslos, die ständig in die Zimmer hereinstürmten und wieder hinaus, so als seien die Patienten nichts als Objekte in klinischen Studien. Niemand, aber wirklich Niemand aus dem Personal der medizinischen Assistenten, das auf der Station arbeitete, interessierte sich jemals wirklich für die Stimmung eines Patienten, ganz zu schweigen von dem was er in seinem Inneren erlitt und fühlte. Alles musste sich immer nach Routinevorgehensweisen regeln, und nur das wurde angewendet, was sie in der Medizintheorie oder in den Handbüchern lernten. Es gab all diese Krankenschwestern, die stets rau und grob waren, wie programmierte Roboter, die sich Tilo nur näherten, um seinen Blutdruck zu messen oder ab und den Puls auf Höhe des Halses oder an unterschiedlichen Punkten seiner Beine oder Füße; dazu diese Attacken unter die Achseln oder sogar in den Anus, mit Thermometern mit Warnsignal. Andere hingegen, die vermeintlich Erfahreneren, kamen und sagten ihm, oder besser gesagt zwangen ihm Sachen auf wie: „Mal sehen, begeben Sie sich bitte in Embryo-Stellung, denn wir werden Ihnen dieses kleine Zäpfchen verabreichen ..." (Kleines Zäpfchen? Es war so groß, dass es eher wie eine Gewehrpatrone aussah), oder: „aber nein, Herr Medina, hören Sie mal, wie oft habe ich

Ihnen schon gesagt, dass Sie diese Tabletten immer um fünf Uhr morgens nehmen sollen, so hat es der Doktor auch festgelegt und damit basta!", oder diese andere: „Ich bitte Sie, was für ein Starrkopf Sie sind! Wir haben Ihnen doch bereits ganz klar gesagt, dass Sie diese Schokolade, Bananen, Erdnüsse und anderen Schweinereien, die Sie in diesen Tüten haben, nicht essen sollen ..." Tilo war es leid Sätze zu hören, die für diese Leute anscheinend normal waren, so wie: „Guten Tag, ich bin die neue Laborantin und ich bin gekommen, um jetzt noch einige weitere Blutpröbchen zu entnehmen", obwohl es das zehnte Mal war, dass sie kamen und mit ihm sprachen wie mit einem Kind, das nichts verstand.

Der Arme hatte mittlerweile bereits beinahe fünfzig Blutproben abgegeben, und dann noch die großen, über zehn Milliliter; abgesehen natürlich von den Urinproben, Speichelproben, Stuhlproben, oder der einen oder anderen weiteren Körperflüssigkeit, die er pünktlich jeden Morgen abliefern musste. Das Gesicht von Tilo, das bereits hässlich gewesen war, sah jetzt eher aus wie das eines jener frischen Toten im Leichenschauhaus, den die Medizinstudenten für ihre Praktika verwendeten. Und dieses eine Mal befahlen Sie ihm: „So wie Sie jetzt sind", er hatte seine Pyjamahose an und sein Oberkörper war nackt, „gehen Sie jetzt direkt in den fünften Stock, damit man Sie in die Röhre stecken und die Magnetresonanz der Wirbelsäule und des Brustkorbs machen kann...", und dann im fünften Stock: „Sehr gut, bevor wir jetzt mit der Computertomographie mit Kontrastmittel anfangen, warten Sie bitte hier, schweigen Sie bitte, setzen Sie sich und trinken Sie bitte innerhalb von zehn Minuten diese drei Liter rote Flüssigkeit." Und während Tilo die gallertartige Flüssigkeit mit

Hustensaftgeschmack trank, dachte er sofort an jene Wasserfolter im Gefängnis von Guantanamo. Eine Folter war es auch ein anderes Mal, als es hieß: „Bewegen Sie sich jetzt nicht so viel, sehen Sie nicht, dass sonst wieder die Elektroden von Ihrem Kopf abgehen." Es war schon das fünfte Mal, dass man versuchte Tilo diese Saugknöpfe zu befestigen, um ein Elektroenzephalogramm seines Kopfes zu machen, aber da er von all dem schon die Schnauze voll hatte, schüttelte er seinen Kopf, nur um die Krankenschwestern zu ärgern. Und so quälten sie Tilo mit Tests und noch mehr Tests, bis endlich der ersehnte Tag der zweiten großen und glücklicherweise letzten Visite von Professor Kaminsky und all seiner Assistenten kam.

Es war ein anderer Montag und auf der Türschwelle sah man bereits die Schatten all der Ärzte, die mit Ihren weißen Arbeitskitteln aussahen wie Geister, die erst durch das Eintreten ins Zimmer immer realer wurden. Alle stellten sich, wie immer, in hierarchischer Reihenfolge auf. Am Fuße von Tilos Bett, wie angeschraubt und völlig steif: Professor Kaminsky. Auf ihn folgte der Oberarzt und die Oberschwester der Station, an der rechten Seite des Bettes hatten sich die beiden Assistenzärztinnen aufgestellt und ihnen gegenüber, auf der anderen Seite des Bettes, der schüchterne Stationsarzt. Sie alle musterten Tilo kalt und wirkten leblos, wie Androiden.

„Guten Tag Herr Medina. Ich sehe schon, dass die achthundert Milligramm *Prednisolon*, die wir Ihnen in den letzten drei Tagen gegeben haben, sie nach und nach revitalisiert haben. Sehr gut, sehr gut ... Mal sehen, stehen Sie jetzt auf und gehen Sie ein wenig", befahl der Professor, ohne ihm zumindest die Hand zur Hilfe auszustrecken. Tilos Hand blieb so, wie beim letzten Mal, albern in der Luft ausgestreckt.

Er vergaß in diesem Moment völlig, dass ihm immer noch die Beine schmerzten, er stieg abrupt aus dem Bett und begann unbeholfen und stolpernd ein ums andere Mal hastig durch das Zimmer zu wandern, so dass er wie eines dieser hyperaktiven achtzehn Monate alten Babys wirkte, das endlich seine ersten Schritte ausführt.

„Ist ja gut, ist ja gut, das reicht jetzt. Sie können sich wieder hinsetzen." Der Professor holte seine kleinen Lupen aus der Tasche seiner Uniform, las die wichtigsten Analysen, unterstrich die alarmierendsten Ergebnisse und sagte: „Schauen Sie, Herr Medina, ich werde versuchen so klar und direkt wie möglich zu sein: nach diesen Ergebnissen zu urteilen haben Sie, ganz wie ich befürchtete, eine ernsthafte, sehr ernsthafte Krankheit. Sie heißt: *chronisch inflammatorische demyelinisierende Polyneuropathie*. Wir Ärzte kürzen sie für gewöhnlich mit CIDP ab. Es handelt sich unglücklicherweise um eine irreversible und progressive Krankheit, die durch die Entzündung verschiedener Nerven entsteht und sich fast immer in wiederholenden oder langsam fortschreitenden Episoden des Verlustes der Bewegungsfähigkeit oder Sensibilität im gesamten Körper manifestiert."

Tilo interessierte sich nicht so sehr für die Symptome der Krankheit, da er sie schon seit einer Weile spürte, sondern eher für diesen exotischen und ellenlangen Namen.

„Verdammt, hören Sie, das klingt ja wirklich sehr interessant, unglaublich interessant!" Und er wiederholte noch einmal laut diesen sonderbaren Namen, übersetzte ihn jetzt aber dazu noch ins Lateinische: „*Seditiosae demyelinantes polyneuropathia chronica* ..."

Alle dort Anwesenden waren ziemlich überrascht von den linguistischen Fähigkeiten des Patienten, sie runzelten die Stirn und flüsterten untereinander.

In diesem Augenblick schottete Tilo seine Gedanken ab und so, als ob der Rest der Welt nicht existierte, sprach er mit lauter Stimme weiter, er analysierte diesen langen Namen und verband ihn dieses Mal auch mit Morbo:

> *Verdammt, Morbo! Mit dem Chronisch Deines Vaters und dem zusammengesetzten Nachnamen Inflammatorische-Demyelinisierende-Polyneuropathie Deiner geliebten Mutter, machst Du es mir jetzt schon schwieriger, he? Aber gut, egal, ich werde weiter Empathie mit Dir zeigen. Oder möchtest Du vielleicht lieber, dass ich die Neuropathie zeige?*

Da er zudem noch irrationale Dinge auf Spanisch von sich gab, die niemand verstand, ordnete der Professor an, dass die Krankenschwester lieber umgehend die Dosis des Beruhigungsmittels *Zopiclon* um eine weitere Tablette von zehn Milligramm erhöhen sollte.

„MEIN HERR, MEIN HERR!...", unterbrach ihn die Krankenschwester beinahe schreiend, da Tilo nun auch begonnen hatte auf Mandarin zu reden. „Bitte schlucken Sie das, damit werden Sie sich viel besser fühlen." Und sie reichte ihm ein Wasserglas mit der Beruhigungstablette, die der Professor verordnet hatte.

Tilo war aber natürlich nicht auf den Kopf gefallen, und in dem Moment, in dem er die Pille mit dem Wasser in den Mund nehmen sollte, tat er nur so, als habe er sie geschluckt und versteckte sie so zwischen Zeige- und Mittelfinger seiner Hand, dass es glücklicherweise niemand bemerkte.

„Ist ja gut jetzt, hören Sie auf, hören Sie auf, bitte, wir haben jetzt alle kapiert, dass Sie auch perfekt mehrere Sprachen beherrschen, aber jetzt habe ich, um alles nicht unnötig zu verlängern, als Arzt auch die Pflicht Ihnen Ihre Behandlung zu erläutern." Der Professor heftete seinen Blick erneut auf den Bericht, insbesondere auf den Bereich, in dem die Laborergebnisse vermerkt waren, um dann fortzufahren: „Wir machen mit dem *Katadolon* gegen die Schmerzen weiter und mit dem Kortikoid *Prednisolon*, das dabei helfen wird die Entzündung zu reduzieren und die Symptome zu lindern, aber in einer geringeren Dosis. Das Kortison, oder besser gesagt die *60 mg Prednisolon*, müssen Sie jeden Morgen nehmen und zwar in einer gestaffelten Dosis, die wir Schritt für Schritt verringern werden, und dazu natürlich auch das *Pantozol*, das Ihrem Magen helfen wird. Da Sie diese Medikamente ein Leben lang nehmen müssen, wäre es außerdem nicht schlecht sie mit einer oder zwei Tabletten *Calcilat KT* mit Vitamin D3 zu ergänzen, was Sie vor Osteoporose schützen wird. Das ist sehr wichtig, da ich anhand der Informationen des Radiologen sehen kann, dass Sie auch Anzeichen für eine marginale Sklerose haben; ganz abgesehen von dieser Osteopenie mit Arthrose, die Sie in der Wirbelsäule haben. Ach ja, noch etwas. Ich verschreibe Ihnen auch *Novalgin Forte 500 mg*, von denen Sie immer vierzig Tropfen in einem viertelvollen Wasserglas nehmen. Abhängig von den Schmerzen, die Sie haben, können Sie diese Tropfen später auch bis auf zwanzig reduzieren. Das *Ulcogant Suspension*, das ich beinahe vergessen hätte, nehmen Sie bitte auch immer mit einem Esslöffel während der Mahlzeiten. Das wäre alles, Herr Medina."

„Alles? Aber ... und die Prognose, Herr Professor? Was ist meine Prognose?", fragte Tilo, so als habe ihn all das, was der Professor bisher gesagt hatte, nicht im geringsten interessiert.

„Ah ja, natürlich ... Schauen Sie, das Einzige, was ich Ihnen sagen kann, ist, dass die Behandlung Ihres Leidens unglücklicherweise langwierig, sehr langwierig ist und schwer zu prognostizieren. Jeder Körper reagiert anders und ich möchte Sie nicht entmutigen, aber es könnte so weit kommen, dass Sie die Funktion Ihrer peripheren Nerven komplett verlieren. Aber was mir gerade am meisten Sorgen bereitet, ist nicht nur die CIDP, denn die hat ihren Verlauf und mit etwas Glück können wir es vielleicht schaffen ihn ein wenig zu verlangsamen, es sind vielmehr diese Aphten, die Sie immerzu im Mund haben und Ihre völlig aus dem Gleichgewicht geratenen Blutwerte, besonders was die grundlegenden Parameter angeht. Und auf der anderen Seite beunruhigt mich dieser schnelle Gewichtsverlust sehr, den Sie in den letzten Monaten erlebt haben, außerdem natürlich diese hartnäckigen, fiebrigen Infektionen in den Atemwegen, die Sie immerzu haben, und die Müdigkeit und die beinahe dauerhaften Schmerzen in den Gelenken. Das alles weist darauf hin, dass es sich vermutlich auch um ein Problem der immunologischen Art handelt. Kurz und gut, ich weiß es nicht, aber ich werde in Ihrem Entlassungsbericht in jedem Fall vermerken, dass man Sie auch in der Abteilung für Rheumatologie und Innere Medizin des *Krankenhauses Dresden-Friedrichstadt* untersucht. Haben Sie jetzt immer noch weitere Fragen?" Der Professor hob seine rechte Augenbraue und runzelte seine Stirn, so als sage er: *Ja ja, beeil Dich, ich hab auch noch ungefähr zwanzig andere Patienten.*

„Ja, Herr Doktor, ich habe noch eine und zwar die wichtigste Frage: Wann werde ich also entlassen?"

„Äh ... gut, schauen Sie, da wir morgen direkt mit der reduzierten Dosis des *Prednisolon* beginnen, glaube ich, dass wir Sie problemlos am kommenden Samstag entlassen könnten. Das Original des Befundes schicken wir an die Leiterin der Abteilung für Innere Medizin des *Krankenhauses Dresden-Friedrichstadt*, Frau Doktor Abigail Mangold und natürlich auch eine Kopie an Ihren Hausarzt, Herrn Doktor Rossmann."

„Ah perfekt ... diesen Samstag also", antwortete Tilo. Und während das gesamte Ärzteteam erneut gehorsam im Gänsemarsch stramm stand, um seinem Anführer beim Rückzug zu folgen, zwinkerte Tilo diskret seinem Zimmergenossen zu – der nebenbei gesagt die gesamte Konversation aufmerksam verfolgt hatte – so als sage er ihm: *Mach Du Dir keine Sorgen und lies nur weiter Robinson Crusoe, denn meinen Plan konkretisieren wir auf jeden Fall an diesem Freitag.*

Der Plan

Endlich war es Freitag. Tilo hatte sich ein wenig erholt durch all die Medikamente, die er genommen hatte und weiterhin nehmen musste. Er trug einen Dreitagebart und den zerlumpten Jogginganzug, den er auch Zuhause immer anhatte. Er zog es vor zuerst noch einige weitere Ideen mit seinem Bettnachbarn (und mittlerweile auch Komplizen seiner Streiche) abzusprechen, bevor er den Plan in die Tat umsetzte, den die Beiden minutiös geplant hatten.

„Und Emile, hast Du endlich Deine Zusammenfassung über Robinson zu Ende geschrieben?"

Beide saßen sich gegenüber und frühstückten. Aus den Fluren der Station hörte man das Quietschen der Reifen an den metallischen Handwagen, die dazu benutzt wurden, um die Staubsauger, das Poliermittel, Spülmittel und all die anderen Utensilien zu transportieren, die von den Reinigungskräften pünktlich jeden Morgen um sechs Uhr dazu verwendet wurden, um die Fußböden zu reinigen und zu desinfizieren, und die jetzt auf ihrem Weg in Richtung Zentrallager waren. *Das klingt wie ein voll aufgedrehter Turbinenmotor*, dachte Tilo.

„Nein, noch nicht. Mir fehlt noch ein wenig aus dem Epilog", antwortete der Alte, der so zittrig wirkte, dass er nicht gleichzeitig frühstücken und schreiben konnte und es vorzog, erst einmal einige Namen, Sätze und andere Sachen zu notieren, die ihn bei der Lektüre interessiert hatten. „Verdammt ...", sagte er, „und ich sag' Dir jetzt auch: Das Buch hat mir gefallen! Es ist merkwürdig, es sind so viele Jahre vergangen, seit ich es zum ersten Mal gelesen habe, dass mir die Geschichte jetzt, mit meinen siebzig Jahren, unglaublich verändert erscheint."

Tilo war an diesem Tag das erste Mal nach allem, was in der Klinik passiert war, mit einem riesigen Hunger erwacht und beachtete seinen Kumpel kaum, sondern entschied sich dazu sein Frühstück zu verschlingen. Quasi alles, was er auf seinen Tellern fand, benutzte er auch: er schmierte erst die Butter auf sein Brot, dann die Leberwurst, danach die Marmelade, darauf die Schinkenscheibe und am Ende kippte er darauf die ganze Packung Frischkäse. Sein Sandwich sah aus wie ein acht Zentimeter hoher Mega-Burger von *Burger King*.

„Emile, Du musst mich entschuldigen, aber ich glaube das ist das Kortison, das mir so einen Löwenhunger beschert."

Der Alte war sehr immer noch auf seine Aufzeichnungen konzentriert, er hob seinen Blick vom Papier, hielt den Kugelschreiber fest umklammert und schaute einen Moment ins Leere und erinnerte sich klar und deutlich, so als sähe er einen Film, an das, was dem Helden im Buch *Robinson Crusoe* passiert war: Die Flucht aus seinem Haus, die Reise nach London, seine Gefangennahme durch einen türkischen Korsaren auf seiner zweiten Schiffsreise nach Afrika, seine Zucker- und Tabakplantagen in Brasilien, der Schiffbruch auf der verlassenen Insel, und daran wie Robinson diesen Eingeborenen vor den Kannibalen rettete und ihn Freitag nannte, zu Ehren des Wochentages, an dem er ihn rettete, und an all das, was er in den beinahe achtundzwanzig Jahren tat, um zu überleben. Und so überprüfte er wieder und wieder in seinem Geist einige Reflexionen, die der Erzähler der Geschichte, der in diesem Fall auch der Protagonist des *Robinson* war, in seinem Tagebuch aufgeschrieben hatte, als Strategie, um die Einsamkeit auf dieser verlassenen Insel besser zu bekämpfen.

„Wie schön, Emilein", sagte Tilo, der es vorzog ihn so im Diminutiv anzusprechen, als Zeichen seiner Zuneigung. Sein mit Essen vollgestopfter Mund war trocken, wie bei einem jener Reptilien, das seine Beute quasi ohne zu kauen verschlang. Er trank einen Schluck Kaffee. „Ich merke, dass Dich dieses Buch sehr interessiert hat, oder? Nein, ehrlich ... und es freut mich, dass Du vor allem begriffen hast, dass sich alles mit der Zeit verändert, sogar die Gedanken. Deshalb hatte ich Dir geraten das Buch zu lesen. Man sagt nicht umsonst, dass es nach der Bibel das meistgelesene Buch ist." Tilo motivierte seinen Freund immer mit einem Lächeln, damit er weitersprach. Obwohl er wusste, dass für die Medikamente Wasser besser war, nahm er das kleine Plastikgefäß mit seinem Chemiecocktail aus Medikamenten und spülte all die Pillen auf einmal mit einigen Schlucken Kaffee herunter.

„Ja klar, ich bin begeistert ... Und das mir, dem zu lesen gar nicht gefällt, aber dieses Buch", antwortete der Alte. Aus reinem Interesse am Buch, begann er jetzt nicht zu frühstücken, sondern schob die Tasse, den Teller und die Brote, die Marmeladenpakete, die Butter beiseite und legte an ihre Stelle, so als handle es sich um etwas sehr Wertvolles, das von der vielen Lektüre zerfledderte Buch, schob es so hin, dass Tilo es gut sehen konnte und deutete aufgeregt darauf: zuerst auf das vergilbte Titelblatt, das so verwaschen war, dass man die Illustrationen kaum unterscheiden konnte und dann auf die beinahe unleserliche Rückseite voller brauner Schimmelflecken.

Diese Denkweise und die konsequente Reaktion des Alten freuten Tilo, der das Fenster öffnete, um ein wenig frische Luft hereinzulassen. Tilo zog es vor, dass sein Gesprächspartner den Rhythmus ihrer Konversation vorgab, so konnte er sich dem Feilen an seiner Strategie widmen und so sicherer in dem sein, was zu tun war.

„Und sag mal, was hat dir tatsächlich am meisten am Buch gefallen?", fragte Tilo.

Der Alte war kein Dummkopf und merkte, dass Tilo ihn auf die Probe stellte, aber es war ihm egal, da sie mittlerweile gute Freunde waren und er ihn sehr bewunderte.

„Zum Beispiel dieser Abschnitt, als Robinson beginnt seine Wohnung, oder bessergesagt seine Burg aus Sträuchern zu bauen, aus Lumpen, benutzten Dingen und allem, was er finden konnte. Verdammt, hatte ich Mitleid mit ihm! Nach allem, was geschehen war, glaube ich, dass er auch keine Alternative hatte, als seine traurige Realität zu erkennen und trotzdem weiter zu machen." Aufgrund seines spärlichen Gebisses, rutschte die Zunge des Alten manchmal zur Seite. In jenen Momenten drückte er alles, was er mit dem Mund nicht sagen konnte, mit seinen kleinen Augen aus, die vor Zufriedenheit leuchteten. „Mich hat vor allem fasziniert, auch welche Weise Defoe das Tagebuch von Robinson beschreibt und jene Bestandsaufnahme seiner guten und schlechten Taten ... Fabelhaft! Fabelhaft!"

Draußen hörte man jetzt das Lärmen der Krankenschwestern, die energisch in die anderen Zimmer ein- und austraten, Türen öffneten und schlossen oder Rolltischchen mit abgenutzten Reifen umher bewegten, auf denen sich Handtücher und andere Dinge befanden, die sie zum Saubermachen der Kranken brauchten.

„Fabelhaft? Warum fabelhaft?", fragte Tilo und legte die Stirn in Falten, so wie ein Psychoanalytiker, wenn er einen schwierigen Fall studiert. Er beobachtete seinen Gesprächspartner und fixierte ihn mit seinem Blick so, dass er ihm fast das Hirn ausquetschte.

„Aber klar, schau mal hier ..." Der Alte legte seinen zitternden Finger auf die Seite achtunddreißig und begann wörtlich zu zitieren: *„Nun aber will ich den traurigen Bericht von einem einsamen Dasein, wie es vielleicht nie ein anderer Mensch auf Erden geführt hat, von seinem Beginne an erzählen und in aller Ordnung fortführen.* Ist das nicht vielleicht unglaublich? Was für ein Mut hat dieser Mann, stimmt's? Oder dieser Absatz hier, hör mal: *Meine Vernunft begann allmählich Herr zu werden über meine verzweifelte Stimmung; ich tröstete mich dadurch, daß ich das Gute meiner Lage dem Schlimmen derselben gegenüberstellte, um meine Situation von einer schlimmeren zu unterscheiden ...* Es ist wirklich unglaublich, wie dieser Mann es schafft sich dazu zu motivieren, immer weiter zu machen. Ich ziehe den Hut vor ihm! Das sage ich Dir! Er muss so viele Dinge tun, um auf dieser Insel voller Gefahren zu überleben, bedenke, dass er völlig mutlos und bis zu den Ohren mit Sand bedeckt aufwacht, nicht weiß wie er sich ernähren soll und auch nicht weiß, dass er sich vor so vielen anderen Dingen schützen muss ... Ich glaube, dass Daniel Defoe es zu Anfang deshalb auch *Die Insel* *der Verzweiflung* nannte ..." Und so erzählte er voller Enthusiasmus über all die Dinge, die er im Buch begriffen hatte.

Tilo schloss das Fenster wieder. Er kniff seine rot entzündeten Augen zusammen, befragte weiter den Alten und notierte währenddessen einige Dinge in seinem kleinen Notizbuch, das er immer bei sich hatte:

„Hm ... interessant. Und die Angst und die Beklemmung, was sagst Du dazu?" Er sah auf seiner Uhr, dass es zehn Uhr morgens war. Er wusste, dass ihm noch anderthalb Stunden vor der Umsetzung ihres Planes blieben, den sie im Essenssaal ausführen würden, der sich am Ende eines langen Quergangs befand, der den Hauptflur kreuzte, an dem sich auch die Büros der Verwaltung befanden. „Die gibt es im Buch auch, schau genau hin!" Tilo hob den Kopf leicht in Richtung des Buches, das der Alte hielt, er zog das Kinn ein wenig ein und sagte: „Ich erinnere mich nicht genau auf welcher Seite, aber mir scheint, dass Robinson in einem Moment auch über etwas bezüglich der Gefahr und Angst in seinem Tagebuch nachdenkt."

Der Alte blätterte und blätterte derartig in den Seiten, dass diese beinahe sechzig Jahre alte Ausgabe mit ihren gelblichen Seiten und Schimmelflecken sich beinahe auflöste.

„Also nein, Emilein, mit Ruhe, sonst zerstörst du mir alles, was vom Buch noch übrig ist", warnte ihn Tilo.

„Ja, hier ist es, ich habe es gefunden: Seite fünfundneunzig." Und er legte den Finger, der sich, ohne dass er es wollte, bewegte wie ein Regenwurm, auf die Seitenzahl: *„So ist die Furcht vor einer Gefahr oft tausendmal schrecklicher als die gegenwärtige Gefahr selbst. Wir tragen viel schwerer an der Last der Angst als an dem Uebel,* *das uns ängstigt ...* Siehst Du? Ich hab' mich nicht geirrt ... hehehe." Der Alte lachte gebrochen mit seinem stockenden Stimmchen. „Ich glaube, das dachte er auch, nachdem er diese unbekannte Fußspur oder Fährte im Sand entdeckt hatte, einige Meter neben dem Einbaum, der am Strand gelandet war. Ja, das ist es ... denn ich glaube, der Arme hatte zu allem Überfluss die ganze Nacht nicht geschlafen." Und für einen Moment löste er den Blick vom Buch, hob eine Augenbraue und sagte herausfordernd: „Frag mich, frag mich ruhig!"

„Nein. Das muss jetzt nicht sein, Emilein. Ich beglückwünsche Dich, ich glaube, du hast den wahren Sinn dieser Lektüre sehr gut begriffen." Da Tilo aufgrund seiner nicht gut funktionierenden motorischen Nerven immer Probleme mit der Koordination hatte, konnte er manchmal seine Kraft nicht gut einschätzen, sodass er dem Alten einen derartigen Klaps auf die Schulter gab, eher einen Stoß, dass dieser auf die Seite kippte. „Und, gut ...", fügte er hinzu, „ich glaube, es ist die Erfahrung vieler Jahre, mit Höhen und Tiefen, die es Dir jetzt erlaubt darüber nachzudenken und zu begreifen, dass dieses Buch nicht nur eine einfache Irrfahrt eines Mannes Namens Robinson ist, dem es gefällt per Boot zu reisen und sich in Abenteuer zu stürzen. Ganz und gar nicht. Es geht um viel mehr. Es sind Deine eigenen Lebenserfahrungen, wahrscheinlich gefüllt mit mehr Frustration als Freuden, die Du mit dem Thema dieses großartigen Werkes von Daniel Defoe verbunden hast, die es Dir erlaubt haben nachzudenken und das wirkliche Warum der Dinge zu begreifen." Für einen Augenblick zeigten sich tiefe Falten auf Tilos Stirn, er schloss seine Lippen und dachte, ob aus Trauer oder Neid: *Verdammt, was würde ich nicht dafür geben, dass mein Lau-*

ralein auch denken würde wie Emile. Sie ist immer so eine Shopping Queen, Luxus Lady, hängt so an Kleidung, an luxuriösen Dingen, an ihrem Selbstbild, daran, wie Andere sie sehen, und sie verhält sich mit Anderen so, ich will nicht heuchlerisch sagen, aber doch künstlich, setzt für alle immer ein Gesicht auf, das eher an eine venezianische Karnevalsmaske erinnert. Lesen, viel lesen, in Büchern wie diesem oder einem der vielen anderen, die deinen Horizont erweitern, das ist es, was Du tun solltest, meine Liebe ... Aufgrund der hohen Kortisondosis, die er nahm, fühlte Tilo sich immerzu gestresst, angespannt, er schwitzte schlimmer als in der Sauna, und da er sich außerdem schlecht fühlte, unwohl, wenn er über diese Dinge nachdachte, schaute er erneut auf seine Uhr und sagte zum Alten: „Und es gibt noch mehr, Emilein, was ich mir wünschen würde." Man muss klarstellen, dass der Alte, ganz der brave Deutsche, von dieser ständigen Anrede im Diminutiv zwar genervt war, es Tilo aber trotzdem immer gestattete. „Hoffentlich denken all diese unglücklichen Patienten von Kaminsky auch wie Du und ich oder, äh, ich meine natürlich wie der große Held *Robinson*. Metaphorisch gesprochen und bitte unterbrich mich nur, wenn Du mich nicht verstehst, Emilein, ja?" Er versuchte dem Alten erneut einen seiner üblichen Klapse zu geben, die wie Stöße waren, aber dem Alten gelang es glücklicherweise seine Schulter rechtzeitig zur Seite zu bewegen. „Wenn wir den Roman jetzt beispielsweise mit all dem vergleichen, was in dieser Klinik passiert, dann könnte man sagen, dass die *Insel*, die Defoe im Buch beschreibt, der Körper und die Natur eines jeden Patienten ist und der Protagonist *Robinson* nicht mehr und nicht weniger als das innere *Ich* eines jeden, beziehungsweise das, was er für die Seele oder den Geist hält. Kannst Du mir folgen Emilein?", insistierte er und erhob dazu seine Stimme.

Der Alte konzentrierte sich derart auf alles, was Tilo ihm sagte, dass die Einnahme der Medikamente, die er immer mit Wasser schlucken musste, die einzige Unterbrechung war, die er sich gestattete.

„Ja, klar, natürlich", antwortete der Alte, „das ist erstaunlich, an diese Vergleiche habe ich auch gedacht. Aber ... und der Schiffbruch und das Sauwetter mit den Wolkenbrüchen, das es fast immer auf der Insel gab, womit können wir das vergleichen?"

„Das ist elementar. Also Emilein, Du bist intelligent, mal sehen, denk ein bisschen nach ... Das Sauwetter und vor allem dieses Gewitter, das den Schiffbruch auslöst und Robinsons Schiff zerstört, also das vergleichen wir schlicht und einfach mit all unseren Beschwerden und Krankheiten. Das ist alles."

Die Äuglein des Alten weiteten sich jetzt wie die Blende einer Kamera.

„Ah ja ... und die Klinik, das Pflegepersonal, Kaminsky und all diese anderen Ärzte und Assistenten?"

„Gute Frage. Ich sehe, dass Du ziemlich schnell kapierst. Also mit allem, was ich Dir vorher schon gesagt habe: mit der traurigen Realität dieser Welt und ihrer Gesellschaft."

Vielleicht war es nur ein Zufall, aber in diesem Moment, als Beide gerade durch das kleine Fenster den Himmel beobachteten, tauchten einige große Wolken mit von Wasser prall gefüllten Bäuchen auf verdeckten das wenige Licht, dass vorher glänzend ins Zimmer gefallen war. Es wurde drinnen so dunkel und traurig, dass Tilo sogar das Licht anschalten musste.

„Leck mich am Arsch", sagte Tilo abrupt, während er die Vorgänge draußen beobachtete und sah, wie dunkel es geworden war. „Hab ich's nicht gesagt! Das ist sicher die traurige Realität, über die ich gesprochen habe, die zusammen mit der Scheißgesellschaft gekommen ist, um das Licht unseres Zimmers zu verdunkeln ... hehehe." Er lachte schelmisch und spielte mit dem kleinen Plastikeingang, der nun leer war, über den er aber sonst seine Medikamente erhielt. „Ernsthaft", fügte er hinzu, „deshalb sage ich Dir, Emilein, dass die Lektüre dieses Buchs Dich für einen Augenblick hat fühlen lassen, dass Du ein freier Mensch bist und nicht so sehr diesen Idioten da draußen mit ihrem materiellen Unsinn, affigen Geschichten, Regeln und dämlichen sozialen Prinzipien unterworfen. Du hast Dich praktisch für einen Augenblick von dieser verfaulten Situation isoliert, um vielmehr über Dich selbst nachzudenken und darüber – genau wie *Robinson* – eine Bilanz Deiner guten und schlechten Taten zu erstellen."

„Äh, gut, ja ... ich glaube Du hast Recht. Aber glaubst Du nicht, dass ich, um ein bisschen mehr über die Gesellschaft und die Isolation von ihr zu verstehen, auch noch den *Emile* lesen sollte von diesem Russo, Russea, oder wie der heißt?" Der Alte kreuzte die Arme und legte sein Kinn auf die Innenfläche seiner linken Hand.

„Mach Dir darüber keine Sorgen. Jetzt, da Du auf dem Laufenden bist, gebe ich Dir den *Emile* bei anderer Gelegenheit. Aber um jetzt auf das vorherige Thema zurückzukommen, das was ich Dir vorher gesagt habe: Achtung! Das habe nicht ich mir ausgedacht, sondern eben jener Dafoe mit seinem *Robinson Crusoe*, den Du jetzt so bewunderst. Ja, und genau deshalb wollte ich nicht, dass Du mich falsch interpretierst. Aber die Natur hat den Menschen roh gemacht, aber glücklich und gut, und die Geschichte, mit all ihrem Fortschritt, der Technologie und Wissenschaft, machte ihn zivilisiert, aber gleichzeitig unglücklich, unmoralisch und korrupt. Ich bin nicht sicher, ob Du mich jetzt etwas besser verstehst."

Die mit Wasser und elektrischer Energie geladenen Wolken hielten nicht länger aus und entluden in einem starken Ausbruch ihre Ladung für mindestens dreißig Minuten. Der Lärm der Regentropfen, die auf den Asphalt fielen, war so intensiv wie das Knattern eines Presslufthammers.

„Erinnere Dich nur an das, was Defoe durch seinen Helden *Robinson* schreibt, als er sich traurig und alleine auf dieser Insel befindet, nur in der Gesellschaft seines Papageis Poll, dem Hund, der Ziegen, Katzen, und er sich vor dem Regen und den Unwettern immer in einer Hütte schützt, die er als sein eigenes Schloss ansieht. Er schreibt: *Das war besser als menschlicher Umgang für mich, und so oft ich anfing, die Entbehrung eines Gesprächs zu beklagen, fragte ich mich alsbald, ob nicht der Verkehr mit meinen eigenen Gedanken vorzuziehen sei.* Ja, das ist es. Genau deshalb würde es mit verdammt noch mal gefallen, all diesen unglücklichen Kranken in dieser Klinik zu helfen, die nur in ihr Unglück versunken sind, fast alle indoktriniert von diesen unsensiblen und arroganten Ärzten. Wenn wir ihnen vielleicht helfen könnten, damit sie für einen Moment ihr Elend vergessen können ... Bei Gott! Was für eine große Wahrheit kommt dazu von diesem austro-ungarischen Autor E.M. Cioran, der schreibt: *Die Gesellschaft ist keine Krankheit, sondern eine Katastrophe. Es ist ein stupides Wunder, dass wir es schaffen in ihr zu leben.*" Tilos Piepsstimme verschärfte sich immer mehr, und er spürte einen Knoten in der Kehle. „Jetzt verstehst Du auch, warum ich Dir vorher von Rousseau und seinem Meisterwerk *Emile* erzählt habe. Es ist die Gesellschaft, die uns krank gemacht hat und es noch weiter tut. Sie handelt nicht konstant, nur ohne zu denken und deshalb verursacht sie Schaden, großen Schaden, denn sie akzeptiert ihre Realität nicht und wird sie nie akzeptieren. Gravier' Dir das genau in den Kopf: Niemals, aber wirklich niemals werden wir lernen den wirklichen Zustand unserer Situation abzuwägen, bis wir nicht begriffen haben, wie sehr sie sich verschlechtern kann; so wie wir das, was wir haben, nicht wirklich schätzen, bis wir es verlieren: *Heute lieben wir das, was wir morgen vielleicht hassen; suchen das heute auf, was wir morgen vermeiden; wünschen jetzt, was wir gleich darauf fürchten, ja wovor wir beim bloßen Gedanken daran zittern.* Dieses Zitat befindet sich auf jeden Fall auch in Defoes Roman, leider erinnere ich mich nicht mehr auf welcher Seite."

„Stimmt, Du hast Recht. Ich glaube, dass das, was du zitiert hast, hier steht, auf Seite achtundsiebzig ..." Der Alte befeuchtete seinen Zeigefinger mit seiner beinahe trockenen Zunge und blätterte ausdauernd in den Seiten des Buches, bis er die Seite gefunden hatte und Tilos Zitat vervollständigte, indem er vorlas: „*Kurz, Natur und Erfahrung lehrten mich, bei genauer Betrachtung, daß alle guten Dinge dieser Welt nicht mehr Wert für uns haben, als insoweit wir sie gebrauchen können. Wie viel wir auch immer anhäufen mögen, um es Anderen zu geben, wir genießen nur gerade so viel, als wir selbst nötig haben, und nicht mehr ...*"

Tilo musste sich natürlich, als er diesen Abschnitt hörte, anstrengen, um nicht erneut an seine Frau zu denken, diese zwanghafte Käuferin, die *Shopping Queen* und Sammlerin von über hundert Paar Schuhen und all dieser anderen Luxus-Fummel, die sie stets kaufte aber so gut wie nie trug.

Der Alte war an diesem Tag sehr zufrieden, da ihm die Ärzte gesagt hatten, dass er morgen, genau wie Tilo, entlassen werden würde. Die Beiden machten so noch mindestens eine Stunde weiter, breiteten mehr Ideen aus und schliffen an den letzten Details Ihres Plans, bevor sie sich zum Essenssaal begaben. Sie hatten den Plan seit vier Tagen minutiös geplant und zwar jedes Mal ungefähr zwei Stunden nach der Bettruhe und keine der Krankenschwestern war hereingekommen um dies zu erschnüffeln und so plötzlich ihre Idee zu ruinieren. Vielleicht war es in einer dieser Nächte, als Tilo aufstand und durch die Flure streifte, um die Schmerzen in seinen Extremitäten ein wenig zu verringern, dass es ihm gelang, eine weiße Arztuniform zu stibitzen, ein Stethoskop, einen kleinen Gummihammer, den die Neurologen für gewöhnlich zum Testen der Reflexe verwendeten, und noch eine andere Sache, von der er gesehen hatte, dass Doktor Kaminsky sie immer für seine Diagnosen verwendete.

„Bereit, *Dopamino*", sagte Tilo plötzlich. Es handelte sich dabei um den Namen des angeblichen Patienten, den sie für ihren Plan im Essenssaal zu nutzen verabredet hatten. Dann holte er unter dem Bett eine Tasche mit all den Sachen hervor, die sie als Arzt-Verkleidung gesammelt hatten. Während Tilo in all dem wühlte, was er in der sperrigen, ausgeblichenen Leinentasche hatte, die eher wie ein Soldatentornister aussah, fragte er den Alten, wie um seine künstlerische Rolle ein wenig zu prüfen: „Mal sehen: Und ich, wie heiße ich?"

„Also, *Axon*, Eure Exzellenz ... Professor und Doktor aller medizinischen Grade, *Axon Neuropus*."

„Perfekt Emilein. Ah, aber denk dran, Du musst es immer in einem Vasallenton sagen, untertänig; diesen arroganten Kaminsky, den werden wir schon dazu zwingen, dass er von seiner Wolke herunterkommt und mit dem Kopf zuerst auf dem Boden landet, verstanden? Du wirst sehen, Dopamino, wenn alles gut läuft, ist der nächste Schritt bestimmt nach Hollywood ... hahaha!" Tilo lachte und der Alte lehnte sich, bevor er wieder einen seiner liebevollen Klapse erhalten konnte, freudig ein wenig zur Seite.

Sie hatten sich an diesem Tag auch darauf geeinigt, dass der Alte, damit sein Schauspiel noch dramatischer wirkte, seine Dosis Dopamin auf eine Vierteltablette weniger reduziert hatte.

„Und mein Nachname, mal sehen, wie lautet der?", fragte der Alte. „Denn ich vermute, dass Du mich am Anfang nicht nur Dopamino nennen wirst, oder?"

„*Zittermann. Dopamino Zittermann*. Wie könnte ich das vergessen, also Emilein ... denn Du zitterst fast immer wie Espenlaub."

Tilo bemerkte jetzt, dass der Alte aufgrund der verabredeten Reduzierung seiner Dopamindosis tatsächlich viel stärker zitterte als vorher.

„Und natürlich werde ich Dich in einigen Momenten sicher auch nur *Zittermann* nennen, nur *Herr Zittermann*. Du weißt ja schon, wie die hier ticken, sie mögen es die Leute nur mit dem Nachnamen anzusprechen." Und während er das sagte, schaute Tilo seinen Kumpel etwas beunruhigt und besorgt an, so als bereue er die Taktik der Reduzierung der Medikamentendosis, auf die sie sich geeinigt hatten. „Nimm lieber wieder Deine normale Dosis", schlug er ihm vor, „Du machst mir Sorgen, Emilein. Du bewegst Deinen Kopf jetzt schon genauso wie ein Specht."

„HOHOHO! HEHEHE!", krähte der Alte, und stieß die Luft so kräftig aus, dass nicht klar war ob er lachte oder hustete. „Kein Problem, Eure Exzellenz Professor *Neuropus*. Ich bin daran gewöhnt. Einige trainieren, indem sie joggen gehen und ich dagegen habe mein Zittern. HOHOHO! HEHEHE!", lachte er erneut und verschluckte sich so heftig, dass dickflüssiger Schleim sich in seiner Kehle sammelte; er befeuchtete seine Lippen mit der Zunge, die manchmal wie bei einem Reptil an den Seiten seines Mundes hervor glitt. „Das ist alles für unseren Plan, mein Freund. Ich verliere auch nicht die Hoffnung, dass all das, was wir heute machen werden, in die Annalen dieser Klinik eingehen wird. Du wirst ja sehen ..." Und erneut begann er zu lachen oder zu husten oder beides auf einmal.

„Gut, dann lassen wir es so. Außerdem wird mir gerade bewusst, dass Du nicht der Einzige bist, der so zittert, fast die Hälfte der Patienten, die Kaminsky behandelt, leiden daran. Ich dagegen bin mit dieser CIDP, die sonderbarerweise klingt wie ein Abriss-Sprengstoff, ein wenig origineller als all diese am Boden zerstörten, weinerlichen Hypochonder und Heulsusen, von denen es hier nur so wimmelt, oder? Und bestimmt genauso in anderen Kliniken. Du wirst sehen, ich bin sicher, dass wir ihnen allen eine schöne Lektion erteilen werden."

Die Zwei hatten sich gut vorbereitet und jedes Detail und jede Ursache ihrer Krankheiten genau studiert, sogar die minimalsten Nebenwirkungen ihrer Medikamente; dazu hatten sie die Assistenzärzte und Medizinstudenten, die zur Unterstützung der Ärzte in die Zimmer kamen, fast immer mit Fragen und noch mehr Fragen gelöchert, und so erfuhren sie immer etwas Neues über ihre Schmerzen, Behandlungsmethoden und sogar über die neuesten klinischen Untersuchungsmethoden zur Festlegung von Diagnosen. Es gab eine freundliche, junge Studentin im letzten Semester (Tilo schaute sie aus seinem unverwechselbaren Hamstergesicht mit vergrößerten Augen an und übermittelte ein Verlangen, das weder wollüstig noch pervers war, aber doch sehr speziell), die Tilo sogar einen Sonderdruck mit Aufnahmen, alternativen Namen, Risikofaktoren und auch den letzten klinischen Studien zu seiner Krankheit schenkte. Und für den Alten etwas sehr Interessantes: eine vollständige Studie von beinahe fünfzig Seiten über die Effekte der aktiven Substanz *Dopamin* bei der Behandlung von Parkinson.

Indem sie hier oder dort etwas hinzufügten oder strichen, machten Tilo und der Alte sehr konzentriert weiter und gingen die letzten Details ihres Plans durch.

„Ah, ja, noch eine Sache, *Dopamino*", sagte Tilo, „Du, der Du schon ganz rote Bäckchen hast: wenn Du diesen geblümten Papageien-Morgenmantel anziehst, dann vergiss nicht Dir auch schnell das Gesicht hiermit zu schminken, genau ..." Und er warf ihm das *Makeup* rüber, das er gerade am Vortag im Klinikladen gekauft hatte. „Es reicht einfach nicht, dass Du zitterst, Du musst auch krank aussehen, bleich, beinahe sterbend. Es wird sein, als ob man ihnen allen eine scharfe Chilischote in den Arsch steckt, Du wirst schon sehen!"

„Aber, Eure Exzellenz Professor *Neuropus*, und wenn sie uns bestrafen? Du weißt, dass wir eine Regel brechen würden, und dieser Kaminsky und seine Ärzte und Kliniken schützen sich immer mit ihrem Ethikkodex, Vorgehensweisen, Statuten und weiß Gott noch was", sagte der Alte, öffnete die Makeup-Verpackung und nahm ein wenig des Inhalts mit der Hand, um es zu probieren. „Scheiße! Aber das ist ja fast wie Currysauce!", rief er, während er überrascht seine Hand betrachtete.

„Trag es Dir trotzdem auf", sagte Tilo und dachte dazu: *Das fehlt mir jetzt noch, dass Du Dich so prätentiös gibst wie meine Frau ...* Und er fuhr fort: „Schau doch nur mich an: mit diesem Gesicht, was mir mein Vater und meine Mutter vermacht haben, wirke ich eher wie die Wiedergeburt eines Höhlenmenschen. Also nur ruhig, sonst haben wir alles umsonst vorbereitet." Und dieses Mal legte er ihm, statt ihn wie immer stoßen zu wollen, nur vorsichtig die Hand auf die Schulter, die der Alte vorsichtshalber trotzdem zur Seite bewegte. „Und noch etwas: vergiss auch nicht, dass ich der Arzt bin und Du der Patient, und was Du mir in diesem Speisesaal antwortest oder machst, überlasse ich ganz Dir, verstanden? Außerdem muss Deine Vorstellung so natürlich wie nur möglich wirken. Erinnere Dich daran, dass das Leben am Ende nicht mehr ist als ein Theater, und nur das." Während der Alte ihm konzentriert zuhörte, packte Tilo, herzlich wie er war, den ahnungslosen Freund und kniff ihm liebevoll in die roten, mit Venen überzogenen Wangen. „Hör gut zu Emilein, Verzeihung, ich meine natürlich *Dopamino, Dopamino Zittermann*, von nun an lassen wir uns nur noch von unserer inneren Stärke und unseren kreativen Instinkten leiten, verstanden? Und zwar so, dass nur wir Beide, Du und ich, genauso sein werden wie *Robinson* auf seiner Insel, mit all ihren Regengüssen und Unwettern. Nur so können wir, vielleicht für einen Moment, all jene Schiffbrüchigen retten, die da draußen in diesem Speisesaal auf uns warten, und wir verhindern, dass sie ertrinken an ihren Krankheiten, ihrem Unglück, ihren Leiden oder was immer sie haben."

„Ja, Du hast Recht! Also dann, vorwärts Doktor *Neuropus*!" Das war das Einzige, was der Alte sagte, bevor die Beiden sich in Richtung des Speisesaals auf den Weg machten.

In der Luft lag der Geruch nach Fleischbrühe mit Champignons und Reis, der unter den Deckeln des metallischen Essenscontainers hervordrang, den man beinahe immer um halb zwölf im Hauptflur abstellte, damit die Schwestern das Essen an jene Kranken austeilen konnten, die sich nicht bewegen konnten oder es vorzogen, in ihren Zimmern zu bleiben. Um in den Speisesaal zu gelangen, mussten Tilo und der Alte erst einen fünfzig Meter langen Flur mit Vinylboden in Marmoroptik hinunter gehen (man konnte immer noch die Chemie dieses synthetischen Materials riechen), und an den Wänden des Flurs hing, schön in Holz gerahmt, eine reichhaltige Kollektion alter Fotos des Krankenhauses seit seiner Gründung in den 1940er Jahren.

Während sie vorbeigingen beobachteten sie all diese alten Aufnahmen; es fiel ihnen zum Beispiel besonders ein Foto des Pflegepersonals der gynäkologischen Abteilung aus dem Jahr 1950 ins Auge, alle mollig und mit Schürze, einer Bluse mit gestärktem Kragen und einem kaum den halben Kopf bedeckenden Häubchen mit rotem Kreuz darauf; auf einem anderen Bild konnte man auch eindeutig eine Einheit aus der Intensivstation mit gigantischen Apparaten sehen, die an die Schmelzhütte eines Bergwerks denken ließen, und es gab auch eines Abteilung für Neugeborene aus den sechziger Jahren (oder vielleicht sogar älter), auf deren Aufnahme man nur die winzigen Füße der Babys unterscheiden konnte, die auf ihren kleinen Krankenbetten der intensiven Einstrahlung von weißem Neonlicht ausgesetzt waren (genau wie jenes, was die Landwirte benutzen, damit ihnen die Hühner nicht einschlafen); ihnen Beiden, und ganz im Speziellen Tilo, fiel auch besonders ein Bild ins Auge: ein Foto des zwanzig Jahre jüngeren Kaminsky, das Gesicht dick und beinahe ohne Sommersprossen und mit deutlich mehr Haaren, die etwas gelockt waren, dazu ordentlich aufgeblasenen Lippen, ganz anders als er jetzt erschien. *Hatte er sich Botox injiziert?*, war das Erste, was Tilo sich fragte, und sofort assoziierte er es mit einem jener surrealistischen Gemälde, da er wie die comicartige Karikatur eines Albino-Afrikaners wirkte, nur dass Kaminsky Europäer war und ein paar Sommersprossen hatte.

„*Dopamino*, schau mal! Merkst Du, wie die Zeit die Menschen verändert, oder bessergesagt deformiert?", sagte Tilo, stieß seinem Kumpel den Ellenbogen in die Seite, und beide widmeten ihre Aufmerksamkeit dem Bild seiner Eminenz, dem Doktor Kaminsky.

Jeder der Beiden hatte eine Tasche mit ihrer künstlerischen Kleidung über der Schulter hängen. Um seine Kahlköpfigkeit zu verbergen hatte Tilo sogar in einem Geschäft für Karnevalsverkleidung – das sich zum Glück in der Nähe der Klinik befand – eine pompöse, rothaarige Frauenperücke gekauft. Während sie sich dem Speisesaal weiter näherten, hörten sie aufgrund der speziellen, beinahe gedämpften Akustik, die der Flur mit seinem Vinylboden hatte, anfangs nur ein unverständliches Gemurmel von Stimmen, einige hoch, andere tief und mit fast gutturalem Klang, so als läge jemand im Sterben, um dann auch ganz klar eine spitze, penetrante Stimme einer Frau in einem gewissen Alter zu hören, die sich mit jemandem unterhielt, die auch eine Frau war und deren Reibeisenstimme so klang, als hätte sie gerade zwanzig Zigaretten kettegeraucht und dazu eine Flasche Wodka geleert.

„Ach, jetzt versteh' ich gar nichts!", hörte man die eine Frau in scharfem und bitterem Ton sagen, „die Leute, die hier arbeiten, die geben mir immer dieses Zeug, als ob ich Epilepsie hätte, dabei habe ich eine starke Phlebitis im linken Bein. Riesen-Vollidioten! Das hat bestimmt auch mit diesen Pharmalaboren zu tun, die die Doktörchen immer mit ihren saftigen Geschenken überzeugen. Und es klappt, denn die verschreiben uns immer genau diese Medikamente oder all diese anderen Schweinereien, die in Wirklichkeit zu nichts gut sind, außer uns mehr Schaden zuzufügen."

Dem Alten, der langsam auch die Nase voll hatte von all diesen Medikamenten, die ihm dieser Kaminsky immer verschrieb – eine rote Pille am Morgen, drei andere weiße am Mittag, am Nachmittag ein braunes Pulver und am Abend ein großes Zäpfchen, dass wie ein Thermometer aussah –, verursachte diese Unterhaltung Übelkeit.

Während sie absichtlich noch ein wenig durch den langen Gang streiften, hörten sie plötzlich die zweite, rauchige Stimme der anderen Frau, die antwortete: „Ja, ja, sicher ist das so ... Denn was das angeht, sind fast alle Ärzte Langfinger. Schau nur mich an, was sagst Du mir? Verdammt, ich hätte mal lieber auf meine Mutter hören sollen, die mir immer sagte: Vorsicht, Tochter, lass Dich lieber nicht operieren, denn diese Schlachterchirurgen sind alle gleich, die suchen Profit und noch mehr Profit. Und als ob das nicht schon genug wäre, hat die Klinik, der große Komplize, auch noch die Dreistigkeit all diese aufgeblasenen Rechnungen von Millionen von Euro später der Krankenkasse in Rechnung zu stellen. Und auf wessen Kosten? ... Na, von niemandem anderen als uns allen, den dämlichen Kassenpatienten. Mein Gott, ach hätte ich doch nur auf mein armes Mütterchen gehört, die schon im Himmel ist! Stellen Sie sich vor, das ist schon das fünfte Mal, dass ich mich hier in einem Krankenhaus befinde, und das mit einem rechten Arm, an dem ich es gerade mal schaffe den Zeigefinger zu bewegen, um diesen Löffel zu nehmen und meine Suppe zu essen. Verdammt noch mal!"

Im Flur hörte man nun ein anhaltendes Geräusch, so wie ein Seufzer, der sich mit Etwas mischte, das man vielleicht ein Husten oder einen Rülpser nennen konnte.

„Und raten Sie mal warum!", fuhr die Frau fort. „Weil sie mich in diesem Krankenhaus Dresden-Friedrichstadt wegen etwas operiert haben, was eigentlich gar nicht notwendig war, nämlich: wegen einer angeblichen Hernie an einer Wirbelscheibe, die sich, laut der Ärzte, zwischen dem fünften und sechsten Nackenwirbel befand. Verstehen Sie?"

Als ob die Frau ein Hypochonder sei, heulte sie der Anderen nun von einer ganzen Reihe an Leiden vor, die sie eigentlich gar nicht hatte, mit Nebenwirkungen und allem.

Vom anderen Ende des Speisesaals, beinahe neben einem Fenster, das halb geöffnet geblieben war und auf die Straße ging und den Blick auf einen Park eröffnete, hörte man, da ein leichter Wind wehte, klar herausgefiltert die weinerlichen, nörgelnden Stimmen von zwei anderen Frauen die es, nach dem Impetus zu urteilen, mit dem Sie stolz all ihre Leiden erzählten, genossen ihre Krankheiten zwanghaft zu übertreiben.

Mein lieber Gott, befreie mich von allem, außer meinen Leiden! dachte Tilo sofort. Und vielleicht lag es daran, dass er über jenes Unwohlsein nachdachte, das auch ihn immer wieder befiel, dass er für einen Augenblick den Wunsch verspürte, in seiner Vorstellungskraft *Morbo* anzusprechen, seine Muse und den Protagonisten seiner Selbstgespräche. Jedenfalls endete, da seine Schmerzen tatsächlich nicht schlimm genug waren, um *Morbo* anzusprechen, dieser Versuch zu seinem Glück oder Unglück erfolglos.

Da sie sich dem großen Saal mehr und mehr näherten, und unterstützt durch die leichte Brise, die vom geöffneten Fenster her kam, konnten Sie die Stimme der Hypochonderin perfekt verstehen, als sie zu der Anderen, die sie *Fiona* nannte, sagte:

„Hör mal, Fiona, ich erzähl Dir, was ich auch schon zum Professor Schimansky gesagt habe. Der heißt doch so, oder? ... Mal sehen, ob ich nicht noch eine Woche länger bleiben kann. Denn ... Ach, Du meine Güte! Jetzt tut es mir auch hier auf der linken Seite des Halses weh. Schau, schau!" Und sie begann ihr zuerst in aller Ausführlichkeit den oberen Teil ihres Halses zu zeigen, der ihr schmerzte, dann machte sie mit tiefer gelegenen Regionen weiter, bis sie fast bei den Schultern angelangt war. Da beide sich duzten, war es klar, dass sie gute Freundinnen waren. „Und weißt Du was? Mein grober und rücksichtsloser Mann Maurice hat dem Doktor etwas gesagt, bei dem mein Kopf knallrot wurde wie eine Tomate: ‚Natürlich Herr Professor, sie soll ruhig drei weitere Monate bleiben, vier oder fünf und, von mir aus, gerne ein Jahr länger, so können Sie endlich einmal alles untersuchen, bis zum letzten Stück der Gedärme' ... Stell Dir vor, was für eine Frechheit!"

Natürlich dachte Tilo in diesem Moment an seine Frau und lächelte ironisch, dann schaute er beiläufig nach seinem Kumpel, der mit etwas anderem beschäftigt war. Der Alte beobachtete jetzt sehr konzentriert – vielleicht weil er dachte, dass auch ihm Zähne fehlten – das Foto einer Krankenschwester von der Intensivstation, die Zahnlücken hatte und aussah wie eine Verrückte; sie befand sich neben einem Patienten und wechselte eine große Flasche mit einem Serum, die eher aussah wie eine jener Kannen, die man benutzt, um frisch gemolkene Milch aufzubewahren.

„Um Gottes Willen, Greta! Das hat er Dir gesagt?" Man hörte wieder die Stimme von Fiona. „Wer versteht schon die Männer. Ich glaube, deshalb sterben sie früher als wir. Ach, meine Liebe, mach' Dir keine Sorgen, bleib nur all die Zeit, die Du bleiben möchtest, damit sie Dich wirklich vollständig untersuchen, ja. Ich zum Beispiel, mit meinen schrecklichen Kopfschmerzen, glaube, dass ich langsam taub werde. Ich weiß außerdem nicht, ob es an den Schmerzen liegt, aber es fühlt sich auch so an, als ob meine Augenlider anschwellen. Hier, genau hier, schau nur!" Und sie zeigte ihr stolz die unteren Lider ihrer Augen, sie öffnete und schloss sie ständig, sie zog an der Haut und den Wimpern, bis sie wie eine Chinesin aussah. Es handelte sich um eine dicke Frau, so dick, dass sogar ihre Nase vom Fett aufgequollen war und platt aussah wie die eines Gorillas. „Ach, liebe Greta, wie schade, dass mich der Kaminsky nicht behandeln kann, nicht? Ah ja, und noch etwas, er heißt übrigens nicht Schimansky, sondern Kaminsky. Der Doc hat sicher auch slawische Wurzeln, wie viele hier in Dresden. Aber nun gut, wenn sie mich entlassen, werde ich ihn jedenfalls bitten, dass er mich, wenn es möglich ist, in die Abteilung für Augenheilkunde verlegt ... Oder vielleicht besser direkt in die Chirurgie? Ach, was für ein Martyrium! Ich weiß nicht, was ich tun soll!"

Man hörte plötzlich ein unangenehmes, sich wiederholendes Geräusch, wie ein krampfhafter Husten oder etwas Ähnliches, das sich durch das Echo in diesem geräumigen, rechteckigen und sehr hohen Saal vervielfachte, der zudem gefliest und nicht wie der Flur mit Vinyl ausgelegt war. Tilo und sein Kumpel, die jetzt praktisch nur noch fünf Meter vom Eingang des Speisesaals entfernt waren, wurden darauf natürlich auch aufmerksam.

Es handelte sich um einen Patienten in den Vierzigern, der am Tourette-Syndrom litt: er war kräftig gebaut, von guter Konstitution und litt an einigen recht heftigen, chronischen Ticks; er stieß ungewollt und laut knallend Luft aus und bewegte sich stets sehr abrupt, fast aggressiv, sodass er wie ein Karatekämpfer wirkte, der seine rhythmischen Bewegungsübungen macht, bevor er einen Ziegelsteinhaufen mit nur einem Schlag durchschlägt. Während der stämmige Patient seinen Zucker in der Tasse bewegte, hielt er den Löffel ungewollt mit solcher Heftigkeit, dass er ihn einfach verbog wie Knete. Er trank aber weiter seinen Tee (oder versuchte es bessergesagt, denn es misslang ihm völlig), und er stieß jetzt so tiefe Schreie aus, dass seine Stimme klang wie die eines Basssängers an der Oper, der *O sole mio* zwei Oktaven zu tief singt. Er presste die Luft hervor, blies die Brust auf, als erstickte er, und stieß dabei stets ein unangenehmes Geräusch aus, das an jene heulenden Affen aus dem Kongo erinnerte. Trotz seiner Ticks, die immer deutlicher und häufiger wurden, setzte er die Tasse – die beinahe zerbrach – wieder auf den Tisch und begann plötzlich zwanghaft grobe Schimpfwörter zu rufen, gespickt mit Kommentaren, die man unangemessen nennen könnte, wie: „VERDAMMTE SCHEISSE! FICK DICH DER ESEL! KACKE KACKE!" Seine Augen waren glasig, fast weinerlich, und spiegelten eine große Scham und die Unfähigkeit etwas tun zu können, um das was er sagte zu vermeiden oder zurückzuhalten. Er schaute dann den Patienten an, der neben ihm saß (sein Tischnachbar hatte glücklicherweise nichts mitbekommen, da er, außer mit einem Lymphom im Gehirn auch noch mit Taubheit auf beiden Ohren geschlagen war) und fing wieder an unkontrolliert zu schreien, er streckte dabei ungewollt den linken Arm mit ausgebreiteter Hand aus, so als versuche er den Dämon auszutreiben, den er in sich trug: „UND DU, LECK MICH AM ARSCH, MÖSEDEINERMUTTER ... VERPISS DICH HIER, DU ARSCHGESICHT!" Und so folgte ein ungewollter Ausbruch auf den nächsten, einer schlimmer als der Andere.

Als Tilo all diese Schimpfworte hörte, zwinkerte er seinem Freund zu und sagte ihm lächelnd mit leiser Stimme:

„Wie schön, oder ... Der denkt bestimmt auch an Kaminsky ... hehehe!", lachte er ironisch.

Beide nahmen alles immer mit Humor, der Alte noch mehr als Tilo, da er sich daran erinnerte, dass ihm manchmal auch ungewollt Sachen aus der Hand glitten oder er sie zerbrach und danach fluchte wie ein Verrückter.

An diesem Tag hatten sich im Speisesaal sehr spezielle Patienten versammelt: außer dem stämmigen Mann, der an Störungen in Form von Ticks litt, gab es andere mit Parkinson (die Krankheit, an der auch der Alte litt) oder Epilepsie, Autisten, Alzheimerkranke, Menschen mit Multipler Sklerose, andere mit Nervenkrankheiten, die mit systemischen Erkrankungen in Verbindung standen, Mononeuropathia multiplex, Gehirnschlag, Gesichtslähmung, außerdem noch andere mit einer breiten Skala chronischer Krankheiten mit unheilbaren neurologisch-muskulären Störungen.

Während des Essens bewegten fast alle ihre Hände oder andere Teile ihrer Körper ungewollt und reagierten ungeschickt oder träge, da die Mehrheit an Unempfindlichkeiten in Kombination mit Ataxien litt (die in vielen Fällen auch aus der starken Medikamentendosis resultierten); man hörte lärmende Geräusche von Gabeln, Gläsern oder Tellern, die abrupt zu Boden fielen oder manchmal in erstaunlicher Geschwindigkeit beim Tischnachbarn landeten.

„SCHEISSE, LECK MICH AM ARSCH!", brüllten einige voller Ärger, so als hassten sie sich selbst, und mit ordinären, obszönen Worten gaben sie Frechheiten mit Bezug auf das Lecken des Arsches, Exkremente oder andere organische Ausscheidungen von sich (sehr typisch im Deutschen, wenn einem etwas nicht passt oder nervt). Es gab eine Alte, die sich aus purer Hilflosigkeit selber in ihrem Sitz eingenässt hatte.

In einer Ecke des Speisesaals, direkt neben jenem Fenster, das halb geöffnet war, damit ein wenig frische Luft hereinkommen konnte, sprachen sich zwei Personen Mut zu, die ungefähr Tilos Alter hatten und an Multipler

Sklerose litten (einer Krankheit, die zwar Tilos Erkrankung nicht glich, aber doch viele Symptome und Behandlungen mit ihr gemeinsam hatte), und sie sprachen miteinander, oder versuchten es zumindest, da ihnen bereits fast alle Nerven in der Zunge und Teilen der Lippen abgestorben waren, weshalb sie stoßweise Geräusche hervorbrachten, so als kauten sie wie Pferde auf Heu. „AU-AU! ... Scheiße, ich hab mich wieder gebissen!", sagte einer und bedeckte sich den ganzen Mund mit der Hand, und der andere kaute weiter unruhig auf den Fleischstücken seiner Suppe herum und hielt dabei seine beinahe tote Zunge auf einer Seite. Diese traurige Episode, die vom Zorn der beiden Männer erfüllt war, um nicht zu sagen von ihrer Hilflosigkeit, weil sie nicht essen konnten wie die Anderen, endete natürlich mit einem weiteren Wutanfall der Beiden, die (so als hätten sie sich abgesprochen) alles erneut auf ihren Teller spuckten, wo es in eine Art braune Flüssigkeit mit einem Gemisch aus Spucke und Essen fiel.

Aber am rührendsten in diesem Schwarm aus Gelähmten und Krüppel war es, einen jungen Mann zu sehen (vermutlich knapp zwanzig Jahre alt, oder jünger), der unter einer halbseitigen Lähmung und einer schweren Muskeldystrophie im ganze Körper litt und quasi auf Haut und Knochen reduziert und bis an sein Lebensende an einen elektrischen Rollstuhl gefesselt war. Er beobachtete alles mit einem lakonischen Blick in einem Auge, während bei dem anderen das Lid herunterhing; er schien ganz ohne Geist oder Hoffnung, mit einem leicht nach rechts geneigten Gesicht aus dessen rechten Mundwinkel immer ein dünner, zähflüssiger Speichelfaden lief, und mit seinem vielsagenden Blick schien er zu sagen: *Hilfe! Bitte, holt mich raus, holt mich hier raus!* Mit seinem lakonisch dreinschauenden Auge schien er jemanden zu suchen, der ihn woanders hin brachte, fort, weit weg von dieser Sauklinik voller wehleidiger Misanthropen.

Direkt hinter der Eingangstür zum Speisesaal stand, auf einem grauen Metalltisch und bedeckt von einer grauen Plane, ein Elektrokardiograph. Man hatte ihn vermutlich dort gelassen, um ihn im späteren Verlauf des Tages in den Keller zu seiner fälligen Instandhaltung und Kontrolle zu bringen. Tilo fiel in diesem Moment, direkt vor dem Eintreten in den Saal, natürlich nichts besseres ein als erst einmal einen kleinen Blick auf diesen sonderbaren Apparat zu werfen, und er zwinkerte dem Alten zu, so als sage er: *Ja, ich weiß, das steht so nicht im Drehbuch, aber egal, mach Dir keine Sorgen, denn ich weiß schon was ich tue.* Und er schob den Rolltisch mit dem EKG vorwärts und betrat schnell den Speisesaal; dann stellte er alles neben einem großen Regal voller Bücher ab, das sich in Sichtweite aller Patienten befand. Sie alle formten an ihren Tischen ein großes U und schauten alle in dieselbe Richtung auf das Bücherregal. Der Alte der immer einige Schritte hinter Tilo war und ihm praktisch auf den Schatten herumtrat und dabei versuchte – ausnahmsweise – seine verrückten Improvisationen zu erahnen, schloss die Tür des Saals so abrupt, dass auch das halbgeöffnete Fenster zufiel.

Tilo und sein Freund rückten zwei Tische zusammen, die leer geblieben waren, und verschoben sie bis in die Mitte dieses großen U. Nachdem sie die beiden Tische zusammengefügt und mit einem großen, weißen Laken aus Tilos Zimmer bedeckt hatten, sodass es wie eine Arztliege aussah, stellten sie ihre Taschen darauf ab und begannen sich vor allen zu verkleiden und die Gesichter zu schminken.

Vielleicht lag es an ihrer Art einzutreten, ganz plötzlich und sehr selbstsicher wirkend, dass niemand sich traute ihnen etwas zu sagen. Im Raum herrschte nun eine angespannte, fast gespenstische Atmosphäre der Ungewissheit. Obwohl der junge Patient mit der Halbseitenlähmung sich kaum bewegen konnte, hob er ein wenig seine traurigen und niedergeschlagenen Augen, außerdem hörte man, besonders zwischen den Hypochondern, ein schüchternes Getuschel und Gesäusel; die Alte, die sich ständig einnässte, tat es erneut, aber diesmal sehr diskret, sodass nur ein feiner, gelber Strom langsam an ihrem linken Stuhlbein herabfloss; die Mehrheit der Epileptiker, Nervenkranken oder mit Parkinson Geschlagenen, wirkten so, als hätten sie in diesem Moment auch eine besondere Therapie erhalten: sie verkrampften sich nicht wie gewöhnlich, sondern vibrierten beinahe unmerklich, so als würden sie sich mit neuer Energie aufladen; es gab auch andere, die sonst immer weinten oder sich beschwerten, die nun gar nichts sagten.

Inmitten dieses Rahmen aus Patienten, die sie halb überrascht und halb neugierig mit geöffneten Mündern beobachteten, an deren Lippen noch die Essenreste hingen, legte sich der siebzigjährige Kumpel von Tilo (nun bereits als *Dopamino Zittermann* verkleidet in jenem geblümten Papageienmorgenrock und so weiß geschminkt, dass er anämisch wirkte) wie geplant als Patient auf die Liege und mit vermeintlich auf die Decke gerichtetem Blick, begann er sich übertrieben zu schütteln, noch schlimmer als ein Epileptiker. Tilo, der sich mittlerweile natürlich schon in seine Exzellenz, Professor und Doktor aller Doktoren *Axon Neuropus* verwandelt hatte, mitsamt roter Frauenperücke, ungepflegt stacheligem Dreitagebart, weißem Ärztekittel und um den Hals gehängten Stethoskop, nutzte die Gelegenheit, um ebenfalls die Bühne zu betreten und seinem vermeintlichen Patienten laut und in befehlendem Ton zu sagen:

„HÖREN SIE, WENN ICH MIT IHNEN SPRECHE, DANN HÖREN SIE BITTE AUF ZU ZITTERN UND SCHAUEN MIR INS GESICHT, KLAR!" Tilo schrie und parodierte übertrieben bis ins letzte Detail alle Gesten von Doktor Kaminsky. Dann gesellte er sich zum Alten und lehnte sich unbeholfen über die vermeintliche Arztliege, indem er sich nur mit einer Arschbacke darauf lehnte und das alles, aufgrund seiner Polyneuropathie, in unkoordinierten Bewegungen. Dann schaute er ins Publikum und imitierte die arroganten Grimassen und harten, gefühllosen Gesichtszüge Kaminskys.

Dopamino Zittermann (der Alte) hatte speziell für diesen Tag seine Dosis an Dopamin reduziert, sodass er die Szene noch stärker dramatisierte, denn sein Zittern war nicht gespielt, der Arme schüttelte sich schlimmer als ein Barmixer seinen Cocktail und mit seinen Ticks machte er dem anderen Patienten mit dem Tourette-Syndrom Konkurrenz; er hüpfte auf der Liege auf und ab und seine Zunge zischte schneller aus seinem Mund vor und zurück als bei einer Viper.

„Außerdem sind Sie dazu noch ein Lästermaul ... PACKEN SIE ... PACKEN SIE DIESE SCHWEINISCHE ZUNGE EIN, BEVOR ICH SIE IHNEN ABSCHNEIDE!", fuhr der Doktor *Neuropus* (Tilo) zu schreien fort. Dazu zog er ihm ein wenig an der Zunge, so als handle es sich um ein elastisches Aerobicband. „Was für eine Frechheit! Mir jetzt auch noch die Zunge rauszustrecken, also nein! Gravieren Sie sich das lieber in den Kopf, mein Freund: Sie haben gar nichts, verdammt! Antworten Sie, antworten Sie zumindest etwas!"

„Ja, ja, Eure Exzellenz Professor Kantropus, ich habe nichts, ich habe nichts", wiederholte der Alte und sprach ihn in phlegmatischem Ton in einem anderen als dem abgesprochenen Namen an. Da er sich jetzt an seine ungewollten Zuckungen besser gewöhnt hatte, gelang es ihm besser starr liegenzubleiben und Angst vorzutäuschen, große Angst, so als erwarte er nun seine Bestrafung.

„*Kantropus*? Wie haben Sie mich genannt? Sie sind ein Witzbold, was?", sagte Tilo und schob jetzt auch die zweite Arschbacke auf die Liege. Da er kleingewachsen war, hingen seine Beinchen wie die eines Kindes vom Bett und seine rote Perücke, die ihm viel zu klein war, rutschte ständig zur Seite und behinderte ihm die Sicht.

In einem kühnen Moment drückte er mit beiden Händen derart auf die dicklichen Pausbacken des Alten, dass dessen zahnloser Mund aussah wie der Arsch einer Henne beim Kacken. Tilo vermied es ihn anzuschauen, um nicht vor Lachen zu platzen, und sagte ihm: „Falls Sie es nicht wissen: ich heiße Neuropus, Axon Neuropus und nicht *Kantropus*, verstanden?"

„Ja, ja, natürlich, *Kantropus,* Verzeihung, ich meine Axon Neuropus, Eure exzellentistischste Exzellenz", antwortete der Alte, der sich weiterhin von einer Seite zur anderen schüttelte.

Unter den Patienten ertönten mittlerweile die ersten schüchternen Lacher, vorsichtig wie ein Zischen ausgestoßen, und viele hatten jetzt auch aufgehört ihre Suppe zu essen.

„Ich habe Ihnen gesagt, dass Sie sich nicht bewegen sollen, verdammt! Sind Sie taub oder was?", warnte ihn Tilo erneut, drückte die Wangen des Alten wie in einem Schraubstock und streckte dabei sehr die Handflächen. „Perfekt. Genau so ruhig gefallen Sie mir! Und wie heißen Sie?"

„Zittermann, Eure Exzellenz." Der Alte war kurz davor loszulachen, aber glücklicherweise stoppte ihn ein dicker Schweißtropfen, der von Tilos Stirn auf sein Auge fiel.

„Zittermann, und weiter?", insistierte Tilo und drückte ihm weiter das Gesicht mit den Händen. Da er seine Kraft nicht gut kontrollieren konnte, fügte er ihm dabei ab und an ungewollt Schmerzen zu.

„Dopamino, Dopamino Zittermann, Eure Exzellenz." Der Alte schaffte es gerade noch so nicht zu lachen.

Im Speisesaal hatte nun fast die Hälfte der Kranken aufgehört zu essen und konzentrierten sich sehr erwartungsvoll, so als schauten sie eine große Theateraufführung. Tilo und der Alte hatten die Anamnesen der Krankheiten so exakt studiert, dass sie genau wussten wie, wann und wo sie ihre Symptome und Schwächen übertreiben konnten.

Doktor *Neuropus* (Tilo) rückte den zurückgelassenen EKG schnell an das Krankenbett heran und befahl seinem Patienten:

„Ziehen Sie diesen kitschigen Blumenmantel aus, ich werde jetzt Saugknöpfe an ihnen befestigen." Er versuchte stets vergeblich die Frequenz seiner Stimme zu dämpfen, die an eine kreischende, zornige Alte erinnerte. Der Alte schaute ihn an, so als wolle er sagen: *Es reicht jetzt. Hör lieber auf und konzentrier' dich auf das, was wir die ganze Zeit zusammen geprobt haben, okay?*

Während Tilo all die Kabel des EKG entwirrte, die sich rings um den Metalltisch verknotet hatten, murmelte er bewusst deutlich hörbar all jene Dinge, die die beiden Hypochonderinnen besprochen hatten, als er und der Alte durch den Gang gelaufen waren:

„Und Du, Greta, verdammte Hypochonderin! Bleib nur ruhig, denn ich habe auch schon mit dem Doktörchen gesprochen, damit sie Dich hier besser einschließen, in dieser meiner Klinik, aber nicht nur eine Woche, sondern mindestens sechs Monate und dazu in Quarantäne. Hehehe …" Und er erhob seine kreischende Stimme und lachte. „Und mach Dir keine Sorgen, denn meine Schlachter werden Dich vom Daumen bis zum Fuß aufschneiden, Du wirst sehen, mein Wort drauf! Oder glaubst Du, dass ich diese Profession nur aus Liebe zu den Kranken mag oder weil es Dir hier oder dort wehtut? Du bist verrückt, Mädchen! Nichts dergleichen. Außerdem ist es so, dass ich, alle Bescheidenheit beiseite, natürlich nur mich selbst liebe und mich als den einzig Wahren ansehe, *the best of the best*, und ich muss natürlich auch von meinem Lohn leben, dem Schmiergeld, der Extraknete, äh … ich weiß nicht, ob Du verstehst?" Und er streichelte narzisstisch sein eigenes Gesicht.

Da die Beiden mit ihren Verrücktheiten und Albernheiten immer mehr improvisierten, entspannten sich auch die fünfundzwanzig Patienten im Saal immer mehr. Schritt für Schritt löste sich die negative, konfliktgeladene Atmosphäre auf, die man anfangs gespürt hatte.

Um die Elektroden des EKG besser an seinem Patienten *Dopamino* (dem Alten) befestigen zu können, befeuchtete der Doktor *Neuropus* (Tilo) die Saugknöpfe mit Spucke und klebte sie dann an die sinnlosesten Orte: einen auf die Pobacke, einen an die Stirn, einen auf den Rücken, den Bauchnabel, die Sohle eines Fußes, bis er mit allen Elektroden der Maschine fertig war.

„Fertig. Ich werde nun Ihr Herz untersuchen." Und er imitierte erneut die ernsthaften Gesten des Besserwissers und Pedanten Professor Kaminsky. Mit der Spitze seines kleinen Zeigefingers berührte er nun überrascht den Monitor des EKG, so als verstünde er absolut gar nichts. „VERDAMMT! Und wie soll ich das jetzt entschlüsseln?" Seine rot entzündeten Augen traten immer weiter aus seinem Gesicht hervor. Plötzlich machte er eine kleine Pause und schaute in Richtung des stämmigen Patienten, der am Tourette-Syndrom litt. „Und Du, tapferster Karatekämpfer", sagte er ihm, „was sind das für Geschichten mit ,fick Dich der Esel und leck' mich am Arsch und Möse Deiner Mutter und all diese Sachen, hm? Also nein, mein Freund, man muss schön sprechen, mit Genauigkeit und Eleganz."

Und während seine Exzellenz Professor *Neuropus* (Tilo) das Anheften der Saugnäpfe abschloss, die sich trotz der Spucke ständig von der trockenen Haut des Alten lösten, sprach er weiter mit dem stämmigen Patienten und ließ mit großer Beiläufigkeit eine ganze Batterie Euphemismen, Schimpfwörter und Grobheiten ab, bis selbst der an dieser Zwangsstörung leidende Patient begann sich totzulachen. Diese Freude sprang so schnell auf die anderen Patienten über, dass sie bald alle ergriffen hatte. Im Hauptflur hörte man nun nur noch ein verzerrtes Echo des Gelächters, und der Jubel vervielfältigte sich jedes Mal mehr.

Da diese Improvisationen von Tilos sich nicht in dem von ihnen gemeinsam studierten Drehbuch befanden, mussten der Alte nun auch frei spielen oder, bessergesagt, seine Patientenrolle weiter mit Grimassen und lustigen Posen veralbern, um so die Situation des Kranken zu parodieren und folglich auch jenes vergöttlichte Bild des Mediziners zu entweihen.

Jede Szene, Geste oder vermeintlicher Dialog, der Arzt oder Patienten imitierte, erzeugte eine überbordende Freude, die in kürzester Zeit alle Kranken erfasste. Draußen, in der näheren Umgebung des Speisesaals, hatten weder die Schwestern noch das Hilfspersonal in der Rezeption oder dem Zentralbüro der neurologischen Abteilung bemerkt was vor sich ging. Und nicht nur das: die Oberschwester, die gerade dabei war den Plan für die Visiten von Kaminsky für die nächste Woche aufzuschreiben, glaubte, dass das Gelächter, welches man nun in den Gängen und Fluren der Station hörte, wohl der effizienten Arbeit der Krankenschwestern zu verdanken war, oder vielleicht den letzten Reorganisationen und Änderungen, deren Umsetzung ihr Chef, der Herr Professor Doktor Kaminsky, in der Neurologie angeordnet hatte.

Um zu den Ereignissen mit Doktor *Axon Neuropus* (also Tilo) und der Untersuchung seines Patienten *Dopamino Zittermann* zurückzukehren: es fiel auf, dass der Alte sich stärker als je zuvor bewegte, aber nicht nur aufgrund der fehlenden Dopamindosis, sondern auch, da er in Sorge war, weil sein Kumpel Tilo sich immer weiter vom Drehbuch entfernte, dass sie Beide gemeinsam detailliert erarbeitet und auswendig gelernt hatten. Da Tilo das alles sehr unterhaltsam fand, zwinkerte er ihm erneut zu, so als sage er: *Also bitte, Emilein, bleib nur ruhig, das ist doch alles Teil unseres Plans, ja?* Und er machte sich wieder zum

Clown und drückte nun fast alle Knöpfe, die er auf dem EKG finden konnte.

„Wie sonderbar! Es gibt hier so viele grüne und rote Knöpfchen, aber es scheint so, dass nichts funktioniert ... VERDAMMT! ES GEHT NICHT, ES GEHT NICHT, DIESER MIST!" Und er hob wieder die Stimme und simulierte Ratlosigkeit. Er hatte einfach das Gerät nicht angeschlossen, das war alles. Und er setzte jetzt die Grimassen eines verstörten, verwirrten Kaminsky auf, blieb dabei aber ernst, sehr ernst. Er fuhr immer wieder mit seinen kleinen Kinderhänden über die marinegrüne Tastatur des Geräts und drückte plötzlich ein Ohr auf das gläserne Display, so als ob der Apparat ein Eigenleben hatte und atmen würde; Tilo rüttelte am Gerät, bewegte den Kasten hierhin und dorthin, zählte jede Schraube, jedes Gewinde oder jede Vorrichtung, die er fand. Als er den Kopf unter den Rolltisch beugte, um zu schauen, warum zum Teufel der EKG nicht lief, stieß er sich den Kopf leicht an einer Metallkante, was eine sehr besondere, metallische Resonanz erzeugte (sehr ähnlich dem Effekt eines *Synthesizers*), und da er sich für alles begeisterte, was mit Perkussion zu tun hatte, begann er rhythmisch mit den Fingern zu brillieren und auf den Rändern des Metallgestells einen Merengue zu spielen, so als sei er der legendäre *Tito Puente* mit seinen Trommeln.

„OH, verdammt! Das nächste Mal werde ich vorher eine Generalversammlung der Ärzte ansetzen, damit man mir erklärt wie zum Teufel dieser heilige Apparat funktioniert ... er läuft nicht, er läuft nicht!" Und er klopfte weiter mit reichlich Rhythmus auf dem Metallgestell. Ab und an wechselte er auch den *Beat* des Merengue und spielte mit großem Geschick auf dem Display des Monitors und drückte dabei von Zeit zu Zeit sein Gesicht auf den Bildschirm und zerquetschte dabei noch mehr seine Hamsternase.

„Entschuldigen Sie, Eure Exzellenz, Herr Professor Neuropus, aber ... warum stecken Sie denn nicht den Stecker in die Dose?", sagte *Dopamino Zittermann* (der Alte) endlich, der nun fast nackt war, nur noch eine Boxershorts anhatte, die lächerlicherweise entengelb und mit schwarzen Punkten bedruckt war, und auf diese rudimentäre Arztliege ausgestreckt lag und immer noch all diese Saugnäpfe an seinem Körper befestigt hatte.

„Stimmt, Sie haben Recht", antwortete Tilo und kratzte sich am Kopf. Und als er den Stecker einsteckte, war das erste, was zu arbeiten begann, der Drucker, der langsam ein dünnes, acht Zentimeter breites, kariertes Papier ausrollte. Tilo roch daran und befühlte es auch mit der Hand und fragte sich laut, ob es sich um ein gutes Toilettenpapier handelte: „Oh, gute Faser ... ob man sich damit auch den Arsch abwischen kann?"

Ein lautes, fast explosives Lachen erklang an einem Ende des Raumes. Es war der am Tourette-Syndrom leidende Patient, der nicht länger an sich halten konnte und dessen Bauch sich vor Gelächter zusammenzog; er hob ungelenk die Arme und schrie, nicht mehr bitter wie die Male zuvor, sondern im Gegenteil zufrieden und sehr glücklich (fast ein wenig zu glücklich):

„JA, JA, ARSCH, ARSCH, DOKTOR ... HAHAHA!" Er wiederholte es wie ein Papagei, so als wolle er jetzt alles ausdrücken, was er im Innern fühlte. Die anderen Kranken folgten ihm, die an Multiple Sklerose leidenden Patienten hüpften freudig und formten mit ihren hängenden, fast toten Zungen Worte, die niemand verstand;

die Hypochonderinnen sprangen trotz ihrer Venenentzündungen, angeschlagenen Knochen, vertebralen Hernien oder was immer sie auch hatten, mit kleinen Sprüngen aus ihren Sitzen auf, applaudierten euphorisch und streckten dabei ihre geschrumpften Hände. Alle, wirklich fast alle klatschten jetzt laut, voller Freude, großer Freude und folgten dem Rhythmus des Merengue im Stile von *Tito Puente*, den der Doktor *Neuropus* (Tilo) spielte. Die Perkussion begeisterte Tilo derartig, dass er erneut vom tatsächlich gemeinsam geplanten Drehbuch abwich und aus purem Enthusiasmus anfing ebenfalls rhythmisch auf dem Tisch zu klopfen wie auf einer Conga, ganz im Stile der legendären *Giovanni Hidalgo* und *Patato Valdés*.

Er spielte und spielte, bis er plötzlich stoppte und überrascht beobachtete, wie einige rote Lämpchen in Herzform auf dem Monitor mit Unterbrechungen zu leuchten begannen, sie funkelten, und Kurven und Linien zeichneten sich ungeordnet auf dem Display ab. Plötzlich hörte man, niemand wusste woher, vielleicht aus der Metallkiste, ein andauerndes, helles PIEP-PIEP-PIEP. *Dopamino Zittermann* (dem Alten) fiel es, weil er Seite für Seite jenen fünfzigseitigen Sonderbericht über die Effekte des Dopamins in der Parkinsonbehandlung gelesen hatte, natürlich nicht schwer, die ganze Palette an Folgen und Mangelerscheinungen seiner Erkrankung zu übertreiben, sodass er nicht mit vier bis sechs *Hertz* zitterte (der normalen Ruhefrequenz mit der Parkinsonkranke für gewöhnlich zittern), sondern mit fast zehn *Hertz*, und um das Publikum noch weiter zu verwirren, versteifte er sich zwischenzeitlich so, dass er wie einer dieser kybernetischen Androiden aus einem Science-Fiction-Film wirkte. Außerdem ließ er sich so viel Speichel aus dem Mund laufen, dass es aussah als habe er Tollwut. Und so verwirrte der Alte das Publikum, indem er notorisch jedes Detail, jede Veränderung oder Störung seiner Krankheit verstärkte.

Vielleicht weil er plötzlich zur Tür schaute, durch die sie eingetreten waren, erinnerte sich der Alte wieder an das Drehbuch, das sie Beide im Zimmer auswendig gelernt hatten, und so gab er Tilo leise und ohne, dass es jemand bemerkte zu verstehen:

„Hör mal, wie lange willst Du denn ... Warum fangen wir nicht mit dem Aphorismus dieses Hippokrates an und damit den Walzer zu stampfen, den wir zusammen geübt haben, he?"

Keine Reaktion. Tilo ignorierte ihn und zog es vor für den Moment nichts zu verstehen und mit seinen Sachen weiterzumachen.

In dem Streben jenes unerträgliche PIEP-PIEP-PIEP auszuschalten, das aus dem EKG drang, drückte Tilo mit noch mehr Kraft auf den Saugnapf, der auf dem Hintern des Alten befestigt war, und er sagte laut:

„HM, INTERESSANT, SEHR INTERESSANT ... Ich sehe, dass Ihr Herz auch noch an Flatulenz leidet." Und Überraschung vortäuschend beobachtete er auf dem Display des EKG jene Figur mit dem Herzen, die sehr schnell anstieg und abfiel. Er drückte erneut wie ein neugieriges Kind sein Gesicht auf das Glas des Displays und drückte auch seine zehn Finger dagegen. „Mal sehen, drehen Sie sich ein bisschen mehr nach hier, damit ich aus kürzerer Distanz die Schläge ihrer Pumpe hören kann, ja ..." Er entwirrte das Kabel des Stethoskops, das sich um seinen Hals geknotet hatte, und anstatt die Membran des Stethoskops auf der Brust des Alten zu platzieren, in der

Höhe kurz unter seiner linken Burstwarze, drückte er sie genau zwischen seine beiden Arschbacken.

Diese Szene erzeugte einen solchen Aufruhr bei den Patienten, dass einige vom Lachen Krämpfe im Mund oder dem Bauch bekamen.

„Perfekt. Genau, nur ruhig ... NICHT BEWEGEN! NICHT BEWEGEN!", warnte er ernst, sehr ernst und ohne zu blinzeln. Zuerst rieb er den sensiblen Apparat über die schlaffe linke Arschbacke des Alten und betastete ihm die andere, so als gäbe er ihm einen Klaps. „Verdammt, diese Geräusche, die gefallen mir gar nicht! Haben Sie heute Bohnen gegessen?"

„Nein, Eure Exzellenz", antwortete der Alte und biss sich auf die Lippen, um nicht zu lachen.

Von den fünfundzwanzig Patienten im Speisesaal, dachte jetzt beinahe niemand mehr an seine Schmerzen oder Gebrechen. Die Krankenschwestern, die sich glücklicherweise alle im Schwesternzimmer neben dem Verwaltungsbüro versammelt hatten, setzten ohne etwas zu bemerken ihr Mittagessen fort und unterhielten sich wie Plappermäuler.

„Wie sonderbar, sehr sonderbar! Denn hier klingt es faul, aufgedunsen", sagte Tilo, während der Alte weiter mit zehn *Hertz* zitterte wie ein Epileptiker. „VERDAMMT! ICH HABE IHNEN GESAGT, DASS SIE SICH NICHT BEWEGEN SOLLEN! NICHT BEWEGEN!" Und er holte aus einer Tasche genau jenen kleinen Gummihammer hervor, den Doktor Kaminsky benutzte, um die Reflexe seiner Patienten zu testen; seine Gesten waren herrlich ausdrucksvoll, er schaute mit seinen hervorstehenden, roten Augen in alle Richtungen und runzelte das Gesicht, so als verrichte er seinen Stuhlgang. Und manchmal musste sogar er selbst sich anstrengen, um nicht laut loszulachen. „Oder ziehen Sie es vielleicht vor, dass ich Ihnen mit diesem Hammer einen einzelnen Schlag über den Kopf ziehe?", warnte er den Alten sehr ernst und betastete mit dem Gummiinstrument rhythmisch die Arschbacken seines Patienten und interpretierte dieses Mal mit einer überraschenden Genauigkeit im Dreivierteltakt das legendäre kubanische Lied *Mi corazón hace Tic-Tac* (Mein Herz macht Tick-Tack).

Plötzlich unterbrach er abrupt, inhalierte einen großen Zug Luft, so als rauche er Gras, und untersuchte dann wieder diese sonderbaren Sachen mit Linien und Zickzackkurven, die auf dem Display angezeigt wurden. Er drückte ungeschickt jeden möglichen Knopf auf dem EKG, bis er wieder einen anderen, spitzen, intensiven Ton wie den eines Alarms hörte, begleitet vom penetranten Geruch nach verbranntem Plastik.

„Hm, was habe ich gesagt, Herr Zittermann! Ich wusste es, ich wusste es!", sagte Tilo und bewegte leicht seine Nasenflügel. Es handelte sich um den Drucker des EKG, der, da er ohne Papierrolle weiter und weiter lief, zu stottern begann und sich verbrannte wie eine elektrische Kaffeemaschine ohne Wasser. An den Seiten stieg eine leichte, bläuliche Rauchwolke auf, die stark nach verbranntem Gummi stank. „Hier, in dieser Kurve mit den Punkten, die steigt und sinkt, lässt sich nach meinen Berechnungen ablesen, dass Sie Tanzpartys mögen, harmonische Walzer, den *Ra-Ta-Ta-Ta-Ta* …" Und erneut berührte er, wie ein neugieriger Junge, das Display mit der Spitze seines kurzen Zeigefingers.

Plötzlich erklang ein anderes, lautes Geräusch, so als habe jemand eine mit Luft gefüllte Plastiktüte zerplatzt.

Dieses Mal war es das gesamte EKG-Gerät, das vollständig hinüber war. Natürlich verursachte das auch einen Kurzschluss, der dafür sorgte, dass sämtliche Sicherungen heraussprangen und die fünfzehn zylindrischen Glühbirnen in der Decke durchbrannten.

Trotz des penetranten, ekelhaften Geruchs nach verbranntem Plastik, der beinahe absoluten Dunkelheit im Saal, der in alle Ecken verteilten Stühle, zerbrochener Teller, trotz auf dem Boden verstreuten Essens und Fenstern, die von den Ausdünstungen all dieser kranken, schwitzigen Körper bedeckt waren, umarmte sich die Mehrzahl der Patienten sorgenlos (einige saßen sogar auf den Tischen), so als seien sie unter einem großen Ideal vereint, sie sammelten sich um Tilo und den Alten, der immer noch seine Boxershorts trug und mit dem gelblichen Makeup bedeckt war; alle applaudierten euphorisch, lebensfroh und feuerten den Doktor *Axon Neuropus* und *Dopamino Zittermann* dazu an, nicht aufzuhören, sondern einfach immer weiterzumachen.

Tilo nutzte eine Pause, um sich wieder auf die Kante der angeblicher Arztliege zu setzen, er schaute auf seine Armbanduhr, die jetzt Viertel vor Zwölf anzeigte, und um Kraft und Inspiration zu sammeln, dachte er einige Sekunden erneut an Morbo, den Protagonisten und Antagonisten seiner Selbstgespräche: *Hey, wir machen das verdammt gut, oder? Hehehe ...* Und er lachte und vermerkte – wie immer – in seinem Kopf all jene Dinge, die ihm wichtig erschienen, um sie später in seinem kleinen Notizbuch aufzuschreiben: *Schau mal, ich weiß, dass Du Dich nicht manifestieren wirst, aber ich werde trotzdem immer weiter an Dich denken, denn Du bist immer die Quelle, der Brunnen all meiner Inspiration und Du wirst es immer sein, verstehst Du?* ... Tilo versuchte weiter seine Muse anzurufen, aber der tosende Lärm der Patienten, die jubelnd applaudierten und applaudierten, löste die Konversation mit Morbo auf. Er blinzelte, rieb sich die Augen, streckte sich, befeuchtete die Lippen mit seiner Zunge und schlüpfte wieder in die Rolle seiner Exzellenz, des Professors und Doktors aller Doktoren *Axon Neuropus*, und er sagte, wie immer ganz im befehlenden, dominanten Ton wie Kaminsky, zu seinem angeblichen Patienten:

„Perfekt. Ich weiß jetzt, was wir tun werden. Machen Sie sich diese Saugknöpfe ab, denn jetzt werden wir tanzen ... ja, das ist es, wir tanzen endlich, und zwar nichts weniger als *An der schönen blauen Donau*, verstehen Sie?" Er rückte sich die rote Perücke zurecht, die wie ein Federschmuck aussah und ihm immer zu einer Seite rutschte; sie war feucht von seinem Schweiß und als sie sich jetzt bewegte, kitzelte sie ihn im Auge und an einem Teil seines Ohres.

Der Alte seufzte, vielleicht nicht erleichtert, aber zumindest doch etwas ruhiger, da sie nun endlich etwas taten, was sie tatsächlich in all jenem vergangenen Tagen konsequent geübt hatten: den berühmten Walzer *An der schönen blauen Donau* zu tanzen.

Während der Alte sich langsam die Kabel des EKG entfernte, die wie die Tentakel einer Krake an seinem Körper klebten, bemerkte er erst das Ausmaß des Chaos, das sie im Speisesaal verursacht hatten.

Und Tilo, dessen Knie weich waren wie Pudding, forderte den Alten erneut auf, obwohl er müde war, sehr müde:

„Sind Sie jetzt bereit, Herr Zittermann? Tanzen wir?"
Und er streckte die Hand aus, ganz wienerisch, mit über-

triebener Eleganz wie es die Kavaliere am Ende des neunzehnten Jahrhunderts zu tun pflegten; er schob seinen Rumpf ein wenig vor und seinen rechten Fuß ein wenig zurück.

Die Beiden tanzten und tanzten (oder versuchten es zumindest), in einer beinahe übermenschlichen Anstrengung: sie bliesen ihre müden Lungen auf und streckten ihre verformten Skelette, sie taumelten wie Betrunkene, sie hielten sich die Hände, rückten ihre lahmen Körper zusammen und folgten stets dem typischen Rhythmus des *Eins-zwei-drei* des Donauwalzers. Während Sie tanzten, oder bessergesagt sich bewegten, fegten sie wie ein Wirbelsturm über alles hinweg, was sich in ihrem Weg befand: Tische, Stühle, Rollatoren, Krücken, Gehstöcke, und all das gesellte sich zum Schmutz, den es schon auf dem Boden gab. Endlich schaute seine Exzellenz, der Professor *Neuropus* (Tilo), fest in die winzigen Augen seines Partners und begann die erste Strophe des berühmten Donauwalzers zu singen:

> *... Donau so blau, so schön und blau,*
> *durch Tal und Au wogst ruhig du hin,*
> *dich grüßt unser Wien, dein silbernes*
> *Band knüpft Land an Land und fröhli-*
> *che Herzen schlagen an deinem schö-*
> *nen Strand ...*

Ohne sich auch nur in einem Moment vom Alten zu lösen, drehte der Doktor *Neuropus* ein wenig seinen Kopf, hielt ihn aristokratisch geneigt (tatsächlich versuchte er es nur, da ihm die Anstrengung beinahe eine Nackenstarre oder einen Krampf oder etwas derartiges verursachte) zum

Publikum und als ob er ein wenig mehr Beteiligung von ihnen erwartete, die nur euphorisch applaudierten und applaudierten, sagte er ihnen allen:

„Und jetzt Sie, folgen Sie mir auch im *RA-TA-TA-TA-TA-TA ... TA-TA ... TA-TA ...* " Und er trällerte mit seinem Piepsstimmchen unnachlässig den Dreivierteltakt des Liedes. Obwohl *Dopamino* (der Alte) ständig den Rhythmus des Taktes verlor, versuchte Tilo ihn stets in der Schrittfolge des *Eins-zwei-drei* zu halten, wofür er ihn hierhin und dorthin herumzerrte wie eine Stoffpuppe: manchmal nach links, dann nach rechts, er ließ ihn nach oben schauen, nach unten, ließ ihn sich ein wenig nach hier oder dort beugen, und dann wieder nach links und nach rechts ... Und so schaukelten sie von einem Ort zum nächsten und bewegten dabei ihre starren Körper.

Alle, die sich im Speisesaal bisher nicht erhoben hatten (außer natürlich denen, die es nicht konnten, weil sie für immer an einen Rollstuhl gefesselt waren), standen spontan auf, selbst die Patienten mit Alzheimer und jene an Dystrophien, Atrophien oder anderen neuromuskulären Störungen Leidenden, und sie hörten für ein paar Minuten auf sich auf ihre Rollatoren, Krücken, Gehstöcke oder sonstigen Hilfsmittel zu stützen und begannen alle gemeinsam zu trällern, immer dem leitenden Eins-zwei-drei nach, dem RA-TA-TA-TA-TA-TA des Donauwalzers.

Es fiel auf, dass in den Venen der Phlebitis leidenden Frau auch ein wenig österreichisches Blut floss, da sie ihre Probleme anscheinend vergessen hatte und sich nun euphorisch singend bewegte und bewegte, von vergangenen Zeiten in Salzburg träumend, den Bällen in Wien, und natürlich folgte auch sie dem traditionellen Eins-zwei-drei und ... RA-TA-TA-TA-TA-TA ... Der Enthusiasmus dieser Frau war so groß, dass er überaschenderweise sogar zwei der an Multipler Sklerose Leidenden packte und sie ebenfalls zu tanzen begann; einer der Beiden, der sich kaum bewegen konnte, zog zumindest schwerfällig seine Beinen umher, ohne sie vom Boden heben zu können oder den Takt zu treffen. Beide endeten ständig mit verknoteten Beinen auf dem Fußboden und brauchten dann beinahe fünf Minuten, um sich voneinander zu lösen und wieder auf ihre Ausgangspositionen zurückzukehren.

Von den Patienten kümmerte sich jetzt Niemand um Niemanden und es war allen alles egal. Ganz im Gegenteil: alle intonierten jetzt den Walzer, immer mit einem glücklichen RA-TA-TA-TA-TA-TA, und sie tanzten und schwankten alle umher wie ein Schiff im Sturm: mit Känguru-Sprüngen nach rechts, links, wieder nach rechts, links, und so befreiten sie sich voller Freude von allem Schlechten, das sie in sich trugen (oder ihnen auf der Seele lag, wie man sagt); sie fühlten, dass sie in einer Welt lebten, in der sich alle endlich frei von Qualen fühlten, sie waren gesund, vital und glücklich, sehr glücklich.

Inmitten der Kranken gab es auch vier Demente (zwei Frauen von knapp siebzig Jahren und zwei etwas jüngere Männer), die sich zu einer Polonaise zusammenfanden und während sie dem Rhythmus des Donauwalzers folgten, packten sie sich an den Hüften und begannen immer und immer wieder durch den ganzen Raum zu kreisen und auf ihre eigene Rechnung mit schwingenden Beinen zu tanzen, sodass es eher nach Tritten aussah, und dazu den *Anton aus Tirol* zu singen:

... Ich bin so schön,

ich bin so toll,

ich bin der Anton aus Tirol ...

In der anderen Ecke des Saales rieb sich die Frau, die an Phlebitis und dazu auch an einer Kapillarschwäche litt, nach jedem Sturz die Prellungen, so als wolle sie sie löschen, um blaue Flecken zu vermeiden; sie hatte mittlerweile jedoch so viele, die noch dazu in so starkem Kontrast zu ihrer hellen Haut standen, dass sie wie einer dieser Leopardenfische aus dem Aquarium aussah.

Seine Exzellenz, der Professor und Doktor alle Doktoren, *Axon Neuropus* (Tilo) nutzte den Moment, als er bemerkte, dass alle sich auf dem Höhepunkt ihres Glücks befanden, um mit lauter Stimme ganz wie geplant in einer metaphorischen, fast metaphysischen Sprache den Aphorismus des großen Philosophen und Meister der Medizin, Hippokrates, auszusprechen:

„Weder Ärzte, noch die Klinik, noch Kaminsky, noch Krankheiten noch irgendwas, meine Damen und Herren! Wie hat schon der große Hippokrates gesagt: Alle Krankheiten sind eine einzige und ihr Grund ist ein einziger, bei ihnen allen, auch wenn sie sich durch verschiedene Symptome manifestieren ..." Und damit alle ihn besser sehen und hören konnten, stieg er in der Mitte des Saals auf einen Tisch und bemühte sich darum das Gleichgewicht zu halten, um nicht zu stürzen. Da ihm die Perücke ständig verrutschte, nahm er sie mit einem Ruck vom Kopf und legte sie sich umgedreht, mit der Innenseite nach außen, auf den Kopf (es sah mehr wie eine jener Badekappen aus, die ältere Damen im Schwimmbad tragen, um sich die Haare nicht nass zu machen), und sagte dann: „All meine lieben Gelähmten und Schiffbrüchigen, wie auch schon der große Hippokrates sagte, der Vater aller Ärzte: woran Ihr alle in Wirklichkeit leidet, ist eine Krise der Läuterung, der Ausscheidung von Giften, und nichts weiter. Statt zu klagen und wie die Schlosshunde zu weinen, warum erschafft Ihr nicht lieber Euer neues, seelisches Heim mit einfachen, aber praktischen Dingen, die Freude bereiten? Nur so könnt Ihr Euch von Eurem Schiffbruch retten und Euch gegen Stürme und schlechtes Wetter wehren ..."

„JA, JA, SCHLECHTES WETTER, SCHLECHTES WETTER!", schien Tilo aus der Richtung des jungen, halbseitig gelähmten Mannes zu hören, der noch häufiger als sonst blinzelte, und die Luft mit sonderbaren Geräuschen durch den schmalen Spalt hervorstieß, den seine fast unsichtbaren Lippen formten, so dass er fast wie ein Kompressor klang.

Tilo stieg, sehr aufgewühlt und obwohl ihm seine Beine immer mehr einschliefen und ihm ein trockener, fiebriger Husten immer stärker die Brust verschloss, mit einigen Schwierigkeiten und die eigenen Gliedmaßen jonglierend vom Tisch herunter; dann näherte er sich dem halbseitig gelähmten Jungen, der wie immer zu eine Seite seines Rollstuhl gekippt saß und dem wie immer ein Speichelfaden an einer Seite seines Mundes hing. Er umarmte ihn wie einen Sohn, wischte ihm mit einer Papierserviette den Sabber ab, schaute dabei aber weiterhin sein Publikum an und fuhr fort:

„Nehmen Sie lieber alle Ihre Krankheiten mit ihren Symptomen, Schmerzen und all dem, und machen Sie sich über sie lustig, ja das ist es ... machen Sie sich über Ihre Leiden lustig und werden Sie deren Freund." Als er sich umdrehte und den Alten anschaute, wiederholte er für einigen Sekunden in seinem Kopf jenes Zitat, welches *Robinson Crusoe* in seinem Tagebuch erwähnt hatte, und er sagte anschließend: „Wie oft passiert es im Verlauf unseres Lebens, dass das Schlechte, das wir zu vermeiden suchen und das uns schrecklich erscheint, wenn wir es konfrontieren, tatsächlich der Weg zu unserer Rettung ist, das Einzige, durch das wir uns von unserem Unglück befreien können ..."

„JA, JA, BEFREIE UNS, BEFREIE UNS!", wiederholten alle. Einige, die wegen ihres Parkinsons schwankten und wegen des vielen Bewegens geschwitzt hatten wie die Schweine, versuchten sich vor lauter Euphorie sogar die Hemden auszuziehen, sie sich praktisch mit den Knöpfen vom Leib zu reißen. Niemand kümmerte sich um die Unordnung im Speisesaal, um die Dunkelheit, die Gerüche nach Verbranntem und Achselschweiß, die Leute tanzten zufrieden weiter und applaudierten lachend.

In den Flur drang der Klang der Stimmen, der sich mittlerweile in einen unerträglichen Lärm verwandelt hatte, und dieser Gestank, der eine ganze Elefantenherde hätte betäuben können, sodass die Krankenschwestern, die gerade ihr Mittagessen beendet hatten, bemerkten, dass etwas Unnormales vor sich ging. Die Kollegen, die in der Augenheilkunde im darunter gelegenen Stockwerk arbeiteten, hatten bereits mehrmals angerufen und gen Himmel geklagt und geschimpft und sich gefragt, warum zum Teufel sie die Möbel und Stühle so abrupt bewegten, und das alles vor allem in der Mittagspause.

Im Saal faszinierte es Tilo, dass die vier Dementen einfach für sich mit ihrer Polonaise weitermachten, fröhlich und sorglos Runde um Runde im Raum drehten, sodass ihm einfiel, ihnen allen zu sagen:

„Und jetzt schließt Euch mir an, folgen wir alle diesen Vieren in ihrer Polonaise ..." Und er hob die Arme und riss sein Publikum mit und begann zuerst damit den halbseitig gelähmten Jungen in seinem Rollstuhl zu schieben; sie reihten sich direkt hinter *Dopamino* (dem Alten) in die Polonaise ein und ihm selber folgte der Rest der Kranken. Soweit es ihnen möglich war, reihten sich fast alle beharrlich ein (auch jene im Rollstuhl, mit Rollatoren, Krücken oder Gehstöcken) und formten so praktisch eine solide und große menschliche Schlange von fast dreißig Metern Länge. Die beiden durch die Multiple Sklerose Gelähmten sowie drei Weitere, die an einer paroxysmalen Störung litten, zogen es vor nicht mitzumachen und vergnügten sich stattdessen damit den Weg für den Durchmarsch der Polonaise freizuräumen: sie rückten und zogen alle Tische, Stühle, Schränke, Regale und sogar den ruinierten EKG mit großer Vehemenz und manchmal sogar Tritten, Stößen und Schlägen auf eine Seite und stapelten sie auf einem großen Haufen, der aussah, wie nach einem Angriff muslimischer Rebellen; zum Abschluss schmissen sie alle Reste, die sie auf dem Boden fanden, aus dem geöffneten Fenster.

Fast alle, die sich nun der Polonaise angeschlossen hatten, sangen das eine oder andere Mal glücklich und hier und dort mit kleinen Sprüngen, die sich manchmal mit Stürzen, Ellenbogenstößen, Tritten oder Kopfstößen mischten, jenes fröhliche Tiroler Lied, dass die vier Dementen zuerst angestimmt hatten:

... Ich bin so schön,

ich bin so toll,

ich bin der Anton aus Tirol ...

Ein sauberer und ordentlicher Speisesaal mit beinahe neuen Möbeln und im letzten Jahr neu gekaufter Einrichtung hatte sich in ein Lager voller unbrauchbarer Dinge verwandelt, oder besser gesagt in eine Müllkippe. Alle drehten Runde um Runde mit der Polonaise, so als hätten sie sich mit Rinderwahn infiziert. Sie lachten, sie machten einen drauf, sie sangen, sie machten Witze und motzten sogar auf sehr spezielle Weise. Auch die beiden alten Frauen mit Parkinson stimmten das Tiroler Lied mit an, auch jene, die sich immer einnässte, und es schien als gurgle sie es mit einem Schluckauf. Völlig sorgenfrei dachte jetzt niemand mehr an seine Leiden, Gebrechen oder Schmerzen. Ganz im Gegenteil: jetzt war es eher die Krankheit, die in ihrem Takt tanzte.

Aber die große Party dauerte nicht lange, denn aufgrund des extremen Lärms (der an einen Kindergarten mit Hundert hyperaktiven Kindern während der Spielpause erinnerte), der immer größer wurde und jetzt durch alle Gänge schallte, war die neurologische Station praktisch in absolute Alarmstufe versetzt: beinahe alle elektronischen Geräuschsensoren, die an strategischen Punkten des Gebäudes befestigt waren, zeigten jetzt mit ihrem andauernden TI-TI-TI an, dass die erlaubte Dezibelhöhe für einen Erholungsort wie diesen schon seit einer Weile überschritten war. Glücklicherweise funktionierten in diesem Moment die Rauchmelder nicht, denn sonst wären, durch den bläulichen Rauch, der immer noch aus dem verbrannten Drucker des EKG aufstieg, sämtliche Einsatzgruppen der Feuerwehr alarmiert worden.

Der Professor Kaminsky drang nun plötzlich mit seiner Eskorte aus Ärzten und Assistenten in den Raum ein, um dem großen Radau auf den Grund zu gehen, über den ihn die Oberschwester informiert hatte. Beim Eintreten lief der berühmte Mediziner direkt Tilo in die Arme, der sich so müde und erschöpft gefühlt hatte, dass er auf die Schultern des stämmigen Patienten, der an Tourette litt, geklettert war er wie ein Cowboy auf sein Pferd, um sein Publikum dazu zu motivieren die Polonaise jetzt durch alle Flure der Station fortzusetzen.

„ALSO BITTE, HERR MEDINA! ... WAS HAT DAS ALLES HIER ZU BEDEUTEN?", fragte Professor Kaminsky energisch, in einem Ton, der so klang, als wolle er ihn am liebsten vor Gericht bringen. Er hatte die Arme wie einen Knoten vor der Brust verschränkt, sein Blutdruck war derart gestiegen, dass seine Halsschlagader aufgebläht pochte, und seine Augen wirkten nicht mehr wie Augen, sondern wie in weißglühendem Feuer brennende Flammen.

Den stämmigen Patienten, der Tilo wie ein Pferd trug, brachte das derart zum Lachen, dass er ungewollt einen dicken Speicheltropfen ausspuckte, der direkt auf der makellosen und frisch gewaschenen weißen Uniform von seiner Exzellenz, Professor Kaminsky, landete. „TANZEN, TANZEN, KACKE, KACKE, KACKE!", schrie der stämmige Patient mehrmals völlig unkontrolliert und mit seinem charakteristischen Organ eines Opernsängers.

Die Oberschwester biss sich, ob aus Angst oder Verstörtheit (alles was jetzt geschah und sie erlebte, war noch nie, aber wirklich noch nie in ihren vierzig Dienstjahren vorgefallen), auf die Lippen und presste ihre Hände zu Fäusten zusammen, um lieber nichts zu sagen. Die anderen Ärzte, Assistenten und Medizinstudenten, die Professor Kaminsky begleiteten, beobachteten alles sprachlos und mit offenem Mund, so wie die Figur im *Schrei* von Edvard Munch. Sie konnten nicht glauben, dass all diese unheilbar und beinahe hoffnungslos kranken Patienten mit progressiven muskulären Atrophien, schweren extrapyramidalen Syndromen, Demenz, Muskelschwäche und sogar irreparablen vaskulären Hirnschäden, ihre Rollatoren, Krücken und Gehstöcke liegen gelassen hatten und sich glücklich umher bewegten, völlig sorgenfrei und sich an den Händen hielten wie Kinder; diese Ärzte schlugen sich innerlich mit der Hand vor die Stirn, so als wollten sie sagen: *Unmöglich, das kann nicht sein! Aber wie ...?*

Tilo war verschwitzt und heiser, er sank vor Erschöpfung fast zusammen wie ein Segel ohne Wind; er hatte seine Füße wieder auf dem Boden, machte einige Schritte, setzte seine Perücke ab und indem er seinen kurzen Hals streckte (da er klein war, kostete es ihn immer viel Anstrengung mit Anderen zu reden), schaute er direkt in die eingesunkenen und kalten Augen von Professor Kaminsky und sagte ihm:

„Entschuldigen Sie, Herr Professor Kaminsky, aber ich versuche nur dafür zu sorgen, dass *Ihre* Patienten sich eine schöne Zeit machen, das ist alles." Das *Ihre* betonte er besonders. Die Schweißtropfen, die auf Tilos kahler Stirn entstanden, liefen langsam herab und über sein Gesicht, und da er nichts hatte, um sich abzutrocknen, wischte er sie sich mit den Haaren der Perücke ab, so als wäre sie ein Taschentuch. „Außerdem habe ich vor ein paar Tagen gelesen, dass sich, wenn wir lachen, auch unsere Verdauung verbessert, sich die Muskeln entspannen, sich die Arterien weiten, der Kreislauf in Schwung kommt, sich unsere Atemkapazität verdoppelt und wir die Funktion unserer Pumpe optimieren, äh, Verzeihung ... ich meine unseres Herzens."

Professor Kaminsky blieb stumm und starr wie eine Vogelscheuche, presste seine dünnen Lippen fest aufeinander und hob eine Augenbraue, wie um zu sagen, dass in dieser, seiner Klinik, mit seinen dreißig Jahren Erfahrung in Medizin, mit einem Titel und zwei Graduiertenstudien, niemand, weder Tilo noch Sonstjemand ihm sagte, was er mit seinen Patienten zu tun hatte. Tilo hatte wie immer ein Lächeln auf den Lippen und fuhr fort:

„Ach ja, und noch etwas Herr Professor Kaminsky ..." Aufgrund seiner Schwäche und der Auswirkungen seiner Krankheit, knickten ihm seine Knie ständig ein, so als trüge er fünfzig Kilo Lasten, dazu hing sein Kopf schräg zu einer Seite, aber er hörte nicht auf zu sprechen: „Mehrmals am Tag zu lachen erzeugt auch eine gesunde Müdigkeit und beugt der Schlaflosigkeit vor, stärkt das Immunsystem und schüttet Endorphine aus, die wie Schmerzmittel und dazu euphorisierend wirken und eine entscheidende Rolle im Gleichgewicht zwischen Lebensfreude und Depression spielen." Und während er sprach, überblickte Tilo den ganzen Raum, so als wolle er seine Eminenz, den Professor Kaminsky, auch dazu einladen, sich anzuschauen in welchen Zustand der Speisesaal und vor allem sein sehr geschätzter und hoch entwickelter Elektrokardiograph war. „Ach ja! ... Noch etwas, Herr Professor, bevor ich es vergesse: wenn Sie wünschen, machen Sie sich keine Umstände und schicken Sie mir nur in vollem Vertrauen die Rechnung für alles, was kaputt gegangen ist, wie auch, so scheint mir, ich bin da nicht sicher, aber ich glaube dieses Maschinchen von Ihnen mit Display, Schaltern und Oktopus-Saugnäpfen, das ist ebenfalls hinüber."

Als die fünfundzwanzig Patienten bemerkten, dass Tilo und sein Freund nicht mehr tanzten und sie nicht mehr antrieben, kehrten sie alle nach und nach wieder in ihre triste Realität zurück und warteten betrübt und regungslos, was als nächstes geschehen würde. Der Alte war, genau wie Tilo, ziemlich erschöpft; er hustete ein wenig und leicht schwankend und fast nackt (er trug immer noch seine Boxershorts) zog er sich seine Hose an. Da er kein Hemd hatte, bedeckte er sich mit seinem bunten Papageien-Morgenmantel und lehnte sich an Tilo, wie um ihm zu sagen: *Mach Du nur weiter, mein Bruder, ich bin bei Dir!* Anschließend tauschten sie dezent einige Zeichen, und noch bevor Professor Kaminsky antworten konnte, verließen beide den Saal, so als sei nichts geschehen.

Zehn Stunden mit Morbo

„AH, NEIN, DIESES MAL MEINE ICH ES ERNST, TILO! ... Von jetzt an schläfst Du nur noch in Deinem Schweinstall von einem Zimmer, voller Bücher und Staub. Ich hab auch all Dein Bettzeug zusammengesucht, Deine Matratze und alles, verstehst Du? Diesen peinlichen Auftritt mit dem Alten, der gut und gerne Dein Vater sein könnte, und mit dem fetten Glücksritter Pocho in der Praxis des Orthopäden werde ich Dir niemals, aber niemals vergeben! Mein Gott, welch eine Schande! Oder das mit Doktor Kaminsky: ich erinnere mich heute noch daran, bei Gott, Du musstest ihm dreißigtausend Euro bezahlen für all das, was Du und Dein alter Kumpan alles im Speisesaal der Klinik zerstört habt ... Ich hab genug, wirklich genug von all Deinen Verrücktheiten! Nie, nie mehr werde ich etwas für Dich tun. Wenn Du Dir selber nicht hilfst oder Dir helfen lässt, werde ich es auch nicht tun. NIE MEHR, WIRKLICH NIE MEHR!"

Harte, kalte Worte, die Laura, Tilos Frau, aussprach, bevor sie mit ihrer Freundin ging, um dann, wie die anderen Male, zu weiß Gott welcher Uhrzeit zurückzukehren. Aus purem Zorn, oder vielleicht aus Machtlosigkeit gemischt mit Trauer und sogar Mitleid, hätte sie ihm fast ihren eleganten Schuh der Marke *Valentino*, den sie gerade trug, an den Kopf geworfen. Tilo hatte ihn ihr zusammen mit einem gigantischen Strauß Blumen geschenkt, wenn auch dieses Mal nur Nelken, als er an einem Tag aus der Poliklinik zurückgekehrt war, in der er behandelt wurde.

Es waren ungefähr acht Monate vergangen, seit Tilo das Gemüt aller Kranken, Ärzte und Hilfskräfte im Städtischen Krankenhaus Dresden-Neustadt aufgewühlt hatte, abgesehen natürlich von all den anderen späteren Vorfällen, die er mit dem Alten und Pocho (seinem besten Freund) in der Arztpraxis und in der Poliklinik, in der er behandelt wurde, verursacht hatte. Die Konstante dabei war es, die Ärzte zu entweihen, mit den Kranken über deren Krankheiten zu scherzen und sogar über die eigenen Schmerzen zu lachen, um den Finger unverschämt und ganz offen in die Wunde zu legen, oder wie man zu sagen pflegt: die Leichen im Keller der Kliniken ans Tageslicht zu bringen, auch jene der Gesundheitszentren, der pharmazeutischen Monopole in einem korrupten Gesundheitssystem voller Privilegien und Unterschieden zwischen den Privatversicherten und dem Rest der öffentlich Versicherten. Letztendlich ging er grundsätzlich gegen die Gesellschaft und all ihren Formalismus und ihre Regeln vor. War das vielleicht der Grund dafür, dass seine Frau Laura sich Tilo gegenüber noch härter verhielt als sonst, noch unnachgiebiger und noch kälter als vorher? Oder wer wusste schon, ob sie ihn nicht vielleicht weiter liebte und zwar noch viel mehr, als er glaubte. Vielleicht war es so, dass sie ihn sogar heimlich bewunderte für seine Intelligenz und seinen Mut im Kampf gegen diese Krankheit, die ihn immer stärker quälte. *Warum, warum?*, dachte sie und wünschte sich, dass Tilo im Grunde, tief im Grunde seines

Seins nie die Hoffnung aufgegeben hatte, dass er eines Tages vielleicht nicht wieder der Tilo sein könnte von vor zwanzig Jahren, denn das Leben ist dynamisch und Menschen ändern sich, dass er aber zumindest etwas verantwortungsvoller sein könnte mit seiner Gesundheit, dass er nicht immer diese Verrücktheiten anstellen und sich weiter und weiter in seine eigene Phantasiewelt zurückziehen würde. Oder war die Kälte vielleicht ein Abwehrmechanismus von Laura gegen ihre Unfähigkeit ihm zu helfen? Oder konnte es sein, dass sie aufgrund dieser seltsamen Krankheit, die Tilo quälte und derentwegen er stets eine große Aufmerksamkeit bedurfte, jetzt Angst verspürte, ja, große Angst davor diese Realität zu akzeptieren und vielleicht die Freiheit zu verlieren zu tun, was immer sie wollte? Es war sicherlich so, dass Tilo sie wirklich kannte, die *Luxus Lady* und *Shopping Queen* (wie er sie immer nannte, um sie zu ärgern), und den Finger fast immer in diese Wunde legte und sie die Realität sehen ließ, die sich hinter dieser von ihr errichteten Mauer aus falschem Stolz und Materialismus befand, zwei Dinge, die Tilo weder tolerieren konnte noch wollte, weswegen er ihr zu sagen pflegte, dass sie eigentlich verbittert und unglücklich lebte, geprägt von diesem scheinbaren Bild der perfekten Frau, für die sie sich ausgab oder dem sie gerne entsprochen hätte. Ein Bild, dass sie so sehr pflegte, dass sie der Familie, seinen Freunden oder sogar Unbekannten von Dingen erzählte, die sie Zuhause nie tat, vor allem nicht mit Tilo, und wenn sie es doch tat, dann immer schlecht gelaunt und lustlos (so als täte sie Tilo einen großen Gefallen), manchmal sogar in der Rolle des Opfers, der armen Frau, die so wegen ihres geliebten, kranken Mannes litt. Und dennoch war sie immer gut gepflegt, trug teure, luxuriöse Kleidung, war eingeschmiert mit kosmetischen Produkten, es gab *Wellness* hier, *Anti-Aging*-Behandlungen da und Massagen dort; manchmal sagte sie zu Tilo: „Und, wie sehe ich jetzt aus?" Und das nicht, weil sie seine Nähe suchte, sondern weil sie sich mit ihrem neuen *Look* unsicher fühlte, sodass Tilo ihr nur mit drei Worten antwortete: „Gut, Schatz, gut." Immer ruhig, mit guter Laune, denn seine Frau immer zu tolerieren und zu respektieren, ihr immer zuzustimmen und ihr alles zu kaufen war seine beste Visitenkarte; paradoxerweise hatte Tilo in dem Maße, in dem sich seine Krankheit verschlechterte, in *Morbo*, in seinen Selbstgesprächen, mit seinen Büchern und Aktivitäten (oder *Plänen*, wie er sie immer nannte), die er mit anderen Kranken und den Leuten aus der *Grupo* machte, eine Zuflucht gegen diese unheilbare Krankheit gefunden. Das nervte seine Frau und sie warf es ihm zornig vor. Und als würde diese ständige Angst (oder Verbitterung?) nun ihren eigenen Willen bedrohen, sagte sie ihm manchmal: „Tilo, Du bist verrückt, aber vollkommen verrückt!" Und er, wie immer: „Ja, ich bin verrückt. Und? Ich bin lieber so, lebe mein Leben auf die Art und Weise, wie ich es mir erträume, und nicht wie andere es wollen." Denn Tilo, der seinen ganz eigenen, metaphysischen, auf Metaphern begründeten Blick auf die Welt hatte und sich leicht von seiner Umwelt abkapselte, interpretierte die Umstände fast immer auf seine Weise und in seiner eigenen Welt.

Abgesehen von all diesen Situationen war die Wirklichkeit die, dass Laura zumindest in Bezug auf Tilo verbittert war und versuchte sich von all diesem schädlichen Druck zu befreien und immer ohne ihn mit ihren Freundinnen ausging, um zu shoppen und noch mehr zu shoppen, sich der Körper- oder Gesichtspflege zu widmen, ins

Kino zu gehen, zu reisen, oder sich einfach abzulenken und ihr Leben ohne diese konstante Sorge um Tilo zu leben, ohne sich ständig wie um ein Kind um ihn kümmern zu müssen, damit er keine Dummheiten machte und mit seiner Gesundheit spielte, ohne sehen zu müssen wie er, mit freudiger Schamlosigkeit allem gegenüber, versuchte durch seine Theorien und Bücher alles zu verändern.

Es war schon fast sieben Uhr abends und Tilos Frau beschimpfte ihn noch immer:

„ICH SPRECHE MIT DIR, TILO! Und schau mich wenigstens an, wenn ich mit Dir rede, ja?" Und sie schaute angewidert auf das Chaos von Büchern, das Tilo auf seinem alten Schreibtisch gestapelt hatte; auf seinem Ledersessel lagen, zerfleddert und abgenutzt, auch Enzyklopädien und Handbücher, viele Handbücher; der Boden, der zum Glück mit Vinyl bedeckt war und fast nicht mehr glänzte aufgrund der Staubdecke und der Staubfussel, die ihn bedeckten, abgesehen von den zerknüllten Papierbögen seiner verworfenen Schriften, die er auf den Boden warf und die dort verstreut wie Kugeln liegen geblieben waren, da die Pappkiste, die er als Mülleimer nutzte, ebenfalls fast immer überfüllt war mit Papier und noch mehr Papier. „Weiß Gott was für Verrücktheiten Dir wieder einfallen, mit all den Büchern, die Du jetzt dort hin gelegt hast!", sagte Laura, während sie Tilo dabei beobachtete, wie er Rotkäppchen, Aschenputtel, Die drei Schweinchen und andere klassische Kindergeschichten in eine große Plastiktüte steckte. Tilo behandelte die Bücher mit seiner freien Hand mit aller höchster Vorsicht, so als handle es sich um wahre Reliquien, während sich die andere auf den Gehstock stützte, den er benutzte, um sein rechtes Bein zu unterstützen, in dem er jetzt fast kein Gefühl mehr hatte und das er nachzog wie einen Lappen. Er suchte in diesem Moment verschiedene Bücher mit Kindergeschichten aus, um sie zu einem Altenheim zu bringen. Ein anderer Plan, den man in seinen Augen auch sehr besonders nennen konnte und den er mit Pocho und den Leuten der *Grupo* (der Gruppierung, die Tilo gegründet hatte, um literarische und kulturelle Veranstaltungen zu fördern) durchführen wollte.

„Wir alle sind so borniert, dass wir immer glauben, recht zu haben. Ein Denkspruch von Goethe für alle Fälle", antwortete Tilo nachdenklich und philosophisch, wie immer. Für Tilo war es klar: seine Frau war egoistisch und hart geworden, noch mehr als zuvor, und das verwirrte ihn. „Außerdem, noch etwas, Schatz: wegen der dreißigtausend Euro, die ich seiner Eminenz, dem Professor Kaminsky gezahlt habe. Nur, damit Du es weißt: alles Geld, das ich habe, oder die Güter, die ich besitze, sind zu nichts nutze, wenn sie nicht zirkulieren." Tilo fühlte sich unwohl, wenn man mit ihm über Geld sprach, er mochte es nicht, da das Geld in seinen Augen die Ursache für alles Unglück und Schlechte auf dieser Welt war; andererseits musste er sich um Geld nicht sorgen, er besaß es, und zwar in großen Mengen, Dank des großen, von seinem Vater geerbten Vermögens. Er schaute Laura an, bewegte den Kopf, und was auch immer es ihn an Überwindung kostete, er zog es vor sie anzulächeln, die Harmonie mit ihr zu suchen und ihr zu sagen: „Laura, warum beruhigst Du Dich nicht lieber?"

Sich mit schlechtgelaunten Menschen oder mit Stress auseinanderzusetzen, war für Tilo wie Gift zu nehmen, er fühlte sich schrecklich. Aber da er in einem so schwachen Zustand war, konnte er nicht verhindern, dass seine Frau zu allem einen Einwand hatte und hundert Wörter pro Minute ausspuckte. Plötzlich hatte er eine so starke Kontraktion in der Brust, dass ihn der Schmerz bis in die Lungen durchstieß. Es war der Moment in dem er instinktiv, wie als ob er ein Ventil zur Entlüftung öffnen wollte, damit begann immer und immer wieder laut die Phrase von Montaigne zu wiederholen: „In jedem Fall ist es besser einen schlechten Zustand gegen einen ungewissen zu tauschen ... In jedem Fall ist es besser einen schlechten Zustand gegen einen ungewissen zu tauschen ... In jedem Fall ..."

Trotz all der Medikamente, die er nahm, und trotz der speziellen physiotherapeutischen Behandlung zur Rehabilitation, die er an ultra-modernen Geräten erhielt, mit hydroelektrischen Bädern, hier einer Massage, dort einem Besuch in der Poliklinik – und das alles speziell verschrieben von seinem Hausarzt Doktor Rossmann – schritt Tilos Krankheit irreversibel voran. An jedem Tag, der verging, fühlte er sich schwächer, kraftloser; er hatte Muskelmasse am ganzen Körper verloren, nach den letzten Studien praktisch zwei Drittel seines normalen Volumens, weshalb er ausgemergelt wirkte und sich die Atrophie seines Körpers Tag für Tag verstärkte, er war nur noch Haut und Knochen, hatte den Mund immer voller Aphten und eine Osteoporose, die sich durch die Einnahme der hohen Kortisondosis im Eiltempo verschlechterte; dazu kam noch eine marginale Sklerose in den Hüften, Knochen und notorisch abgenutzte Gelenke in den Schultern und Knien und eine Sehnenverhärtung in den Armen und Beinen; die kleinen Kapillargefäße entzündeten sich und platzten, weshalb seine Augen beinahe immer rot und blutig waren; er hatte auch kleine Hämatome am ganzen Körper, die wie

Tätowierungen aussahen, besonders auf den Extremitäten, Händen und Füßen, außerdem dieses leichte Fieber, das immer zur Nacht auftrat und diesen trockenen Husten, der ihm manchmal sogar das Atmen erschwerte. Aufgrund dieser chronischen, bronchialen Lungeninfektionen litt er auch an einer Dekompensation seiner Atemwege und musste deshalb zwei Mal in die Notaufnahme eines Zentrums für Lungenheilkunde und Thoraxchirurgie gebracht werden.

„HÖR AUF, HÖR JETZT AUF!", brach es wieder aus seiner Frau hervor, die ihn anschrie: „Also borniert, was? ... Der einzige Bornierte hier bist Du, aber im Kopf." Und ohne sich zumindest darum zu kümmern, dass Tilo sie jetzt vor Schmerzen krümmte, fuhr sie fort: „Und überleg' mal, ob ich nicht recht habe: schon wieder wiederholst Du diesen Satz, der mir schon zu den Ohren herauskommt ... ICH BIN ES JETZT SATT, ICH BIN DEINE VERRÜCKHEITEN SATT, TILO, DU VERSPOTTEST DIE KRANKEN, DIE ÄRZTE, DEINE DÄMLICHEN PHILOSOPHEN, DEINE IDEEN, TRÄUME, HALLUZINATIONEN, CLOWNEREIEN UND ALLES, ALLES! ... Weißt Du was? Mach doch besser mit Deinem Leben was Du willst, denn Du achtest sowieso mehr auf Deine Bücher, Dein Geschreibe, die *Grupo*, Deine Pläne und all diese anderen Sauereien als auf die Ärzte oder mich. Wen willst Du jetzt überzeugen? Die Alten im Heim, Ärzte, Kliniken, Kranke? Um die Anderen heilen zu können, musst Du Dich zuerst selbst heilen, verstehst Du? Wie ich Dir immer gesagt habe: bleib mit den Füßen auf dem Boden. DU BIST VERRÜCKT, VERRÜCKT, VERRÜCKT!" Laura schrie und blinzelte mit den Augen, die sich mit Tränen gefüllt hatten. „Und diesem Emil, Emilein, Emile oder wie er heißt, deinem Bettnachbarn aus dieser Klinik, dem hast Du auch schon, wie so vielen Anderen, das Hirn gewaschen mit Deinen Spinnereien und wahnwitzigen Ideen."

Als Tilo Emiles Namen hörte, richtete sich sein Körper auf und er spürte, dass der Schmerz, der ihm auf die Brust drückte, sich mit einem starken Gefühl der Trauer mischte, so starker Trauer, dass seine Augen feucht wurden.

„Schatz, falls Du es nicht weißt, Emile ist tot, er ist vor einer Woche gestorben", war das Einzige, was er sagte. Er, der immer Optimist war und versuchte stets die positive Seite der Dinge zu sehen, wurde in diesem Moment von einer tiefen Trauer ergriffen, aber er fühlte sich auch verwirrt, unverstanden und zum ersten Mal sogar desillusioniert über seine Frau, die ihn ungerechtfertigt attackierte.

Der physische Schmerz, der ihm die Brust zusammendrückte und ihm wie eine Lanze den Rücken durchbohrte, mischte sich so intensiv mit seiner Empfindsamkeit, dass das Einzige, was er sich jetzt wünschte, die Erholung mit Morbo zu suchen war.

Tilo brach alles hab, was er getan hatte und so als ob seine Frau nicht existierte, setzte er sich an seinen alten, von Holzwürmern zerfressenen Schreibtisch im Stile von Louis XV, und schaute sich zuerst das kleine Notizbuch an, das er immer mit sich trug und in dem er vor einigen Tagen ebenfalls einige Dinge notiert hatte, dann schaltete er seinen *Laptop* an und begann zu schreiben, schreiben und schreiben:

Warum, warum jetzt Morbo? ... Ich hatte so, so viele Dinge mit Emile geplant, und jetzt das mit meiner Frau. Ja, ich weiß schon, Du wirst mir jetzt sagen: Erinnere Dich, Du und ich haben eine Allianz beschlossen und alles, was Dir jetzt passiert, ist auch ein Teil dieser Allianz. In Ordnung, ist gut, ich verstehe Dich: was los ist, ist dass Du willst, dass ich mich lieber mit Dir und nur mit Dir auseinandersetze, oder? Nur Du, nur Du, immer nur Du! ... So wirst Du mir auch helfen jenen ungewissen Zustand zu finden, den ich so sehr suche, ist es nicht so? ... EINEN SCHLECHTEN ZUSTAND GEGEN EINEN UNGEWISSEN EINTAUSCHEN ... EINEN SCHLECHTEN ZUSTAND GEGEN EINEN UNGEWISSEN EINTAUSCHEN ... EINEN SCHLECHTEN ...

Und er wiederholte diesen Gedanken, und erhob seine Stimme, so als beriefe er im Geheimen Morbo, seinen spirituellen Verbündeten und den Gegenpart seiner Selbstgespräche, ein.

Da Tilo sie jetzt nicht mehr beachtete, wurde seine Frau des Schimpfens müde, verließ wütend den Raum und ließ die Tür voller Zorn und Empörung derart knallen, dass fast die Wand einstürzte. Sie verließ die Wohnung und lief stöhnend im Hausflur auf und ab. Ihr Gesicht war rot und die Augen waren mit Tränen gefüllt, als man sie schließlich rufen hörte: „Ich warne Dich, Du Ver...", fast hätte sie wieder Verrückter, Scheiß-Verrückter gesagt, „nimm Deine Sachen, und wenn ich wiederkomme, will ich Dich nicht mehr in meinem Schlafzimmer sehen!" Nach wenigen Minuten hörte man, lauter als Flamenco-

Schuhe, die spitzen Absätze ihrer feinen Markenschuhe, die energisch auf den Asphalt der Straße traten, um sie in Richtung des Autos ihrer Freundin zu dirigieren, die draußen seit einer Viertelstunde wartete.

Tilo schrieb und schrieb unterdessen mit großer Ungezwungenheit und ohne Pause, seine Finger glitten über die Tastatur des Computers wie jene des virtuosen Arthur Rubinstein, wenn er Chopins *Heroische Polonaise* auf dem Klavier spielt:

> ... *Emile, mein Bruder, endlich hast Du Dich eingeschifft, oder bessergesagt sie haben Dich eingepackt in diese Holzkiste ... äh, verzeih', ich meine diesen hölzernen Pyjama. Wie viel Frachtgebühr musstest Du bezahlen? War es teuer? ... Ach dann, Emilein, wofür gibt es denn Freunde. Ganz im Ernst: Ich hätte es auch gerne für Dich bezahlt. Du hättest mir nur den Zielhafen sagen müssen, die Höhe der Rechnung und fertig, sofort hätte ich Dir einen Scheck ausgestellt. Ich hoffe nur, dass der Hafen, in dem Du jetzt angekommen bist, nicht so ist wie jener der Abfahrt, der immer voller Kaminskys und Lauras und Stürme und Schiffbrüche ist. Ja, so ist es ... und ich sage auch Laura, obwohl ich sie trotz allem wahnsinnig liebe und weiterhin in sie verliebt bin, oder wie man auch zu sagen pflegt: die Liebe ist blind, mein Bruder, akzeptiere das nur ohne Grenzen und Bedingungen. Und Dir Morbo, sage ich auch als Zeuge: mal sehen, ob wir so nur zwischen uns Beiden es schaffen, sie aus dieser Isolierung zu befreien, die sie sich geschaffen hat hinter dieser Mauer, die drei*

Mal so dick und hoch ist wie die Chinesische Mauer. Verdammt, was für eine Enttäuschung! Es schmerzt, es schmerzt mich sehr! Aber nun gut, vielleicht sollten wir darüber später sprechen, und ich sollte mich jetzt lieber an schöne Dinge von meinem Freund Emile erinnern, meinem Bruder, dem großen Dopamino Zittermann. Erinnerst Du Dich? ... Emile, ich bitte Dich, ich muss Dir jetzt etwas sagen, und nimm es mir nicht übel, ja? Du bist, wo du bist, aber ich habe Dich jetzt durch eine muntere Alte aus einem Altenheim ersetzt, die sich ... mein Gott, mit was für einer Energie sich diese Alte hält. Sie heißt Gertrude, leidet an Alzheimer und trotz ihrer achtzig Jahre und ihres durch die Demenz fast wie ein Käse perforierten Gehirns, handelt sich mit mehr Optimismus und einer größeren Energie als Du oder ich zusammen. Keine Demenz, kein Alzheimer, nichts! Unglaublich, ich schwör's Dir! Ich erinnere mich, wie ich sie kennenlernte und fragte: „Hallo, ich bin Tilo, und Du?" Ich hab sie geduzt wie Dich, und sie hat nur sofort losgelacht und geantwortet: „Gertrude, nenn mich nur Gertrude." Stell Dir vor, mein Bruder, sie hat mich so überrascht, dass ich sie sofort mit der großen Gertrude Stein verknüpft habe. „Gertrude? ... Die große Gertrude Stein?", hab ich sie gefragt, und mein brodelnder Kopf (oder völlig verrückter Kopf, laut meiner geliebten Frau Laura) hat sich schnell, wie an das kleine Einmaleins, an diesen perfekten und mathematischen Aphorismus von ihr erinnert: „Rose is a rose is a rose is a rose" – eine Rose ist eine Rose ist eine

Rose ist eine Rose – aus dem Gedicht von der Stein, welches, aus purem Zufall, auch eine indirekte Verbindung mit dem Emile von Rousseau haben könnte, nur dass sie als Feministin und Schwule, äh, ich meine Lesbe, die sie war, sie lieber in ihre „Sacred Emily" verwandelte. Ja, so ist es. Deshalb nenne ich jetzt, mein Bruder, die alte Gertrude aus dem Altenheim auch Emilia. Emilinchen als Koseform, so wie ich es mit Dir machte, als ich Dich Emilein nannte, wie den jungen Emile von Rousseau. Hehehe ... Wie spielt das Leben, oder, Emilein? Jetzt vergleiche ich Dich sogar indirekt mit dieser großen Persönlichkeit, die Gertrude Stein war: eine berühmte amerikanische Schriftstellerin und Dichterin, eine Schlüsselfigur der künstlerischen und literarischen Welt Ihrer Zeit, wusstest Du das? Sie war immer sehr präzise und mathematisch in allem, was sie sagte. Ja, mein Herr. Eine Frau mit starkem Charakter, so stark, dass sie sich verdammt noch mal bis ins Knochenmark als lesbische Frau definierte. Es ist erstaunlich, denn als ich Emilinchen (also die alte Gertrude aus dem Heim) jetzt selbstredend mit ihrem neuen Namen ansprach und sie fragte: „Und sag mir Emilinchen, gefallen Dir auch Frauen?"
Weißt Du, was sie mir da geantwortet hat? Sie lachte sich halb tot und antwortete: „Klar, warum denn nicht? Aber am liebsten habe ich Japanerinnen, die klettern auf einen rauf und mit ihrem Shiatsu massieren die einen wirklich überall. Was für ein Genuss!" Nein, ehrlich, die Alte ist wirklich zauberhaft, sie lacht immerzu über alles und das

gefällt mir. Ich kann Dir sagen, dass ich mit der alten Gertrude, dem dicken Pocho und dem Mestizen Quispe aus der Grupo (diesem Folkloresänger, der immer mit seiner Quena-Flöte und Charango-Mandoline überall spielt) organisiere ich jetzt in dem Altenheim einen anderen großen Plan, und nach allem was Du und ich im Krankenhaus Dresden-Neustadt veranstaltet haben, wird das auch ein großer Erfolg. Ich habe Emilinchen (ehemals Gertrude) auch schon gesagt, dass sie, wenn ich ihnen nächste Woche Rotkäppchen vorlese, alle Eitelkeiten beiseitelassen und sich als Großmutter verkleiden soll. Und dem dicken Pocho, dem Vielfraß, habe ich natürlich schon seine Verkleidung als Wolf besorgt. Hahaha ... das wird sehr lustig. Du wirst sehen wie der wollüstige Pocho es mir danken wird, wenn er obendrein sicher auch die zarte Schwesternschülerin fressen wird, die ich ausgewählt habe, damit sie sich als Rotkäppchen verkleidet. Die ist scharf, Emile. Die hat vielleicht ein Paar Titten und einen Arsch, ich sag's Dir! Quispe, unserem Cholo, habe ich schon gesagt, dass er uns, während das hübsche Rotkäppchen ganz ungerührt durch den Wald spaziert und uns ihre Qualitäten präsentiert, auf Quechua und begleitet von seiner Charango-Mandoline und der Quena-Flöte „You are so beautiful" von Joe Cocker vorsingen soll. Ich bin sicher, dass es den siebzig Alten im Heim, äh, entschuldige, neunundsechzig (gestern ist einer gestorben), so eine Freude bereiten wird, dass sie explodieren wie eine Supernova. So sieht es also aus, mein lieber Emile.

Ich habe bis jetzt, so als wäre es gestern passiert, auch immer noch sehr präsent, was Du, Pocho und ich in der Praxis dieses Knochenbrechers von einem Traumatologen und Orthopäden, Doktor Eisen, gemacht haben. Erinnerst Du Dich? Alle, die schon viel früher als wir auf seine Behandlung warteten, die haben wir aber gut gefickt, aber so richtig. Was für eine Frechheit, oder? Und nur, weil diese Privatpatienten das Doktörchen mit Geld zuscheißen und immer einen viel höheren Tarif zahlen, muss ich, oder bessergesagt müssen wir alle, die wir nur mit der normalen, gesetzlichen Krankenversicherung versichert sind, auf die normale Reihenfolge verzichten und Stunden und Stunden im Wartezimmer warten ... Scheiße, Arschlecken! Das hat auch schon der Papst der Armen, Francisco (für mich liebevoll: Papalindo), gesagt: „Alle sind gleich, immer gleich." Verdammt! Universalität, Solidarität, Einheit, Integrität und Gerechtigkeit sind das, was man in dieser Welt braucht. Glücklicherweise haben Du, Emilein, und Pocho, als ich Euch von diesem Problem erzählte, sofort akzeptiert mich zu begleiten. Erinnere Dich, Emilein, ja? ... Als es erneut Zeit für mich war, zur Kontrolle meiner löchrigen Knochen zum Doktor zu gehen, habt Ihr, Du und Pocho, mich, damit ich mich nicht langweile, auch in diese mit Patienten überfüllte Praxis begleitet, wo ich wieder unendlich lange in diesem stickigen Wartezimmer warten musste, bis ich an der Reihe war; als ich in die Gesichter all der schlechtgelaunten Kranken schaute, war der Moment ge-

kommen, um das Eis zu brechen, und auf ein diskretes Zeichen von mir hin begannen wir drei ganz machiavellistisch eine Konversation über eben jenen Doktor Eisen. Die Idee hatte Dich fasziniert, erinnere Dich, Emile: du hättest Dir im Stuhl fast vor Lachen in die Hose gemacht. Und dieser Pocho in seiner Gewitztheit darin zu sprechen und die Aufmerksamkeit zu lenken, begann laut und übertrieben zu reden, mit dieser Säuferstimme, die er hat: „Aber nein, wie ist das möglich, dass Sie, Magister Medina, Direktor auf Lebenszeit der Souvlaki-Stiftung für Klinikinspektion", frag mich lieber nicht, wie er auf den Namen Souvlaki-Stiftung gekommen ist, „dass man Sie so lange warten lässt." Und Du Emilein, hast zudem noch geantwortet: „Kein Problem, dafür habe ich eine Lösung ..." Und Du standest auf, ja, Du standest auf und rücktest den Tisch, der sich im Zimmer befand und voller Zeitschriften und Magazine war, dorthin wo wir saßen, dann holtest Du ein Kartenspiel heraus und wir fingen an Poker zu spielen: „Hey, wie schön, ich hab eine Straße." „Erzähl keinen Scheiß! Und das Full House, das ich hier in der Hand habe?" „Schaut mal hier: Drillinge König ..." Und solche Sachen sagten wir, während wir die Karten auf den Tisch legten und lauthals über schreckliche Dinge diskutierten, die wir uns in diesem Moment über Doktor Eisen ausdachten, um ihn schlecht aussehen zu lassen. Du Emile, erinnere Dich genau, sagtest immer mehr, wurdest immer dramatischer. Du gabst vor mich nicht zu kennen und verpasstest mir zudem noch den Titel

Professor: „Entschuldigen Sie, Herr Professor, aber vor ein paar Tagen erst hat mir Doktor Eisen, so wie Sie mich hier sehen, so viel Flüssigkeit aus dem Knie geholt, ohne Betäubung und nichts, und jetzt sehen Sie: es ist völlig trocken, und wenn ich laufe, schwanke ich schlimmer als Stevie Wonder, nur dass Stevie es macht, wenn er singt, und ich jaule, ja, ich jaule praktisch, aber vor Schmerzen." „Ah, ja? ... Aber das ist doch gar nichts, Herr Kuppler", antwortete ich Dir und sprach Dich mit einem anderen Namen an, der mir ganz spontan einfiel, da mir der ‚Große Kuppler' von José Echegaray sehr lebendig war, da ich das Buch gerade zu Ende gelesen hatte; Du schieltest mit Deinen winzigen, himmelblauen Augen, so als sagtest Du: und warum jetzt Kuppler? Dann zwinkerte ich Dir zu und machte weiter mit einer noch maßloseren Geschichte: „Schauen Sie, das ist gar nichts, denn was er mir angetan hat, ist der Gipfel, das werde ich ihm nie vergessen. Ich habe eine Hüfte, die so löchrig ist wie ein Sieb und wissen Sie, was dieser Nichtsnutz, ja, Nichtsnutz, mir angetan hat? Er hat angewiesen, dass mir, neben den Hüften, auch noch umgehend Implantate aus Titan in drei Rückenwirbeln verpasst werden und obendrein noch Keramik und Zement für das Genick. Und wissen Sie warum? ... Einfach damit er heimlich diese saftigen Provisionen von der Klinik bekommt, als Belohnung für diese Krankenhauseinweisungen frischer Patienten, die er immer unterschreibt, ohne dass die Versicherung es weiß. Ist das nicht vielleicht schrecklich, Herr Kuppler?

Deshalb, genau deshalb bin ich heute verdammt noch mal hier und warte und warte, bis ich an der Reihe bin und er mir meine verschraubten Prothesen justiert und mir die Metallgelenke ölt." Der dicke Pocho, erinnere Dich daran Emilein, der wirklich ein Profi in solchen Dingen ist, setzte noch einen drauf, um die verblüfften Patienten noch mehr zu verwirren, deren Münder sich immer weiter öffneten, verängstigt und entsetzt über all das, was wir über Doktor Eisen erzählten. Er nutzte genau den Moment, in dem er seinen Herz-Flush mit seiner rechten Hand auf den Tisch legte, an der er seit der Geburt nur vier Finger hat (hahaha ... ich glaube, dass er deshalb auch Linker geworden ist), um uns zu sagen: „Und mir? Was glauben Sie denn? Schauen Sie sich diese Hand an, in der durch Doktor Eisens Verschulden, der mir eine falsche Physiotherapie verschrieben hat, das Blut im Zeigefinger geronnen ist, dann hat er sich entzündet, und: ZACK! Sie mussten ihn mir komplett abnehmen; ich habe den Finger als Erinnerung immer noch Zuhause gut aufbewahrt in einem Flakon mit Formalin." Und während wir so ungerührt weiter Poker spielten ... „Ich gewinne, ich hab wieder eine Straße." „Hey, Kumpel, schau mal, vier Könige hier ..." und Dinge in dieser Art sagten wir laut, so als ob uns nichts Sorgen machte. Wir bemerkten auch, dass das Wartezimmer, in das am Anfang nicht mal mehr eine Stecknadel gepasst hätte, sich mehr und mehr leerte, da die Patienten quasi entsetzt aus der Praxis flohen. Am Ende waren nur noch wir drei im Raum übrig.

Und Doktor Eisen mit seinem wenig begeisterten Gesichtsausdruck, so als sage er: und dieser arme Dummkopf, was macht der wieder hier? Er musste sich aber trotzdem zuerst um mich kümmern, denn glücklicherweise hatten weder er noch seine Assistenten irgendetwas mitbekommen. Ich vermisse Dich, ich vermisse Dich sehr, mein Bruder Emile, Zittermann und großer Kuppler! Warum, warum jetzt? ...

Es waren fast vier Stunden vergangen, seit seine Frau die Wohnung verlassen hatte. Mit von Tränen feuchten und noch röteren Augen als gewöhnlich, stellte sich Tilo wieder und wieder dieselbe Frage: *Warum, warum?* Er war jetzt nicht mehr er selbst, sondern sein Geist, der sich erneut mit Morbo verschmolzen hatte, so als sei er ein anderer Körper mit eigener Energie. Das alles war für ihn sehr verwirrend, zweideutig, und zum ersten Mal zweifelte er sogar an seinen Gefühlen für Laura, aber nicht weil er jetzt alleine schlafen musste, im Gegenteil, das gefiel ihm, sondern weil er sich in diesem Moment unverstanden fühlte und enttäuscht, ja, schwer enttäuscht von seiner eigenen Frau. Während er sich darauf konzentrierte den auf den Bildschirm des Computers geworfenen Text zu lesen, an dem er schrieb, löste sich eine dicke Träne von seinem Wangenknochen, und da er nichts hatte, womit er sich abtrocknen konnte, wischte er sie mit einem schmutzigen, zerknitterten Blatt Papier ab, dass er dort gefunden hatte.

... Ich weine, Morbo! Stell Dir vor, ich weine! Und Laura ...? Was mache ich jetzt mit Ihr? Sie will, dass ich hier schlafe, alleine, in diesem Zimmer.

So werde ich es also machen, ich werde dann also auch viel mehr Zeit haben, um mit Dir zu reden, stimmt's? Laura, mein Gott, was hast Du, was ist mit Dir los? Warum verhältst Du Dich mir gegenüber so? Sieh' nur, dass alles, was ich jetzt für Dich fühle, sogar viel stärker ist als die Schmerzen, die ich in der Brust habe, im Rücken, im ganzen Körper. Verlass Dich darauf! ...

Ihm brach der kalte Schweiß aus und er hatte Probleme zu atmen. Die extreme Schwäche und die Muskelschmerzen, die er spürte, hatten sich wie ein leichtes Kribbeln bis in die Extremitäten ausgebreitet. Zweifelsohne weil der Schmerz, den er um seine Frau verspürte, viel größer war als der physische Schmerz, flossen seine Gedanken und sein Schreiben nun mit großer Leichtigkeit:

Was für ein Durcheinander an Gefühlen habe ich da jetzt, he ... Schmerzen mit Gefühl oder Gefühle mit Schmerzen. Wie das Ei und das Huhn oder das Huhn und danach das Ei. Hör' gut zu, Laura: Für Rousseau hat diese Mischung aus Gefühlen, wie ich es eines Tages auch schon Emile gesagt hatte, laut seiner Doktrin eine enorme Bedeutung für die Philosophie der Moral, wusstest Du das? Oder wenn Du willst, verlassen wir für einen Moment das philosophische Feld und begeben uns auf das Feld des bärtigen Psychologen Wundt, einem Kollegen vom Onkel Sigmund, der behauptet, dass Gefühle immer, so wie man es auch über Hände sagt, in Paaren daherkommen, so wie Mann und Frau, das bedeutet: Genuss und Widerwille, Freu-

de und Depression, Anspannung und Entspannung, und so ...

Da er sich an einige Dinge erinnerte, die Laura ihm antat oder angetan hatte, brach plötzlich der Zorn aus ihm hervor und sein Selbstgespräch gewann langsam eher die Färbung eines Streitgesprächs; Tilo furchte seine hohe Stirn wie eine Gebirgskette und in seinem Mundwinkel sammelte sich klebrige, weiße Spucke:

... Genug, Laura, ich habe genug von Spannungen, bitte! Wenn Du verbittert leben möchtest, dann tu' es nur, aber versauere mir nicht mein Leben, denn ich habe mit dieser Krankheit schon genug zu tun, ja? Und bei Dir werde ich auch Luft ablassen, Morbo, ich werde Dir die ganze Scheiße beichten, die ich mit mir herumtrage, mal sehen, ob ich meinen Geist so besser kontrollieren kann, aus dem jetzt mehr Lava hervortritt als aus dem Sif-Mons-Vulkan auf der Venus. Oder wie Wundt, der mittlerweile in Leipzig drei Meter unter der Erde in Frieden ruht, es gesagt hat: Im Bereich des Geistes gibt es eine schöpferische Synthese, die den Raum für einen neuen Weg öffnet ... Verdammt! Wird das vielleicht der Weg der Erlösung sein, jetzt da der Unterschied zwischen Anspannung und Erlösung genau in der bestimmten Intensität und Qualität dieser zwei Elemente liegt und da die Gefühle genau deshalb auch ein großes Ganzes formen, in dem man in Zwischenschritten von einem zum anderen übergehen kann? Verdammte Scheiße, wie kompliziert das alles ist, hm? Jetzt verstehe

ich schon selber nicht mehr, was ich schreibe. Mal sehen, also hilf' Du mir, Morbo: ist das nicht vielleicht unser gemeinsamer Pakt? ... Ist gut, ich verstehe Dich, ich werde die Psychologie also außen vor lassen, denn ich glaube, dass in so einem Fall die tatsächlich Verrückten die Anderen sind, oder vielleicht jene, die sagen, dass sie normal sind und alles immer wissen und besser wissen. Gehen wir doch lieber direkt zum Kern des Ganzen:
Warum, verdammte Scheiße, tust Du mir das an, Laura? Hör mir mal zu: es ist okay, dass Euch dieses Haus von hundertfünfzig Quadratmetern Hans gekauft hat, der Vater von Karina, und dass es jetzt schon eine ganze Weile her ist, dass er sich von den Lebenden verabschiedet hat, aber ich bin hier und ich werde immer versuchen dafür zu sorgen, dass ihr zufrieden und bequem (äh, entschuldige, mehr als bequem) lebt und Euch nie etwas fehlt. Und dennoch hast du jetzt die Frechheit zu sagen, dass Du Dich schämst, weil ich Kaminsky die dreißigtausend Euro gegeben habe. Dann entschuldige mich, aber es ist so, dass die chemische Mischung an Gefühlen, die ich für Dich fühle, sich jetzt in eine Bombe verwandelt, die explodieren wird. Wer sorgt denn dafür, dass Du Dir immer deine Klamotten kaufen kannst, Du Luxus Lady und Shopping Queen? Oder wenn es um Karina geht, die ich wirklich liebe, wie eine eigene Tochter: wer kauft ihr immer all diese Bücher, die sie zum Studieren braucht, zahlt die Kosten für ihre Unterkunft und die besten Seminare und Praktika in Leitung und Entwicklung in den USA, England,

der Schweiz oder Österreich? Oder hast Du etwa schon vergessen, wie Du Dich einen Tag an mich rangemacht, Dich bei mir eingeschleimt und mir mit Deinen schönen, kalkulierenden Augen zugeblinzelt hast: „Ach Liebling, was würde ich nicht dafür geben, wenn meine Karina nur aus dieser Studentenbude ausziehen könnte, in der sie jetzt in Neustadt wohnt", und ich habe schweigend für sie alleine diese komfortable Sechzig-Quadratmeter-Wohnung in Weißer Hirsch gekauft (einer der teuersten Zonen in Dresden) und ihr obendrein noch einen BMW 316i Cabrio geschenkt, damit sie keine Probleme haben würde zur Uni zu kommen. Vielleicht erinnerst Du Dich nicht mehr daran wie Du, Du zwanghafte Verschwenderin, all dieses Geld für Deine Schönheitsbehandlungen vom Konto abgehoben hast, für eine kleine Reise hier oder da, oder um mit dieser Neureichen, die Scheiße im Hirn hat, auszugehen und Dich zu amüsieren. „Der arme Tilo, weißt Du, er ist immer so krank und ich muss ihn immer so pflegen und ihm helfen", habe ich Dich eines Tages am Telefon sagen hören, meine geliebte Luxus Lady, mit Deinem ständigen Anti-Aging, mit Deiner Wellness und all Deinen Dummheiten. „Ach, mit meinem armen Tilo im Haus mache ich mir immer solche, aber solche Sorgen, ist es nicht so, mein Liebster?" Liebster? Steck Dir die Liebe lieber in den Arsch, verdammte Scheinheilige! ... Ja, so ist es, denn das hast Du auch eines Tages heuchlerisch zu den Mulders gesagt, diesem Schweizer Paar, das eigentlich viel mehr mit mir als mit Dir befreundet ist und uns besuchen kam. Da hast Du zu allem Überfluss wie immer das Opfer gespielt und ich habe es aus Respekt und weil ich Dich liebe vorgezogen lieber ruhig zu bleiben. Oder, wenn Du für mich immer dieses Miesepeter-Gesicht aufgesetzt hast, so als ob Dir die Zeit nie reichen würde (Ah, aber, um mit dem Stofflappen Stunden über Stunden Deine schönen Scheißmöbel zu putzen und für all die anderen Dummheiten, dafür hattest Du immer alle Zeit der Welt übrig, nicht wahr?), wenn ich Dich die wenigen Male darum gebeten habe, dass Du mir vielleicht fünf Minuten lang mit der Diclofenac-Creme den Rücken einschmierst, weil er hart wie Stein war und schmerzte, und Du mir ganz genervt, mit einer Grimasse und verzogenem Mund, gesagt hast: „Schon wieder? Scheiße, wie nervig! ... Geh lieber zu einer Masseurin, denn das schädigt und verkrampft meine Hände und dann tun sie mir weh." Warum immer diese Lügen? Wenn Du doch genau weißt, dass die Dinge so nicht sind, und wenn ich Dich an einem Tag um Hilfe bitte, dann nur, weil ich wirklich nicht mehr kann. Aber nein, ich schaue Dir nur dumm dabei zu, wie Du Süßholz raspelst, denn darin bist Du wirklich Meisterin. Erinnere Dich an diesen Tag mit der spießigen Susan, an einen anderen Tag mit Uschi oder Muschi oder wie zum Teufel die heißt. Da sagtest Du: „Warte nur noch ein Momentchen länger, sei nicht böse Tilo, ich bin bei Yosita." Momentchen ...? An diesem Tag hast Du es übertrieben, Du Meisterin der Frechheiten, warst fast den ganzen Tag in der Sauna dieser thailändi-

schen Masseurin und ich warte wie ein Trottel auf Dich, ganz aufgeblasen und mit dem Bauch so hart wie der Panzer einer Schildkröte wegen meines verstopften Darms, der fast platzt von der ganzen Scheiße, warte darauf, dass Du mir Ulcogant von der Apotheke bringst, das Doktor Rossmann mir verschrieben hat. Ah nein, Blödsinn! ... Aber das ist ja noch gar nichts, für die Luxus Lady und Shopping Queen: Und was sagst Du zu diesen drei Malen in der Woche, die Du immer bei der Pediküre verbringst, bei Deiner Freundin der Kosmetikerin, Spezialistin für Beauty und all diese Scheiße? „Ach, aber natürlich, den Körper und die Erscheinung muss man immer sehr pflegen, wirklich sehr!" Das sagst Du ständig oder fast jeden Tag. Scher' Dich zum Teufel, verdammt! Eitle Kuh! Ja, das ist es, was Du bist: eine eitle Egomanin und dazu eine Lügnerin; zuerst ich, dann ich und am Ende ich. Warum sagst Du mir das nicht lieber direkt in mein hässliches Nagetiergesicht und zu meinem gebrechlichen, kranken Körper, hm? Mal sehen, sag's mir ... Glaubst Du ich merke es nicht? Oder als Karina, Deine Tochter, eines Tages gefragt hat, ob ich mit zum Flohmarkt komme: „Und warum kommt Tilo nicht mit uns?" Und Du, Luxus Lady, hast mit diesem gepflegten Opfergesicht Traurigkeit vorgetäuscht, hast, da Du an diesem Tag überraschenderweise mal wieder alleine gehen wolltest, da Dich meine Anwesenheit nervt, Du keine Geduld hast, ich Dir auf den Sack gehe, du hast Karina geantwortet: „Tilo? ... Ach ja, der Arme, aber Du weißt ja, der Temperaturwechsel *und diese starken Schmerzen, die er immer hat, da hat er es lieber vorgezogen Zuhause zu bleiben."* Vorgezogen? Schmerzen? Lügnerin! Aber genau an diesem Tag hatte ich größere Lust mit Dir und Karina irgendwohin zu gehen, als ein Affe sich an Lianen zu schwingen. Oder dieses andere Mal, als es um Deine Schwiegermutter ging, oder Ex-Schwiegermutter, oder Mama Emma, oder wie immer Du sie nennst, die Mutter Deines verstorbenen Mannes Hansi, diese geizige, taube Alte, die nicht redet, sondern fast immer brüllt und fast zehntausend Wörter pro Minute ausspuckt ohne zu atmen oder so, und mit der Niemand auskommt, weil sie schäbig ist und über alle Welt lästert und ihre Beschwerden großartig übertreibt, die eigentlich jede Person in ihrem Alter hat, und deshalb macht sie sich jetzt quasi vor Angst in die Hose, dass sie in ihren eigenen vier Wänden alleine sterben und vergammeln könnte. Und Du hilfst ihr ständig mit ihren Einkäufen, aber weder, weil Du sie magst, noch aus Respekt vor Deinem Hans, sondern weil sie Dir Geld gibt, damit Du Nutznießerin und Schmarotzerin Dir davon immer all diese Kleidung und noch mehr Kleidung aus den Modekatalogen, aus der Madeleine, Brigitte, Vogue et cetera kaufen kannst. Oder wenn Du Dich an der Vorstellung aufgeilst Kate Moss zu sein, Heidi Klum, Linda Evangelista, Gisele Bündchen und, noch schlimmer, vielleicht sogar am liebsten alle auf einmal: ein wenig von Kates Lippen, den schmalen Hals von Heidi, das Engelsgesicht von Linda und die langen Beine von Gisele.*

Oder vielleicht verhältst Du Dich nur so mit Mama Emma, weil Du hoffst, dass Sie Dir vielleicht eines Tages all diese widerlichen Pelzmäntel aus Nerz, Bisamratte, Chinchilla und Waschbär schenkt, die sie umgeben von Mottenkugeln in ihrem Schrank hat, oder vielleicht, noch besser, um die Kategorie zu wechseln, all dieses wertvolle, mit bunten Vögeln und Motiven aus tausend und einer Nacht bemalte Meissener Porzellan, das sie in einer Vitrine in ihrem Wohnzimmer gut verwahrt hat. Nein, Schatz. Ich bin auf alle Fälle nicht von gestern, ich habe das schon vor einer Weile bemerkt. Warum, warum immer solche Farcen? Ich würde Dich gerne hassen, Dich verfluchen, mich rächen und alles gleichzeitig, aber nein, ich glaube, dass die Liebe, die ich für Dich fühle, mich bremst und mich immer anders reagieren lässt. Willst Du wirklich, dass ich nicht mehr bei Dir schlafe und jetzt meine Bettdecke, mein Kissen, meine Pyjamas und all das mitnehme? ...

Und Tilo fand Kräfte wo es eigentlich keine gab, vielleicht auch, weil es notwendig war sich zu bewegen, da jetzt die Muskeln in der Taille, in den Armen und Beinen anfingen sich zu verhärten. Die Tatsache war jedenfalls, dass er seinen Computer in den Ruhemodus versetzte, sich ins Schlafzimmer begab, in dem er bis zu diesem Tag mit seiner Frau geschlafen hatte, die Sachen nahm, die er zu nehmen hatte, und als er zurückkehrte, schmiss er alles in eine Ecke auf dem staubigen Fußboden und wie ein Zombie setzte er sich wieder an seinen Schreibtisch und fuhr fort:

... Also, hier sind sie. Ab heute werde ich also an diesem Ort schlafen, der von jetzt an noch mehr mein Zimmer sein wird. Und ich werfe Dir nichts vor, plötzlich erscheint dies vielleicht eine gute Lösung zu sein, alles immer gut getrennt und alles an seinem Platz, nicht wahr? „Ach, Vorsicht! ... Benutz meine Töpfe nicht, meine Küche, schon wieder Frittiertes, das Essen, immer dieses Essen."(Natürlich, wie auch nicht: da ich der Einzige bin, der in Wirklichkeit an den 365 Tagen des Jahres kocht und das immer noch mit meinen billigen Aluminiumtöpfen, weil ich Deine teuren zwar anschauen, aber es mir abschminken kann sie anzufassen! Ich weiß nicht, warum Du sie willst, wenn Du sie nie benutzt und mehr noch, wenn Du es tust, dann nur an meinem Geburtstag oder zu Weihnachten.) Und komm mir nicht mit dem: „Das ist mein Wohnzimmer, mein Sessel, geh da weg, setz' Dich da nicht hin, Du machst es schmutzig, benutz' nicht meinen Fernseher, geh lieber in Dein Zimmer mit Deinen Scheißbüchern, zieh' nicht an den Vorhängen, Du wirst sie abreißen, und meine Pflanzen, Vorsicht mit dem Fußboden, da machst Du Streifen drauf, jetzt hast Du mit Deinen Saufingern die Fenster verschmiert, mein chinesisches Porzellanservice, mein Bonsai, lass meinen Schmuck da, fass ihn nicht an, wasch Dir die Hände, beweg das nicht, stell das dahin, oder dorthin, Deine Schuhe, rück nicht die Stühle zusammen, mein schöner Mahagonitisch, und dann dies, und das, und Deine blöden Bohemien-Freunde, Scheiß-

Folkloremusiker, Sozialschmarotzer, Tollpatsche, Parasiten, Kommunisten. Ach, ich verabscheue sie, ach, ach, ach ...!" Und Du wiederholst fast jeden Tag diese Dinge, die mir wehtun, sehr wehtun, Schatz, so als ob Dir alles, was ich tue oder womit ich mich umgebe, stinkt. Und das ist ja nicht alles. Du scheinst zu denken, dass ich mit den sieben Plagen Ägyptens geschlagen bin. Erinnere Dich an diesen schönen, regenfreien Tag, an dem die Sonne strahlend am Himmel stand und ich mich gut fühlte, ohne Schmerzen oder irgendetwas, und ich Dir sagte: „Meine Liebste, wie schön, endlich kommt die Sonne raus, ich habe Lust ein wenig spazieren zu gehen, kommst Du mit?" Und Du hast, bitter und lustlos, wie immer eine Ausrede gesucht: „Mit Dir rausgehen? Wohin denn ...? Ach nein, Schatz, lieber nicht." Stell Dir vor, an diesem Tag hast Du mich sogar noch ganz verlogen Schatz genannt. „Versteh mich doch: mit Deinem Gehstock läufst Du immer sehr langsam und das nervt mich und schadet meiner Taille, und außerdem: erinnere Dich daran, dass Du Dich danach nie bewegen kannst und sich alles verhärtet und Dir alles wehtut." Zehn Minuten später, ja, so war es Laura, rief Susan an (die Scheiße im Hirn hat) und Du gingst mit Ihr ganz frech auf eine Radtour; an diesem Tag bist Du sogar später zurückgekommen als jemals zuvor. Und erinnere Dich auch daran, wie ich Dich eines Tages fragte: „Liebling, wie wäre es, wenn ich Dich ins Kino einlade und außerdem gehen wir diese leckeren mit Hühnchen, Zwiebeln, Eiern, Petersilie und

Knoblauch gefüllten Auberginen, die Dir so gefallen, in dem mediterranen Restaurant am Altmarkt essen." Und genau in diesem Moment unterbrach uns (ausnahmsweise) ein Anruf Deiner anderen hirnlosen Freundin Uschi, die sich Juwelen und Schmuck sogar gerne in den Arsch steckt, und natürlich bist Du lieber mit ihr ausgegangen und hast Spaß gehabt und dazu noch so getan, als ob Du mehr denn je um mich besorgt wärst: „Tilo, ich bitte Dich, was für ein Einfall! Du hast wohl vergessen, was Doktor Rossmann Dir über Deinen Magen und die starken Medikamente gesagt hat, die Du immer nehmen musst: es ist besser, wenn Du nichts Schweres isst, weil Du Dir sonst schaden könntest." Dann verdrehtest Du Deine schiefen Augen (deshalb hat, und zwar zu Recht, Gott später auch dafür gesorgt, dass Du mit dem linken Auge ebenfalls schielst) und hast mich betrogen und eine andere Deiner Geschichten erzählt: „Die arme Uschi möchte, dass ich Zuhause bei ihr bin. Jetzt, da sie sich von ihrem Mann getrennt hat und ihre Tochter nicht mehr bei ihr lebt, fühlt sie sich immer so, aber wirklich so deprimiert, dass ich lieber eine Weile bei ihr sein möchte." Und ich habe Dir da nichts gesagt, denn womöglich wusste ich, dass Du mich und auch andere anlügst. An diesem Tag hast Du Dich außerdem so schick gemacht und so viel Parfüm aufgetragen, als ob man Dich zu einer Königshochzeit eingeladen hätte: Du warst so dreist, dass Du Dir sogar den Lammledermantel von Roberto Cavalli angezogen hast, den ich Dir einmal geschenkt habe; ich erinnere mich noch exakt daran wie Du mich, als ich Dir das Geschenk machte, geküsst hast und voll purer Freude und Euphorie sagtest: „Oh, wie schön, danke mein Schatz, ich liebe Dich sehr!" Aber nicht nur, weil es sich um ein exklusives Design von Cavalli handelte, sondern Du warst darüber hinaus so froh, weil mich diese Scheißklamotte, ganz Deinem Einkaufsprinzip folgend, dass alles teure immer gut ist, verdammt noch mal fünftausend Euro gekostet hat! Warum, warum Laura? Warum bedeutet es für Dich immer so viel Arbeit vielleicht einmal etwas liebevoller zu mir zu sein? Und diese schlechte Laune und Unlust, die Du immer ausstrahlst? Wen willst Du belügen? Oder bist Du nur wegen meines Geldes mit mir zusammen und wegen des Luxus', den ich Dir anbiete? Und selbst wenn es so wäre, warum dann immer diese schlechte Laune, so als ob Dich das Leben mit mir anekeln würde, wenn Du doch in Wahrheit alles hast, um glücklich zu sein: Gesundheit, eine schöne Tochter, einen Ehemann, der Dich liebt, Geld, Sicherheit, alles, alles. Also, antworte mir! Wir leben mehr als zwanzig Jahre zusammen, Laura, und ich weiß wirklich nicht, warum ich Dich noch liebe. Zahlst Du es mir so zurück? So willst Du glücklich sein? Du selbst schadest Dir, meine Liebe. Ja, ich weiß, für Dich bin ich ein Verrückter und vermutlich hast Du Recht, aber Du? ... Zu Anfang, oder zumindest als ich gesund war, warst Du auch eine Andere. Hör mal, ich strebe nicht danach, noch werde ich je danach streben, dass Du mich pflegst. Was für eine Idee! Dafür gibt es all jene, die sich immer so gerne in Weiß kleiden und Morbo, ja, Morbo, meinen einzigen und glücklicherweise größten Verbündeten. Das Einzige, um was ich Dich bitte, und glaub mir, das ist nicht viel, ist, dass wir vielleicht einmal an einem Tag zusammen im Park spazieren gehen, eine kleine Runde mit dem Rad drehen, Essen gehen, uns an einem Tag ins Wohnzimmer setzen und etwas im Fernsehen schauen, oder einfach miteinander reden, ja, das ist es, reden und zusammen sein, aber ... NICHTS, NICHTS, NICHTS!

Durch das Zimmerfenster drang die Dunkelheit der Nacht herein, draußen erleuchteten die Laternen die Straßen in einem fahlen, künstlichen Licht. Es war bereits zwei Uhr nachts und im Himmel war ein abnehmender Mond auszumachen, der ab und an von einem dünnen Wolkenschleier verdunkelt wurde. Tilo hustete, und da er nicht abhusten konnte, zog sich seine Brust zusammen, er stockte und bekam keine Luft: aufgrund der Schmerzen, die er in den Gliedern verspürte und die seine Schmerztoleranz jetzt beinahe überstiegen, schien es, als habe er sich eine starke Grippe eingefangen; die kleinen, dunkelblauen Hämatompunkte, die er auf den Extremitäten hatte, besonders auf den Armen, hatten sich vermehrt. Aus Verzweiflung oder vielleicht aus Sorge, dass er womöglich nicht weiter schreiben können würde, öffnete er eine Schublade, in der er alle seine Medikamente hatte, und da er nicht die Geduld hatte, um das verschriebene Schmerzmittel zu suchen, nahm er kurzerhand die gesamte Ration an Medikamenten, die eigentlich der des nächsten Tages entsprach: er mischte Schmerzmittel mit Kortikoiden, Entzündungshemmern, Magen-Darm-Mitteln, Antibiotika, Antihistaminika, Mitteln gegen Flatulenz, Osteoporose, alles, alles mischte er. Als er all diese Pillen kaute (ja, zuerst musste er sie zerkauen, da einige so groß waren wie Bonbons) und sie statt mit Wasser mit dem flüssigen Schmerzmittel Novalgin herunter spülte, behielt er einen so bitteren Geschmack im Mund, dass er plötzlich noch den gesamten Hustensaft mit Kirschengeschmack austrank, der noch übrig war. Tilo zitterte vor Fieber, er fror und nahm sich die Daunendecke, die er auf dem Boden liegen gelassen hatte, und bedeckte sich die Schultern und den Rücken. Er hielt die beiden Ecken der Bettdecke mit der rechten Hand auf Höhe seines Halses fest, so als würde er den Kragen eines Hemdes ohne Knöpfe anpassen, und mit der linken schrieb er weiter, jetzt aber praktisch in Trance, beinahe katatonisch, und er verband seine Gedanken wie immer mit allem, was er gelesen oder gelernt hatte:

... Weder Novalgin, noch Katadolon, Prednisolon, Pantozol, Doxycyclin, noch Gar Nichts, verdammt! Scheiße, das schmeckt echt wie Spülmittel! ... Weißt Du Laura, ich bin glücklicherweise nicht nachtragend, aber ich glaube für Dich gilt das, was der große Jean Jacques Rousseau auch in Bezug auf seinen Emile sagt: um Dich wirklich zu sozialisieren (also mit mir), musst Du Dich zuerst aus der Gesellschaft und von ihren Klischees zurückziehen oder Dich von ihr isolieren. Die Gesellschaft mit Ihren Verhaltensmustern und anderen dämlichen Regeln hat Dich krank gemacht. Ja, das ist es. Aber da Du Dich in Deinem Fall dazu

noch mit dem Vitriol von Doktor Igor vergiftet hast, lasse ich Dich jetzt lieber nicht, wie meinen Freund Emile, Robinson Crusoe lesen, sondern „Veronika beschließt zu sterben" von Coelho. Und hör mir bitte zu, denn das habe ich Dir schon vorher gesagt: jetzt, da ich praktisch wehrlos bin, strebe ich nicht danach und werde ich nie danach streben, dass Du mich pflegst, oder mir, wie man so sagt, die Windeln wechselst. Nein, nichts dergleichen, Laura! Dafür habe ich all diese arroganten Ärzte in den Kliniken, verstanden? Und Du, Morbo, wie wäre es, wenn Du Dich auch wie ein Exorzist oder Medizinmann um alles kümmerst, was ich Dir beichte, denn ich bin sicher, dass sich meine Frau nicht nur mit diesem Vitriol vergiftet hat, sondern dazu noch ihre Seele an Mephisto verkauft wie Faust, äh, ich sage wohl besser Fausta, mit „a", um das zu unterscheiden. Und noch eine Sache: bitte, Laura, wenn Deine Kenntnisse zu limitiert sind, um in diesem Deinem Leben glücklich zu sein, warum verdammt noch mal musst Du Dich dann immer mit dem Teufel in die Vorhölle begeben und einen Pakt mit ihm abschließen? Nein, nein Schatz, so macht man das nicht! Dafür hast Du doch mich, diese kleine Brust aus rostfreiem Stahl, die schon alles in ihrem Leben ausprobiert hat, sogar Mephisto, Beelzebub, Luzifer, Satan und diesen ganzen teuflischen Clan; Erinnere Dich außerdem: Faust war ein weiser, unzufriedener Alter mit all seinen Kenntnissen über das Gute und das Böse, die Moral, die Grenzen der menschlichen Natur, Dinge, für die es sich in Wirklichkeit zu kämpfen lohnt, oder besser gesagt sich zu wandeln ... aber Du? Was bist Du? Nur eine Luxus Lady, die sich immer von ihrem hässlichen, kranken und in Deinen Augen verrückten Ehemann alles schenken und kaufen lässt? Und dazu gehört auch all Deine Kleidung, die Verkleidungen, die Du zum Ausgehen anziehst, Verzierungen und Schmuck, die Du in den Zimmern hast, im Wohnzimmer, die Möbel, der Fernseher mit dem riesigen Bildschirm, die ultramoderne Küche mit eingebauten Markengeräten, Deine verehrten Nachttöpfe, äh, Kochtöpfe, die Du nie benutzt, Teller, Gläser et cetera, und all diese anderen Dummheiten, die ich Dir immer kaufe und die Du nur wie in einem Museum ausstellst, in der Vitrine, zum Anschauen, aber nicht Anfassen. Nein, Laura! Ich sag Dir noch etwas: für das, was Du mit Mephisto treibst, müsste man, glaube ich, posthum zuerst den großen Goethe um Erlaubnis bitten, um sein universales Meisterwerk „Faust" in „Luxus Lady" oder „Shopping Queen" oder Weißgottwas umzubenennen. Oder wenn Du willst, werde ich versuchen etwas mathematischer, präziser zu sein: „Rose is a rose is a rose is a rose", wie es das große Mannsweib (da steckt ein echtes Weib drin, aber auch ein Mann, doppelt gemoppelt sozusagen) Gertrude Stein sagte: DU HAST MIT MIR, VERDAMMT NOCH MAL, ABER AUCH GAR KEINE GEDULD! Und das ist nicht alles: seit dieser ganze Mist auf mich einstürzt, hast Du sogar Angst, ja, genau das, Angst, viel Angst: Angst davor die Realität zu akzeptieren und viel-

leicht Deine Freiheit zu verlieren, Angst davor, was die Leute sagen werden, Angst davor, dass Deine Freundinnen Dich diskriminieren oder Dir etwas sagen, vor Deiner Umwelt, der Gesellschaft, einfach Angst zu leben, vor der Schlichtheit, Angst Du selbst zu sein, natürlich, anders, und nicht wie die Anderen, Angst vor allem Zwanglosen, Angst Deine Sachen zu verlieren, Angst vor den Problemen, Angst zu erkranken, vor meiner Krankheit, Angst mich zu pflegen, Angst vor mir, Angst dies oder das zu machen, Angst, Angst, Angst! ... In dieser psychiatrischen Klinik von Coelho, die Villete heißt, solltest Du sein, damit Dich Doktor Igor behandelt. Es fehlt nur noch, dass Du Dich aus purer Langeweile und Verbitterung umbringen willst, wie Veronika. Verdammt, Morbo! Sag Du mir lieber, was ich mit ihr machen soll! Ich weiß: Und wenn wir sie in die slowenische Wissenschaftsakademie schicken, damit sie eine neue Studie mit Doktor Igor durchführen kann? Ja, ich glaube, das wäre das Beste. Gesteh Dir ein, meine Liebe, dass ich nicht verbittere, niemals wird mich nichts verbittern lassen und das weißt Du und deshalb, genau deshalb fühle ich, glaube ich, jetzt kein Mitleid. Im Gegenteil, Du bist es, die vielmehr Mitleid mit mir haben sollte: Mitleid dafür, dass ich immer Deine Unverschämtheiten aushalten muss, Deinen Materialismus, Fetischismus, Deine Fremdenfeindlichkeit gegenüber meinen Freunden, Deine verfluchte Ordnungssucht, dass Du Dich immer fragst, was die Leute sagen werden, dass Du immer so handelst, wie es die Anderen wollen, oder nur für Andere, in dieser krankhaften, mit Gesetzen und Regeln vollgestopften Gesellschaft. Schick alles zum Teufel, Laura, und sei bitte Du selbst! Weißt Du wirklich, wofür das alles gut ist, was Du machst, Deine Ordnung, Deine Sachen und all das? ... Na, um Dir das Leben komplizierter zu machen, unglücklich zu sein, Probleme zu vergrößern und unendlich zu machen, sonst nichts ... Verdammte Scheiße, fühle ich mich schlecht, alles tut mir weh, mein Gesicht brennt, mir ist schwindelig, ich werde kotzen! ...

Tilo hustete vergeblich, ohne Schleim zu lösen, und seine Brust verengte sich immer mehr, er schmeckte einen chemischen süß-sauren Geschmack am Gaumen, die brahmanischen Hexer-Augenringe, die er immer hatte, erinnerten jetzt eher an die eines Pandabären und seine Zunge wurde trocken und gelblich und er begann in diesem Augenblick seine Gedanken in jene Erinnerung an die letzte Einweisung in das Zentrum für Lungenheilkunde und Thoraxchirurgie zu vertiefen:

Verdammt noch mal Morbo, schon wieder diese Eindringlinge in der Lunge, Serratia Marcescens, Moraxella Catarrhalis, unicellulare Protozoen, Bazillen, oder wie die heißen!... Sicherlich haben Sie sich wieder mit Dir geeinigt, um dort noch ein kuschelig warmes Festmahl abzuhalten und Ihre Tausende und Millionen von Jungen in die fibrokartilaginären Konduktoren meiner Bronchien zu lassen. Eine Reihe von Drohnen, schmarotzender parasitärer Haufen! Doktor, wollen Sie nicht viel-

leicht noch ein weiteres Pröbchen von meinem gelben, zähflüssigen Schleim für das Antibiogramm? Na dann schicke ich Ihnen hier diesen Auswurf! ... Und meinen Kot schenke ich Ihnen nicht, dann da kommt seit knapp vier Tagen nichts raus. Bingo! ... Ich wette, Sie verschreiben mir auch wieder dieses Breit-, oder Breitestbandantibiotikum Tavanic, das dafür sorgt, dass mein Magen so aussieht wie die von einem dieser Jungen in Uganda mit Typhus, und mein ganzer Durchfall fließt dann wieder wie die Murchison-Wasserfälle. Verdammt, ich fühl mich, als ob ich sterbe, alles dreht sich! ...

Er wollte aufstehen, um zu spucken, aber er konnte nicht. Seine Atmung begann sich zu beschleunigen, er hatte einen Puls von beinahe zweihundert, und hohes Fieber, alles drehte sich. Er übergab sich. Sein Kopf platzte vor Schmerzen, genauso wie alle Gelenke, besonders die seiner Hände, Arme und Beine. Dann riss er, wie auch immer er es schaffte, aus seinem kleinen Notizbuch ein weißes Blatt und begann in einer Handschrift zu schreiben, die nicht einmal er selbst mehr lesen konnte:

„Laura, ich weiß wirklich nicht, warum ich Dir schreibe, aber ich habe das Gefühl, dass ich jetzt noch schlimmer am Arsch bin. Ach, mach Dir keine Sorgen: für den Moment werde ich auch nicht in diesem schmutzigen und staubigen Zimmer schlafen, wie Du es wünschst, sondern sicher in einem sauberen und desinfizierten Zimmer in der Klinik in Dresden-Friedrichstadt,

Dein Tilo, der Verrückte"

Tilo klappte die Oberseite des *Laptops* zu, die noch mit Resten seines Erbrochenen bespritzt war, er klebte die Notiz mit Klebeband darauf, tippte mit den spärlichen Kräften, die ihm noch verblieben, drei Ziffern auf seinem Handy, und die Worte lallend wie ein Betrunkener, sprach er mit dem Notdienst.
Kurz darauf kam der Krankenwagen.

Das Gespräch

„Da sind Sie endlich! Ich freue mich Sie kennenzulernen, Frau Medina, ich bin Doktor Abigail Mangold, setzen Sie sich bitte!", sagte die Ärztin ein wenig verärgert zu Laura, Tilos Frau, weil diese zu spät gekommen war. Etwas, das der Medizinerin nicht gefiel, war Unpünktlichkeit, und ohne das zu verbergen, bedeutete sie Laura mit ihrer kleinen rechten Hand, die ziemlich faltig aussah und so abgenutzt war wie die Hand eines Minenarbeiters, sich zu setzen.

„Die Freude ist ganz auf meiner Seite, Frau Professor Mangold", antwortete Tilos Frau und reichte ihr die Hand, mit ihren perfekt gepflegten Nägeln und einer Haut, so weich wie eine Qualle. Bevor sie sich hinsetzte, richtete sie sich ein wenig die neue Dauerwelle, die Sie sich diesen Morgen hatte machen lassen, und glättete die Falten ihrer ein wenig zerknitterten, feinen Satinseidenbluse. „Und entschuldigen Sie bitte tausend Mal die Verspätung, aber mit all diesen Baustellen, die immer auf den Radebeuler Straßen in Richtung Dresden geöffnet werden, ist es unmöglich durch zu kommen; das machen die bestimmt, um die Telefonkabel zu verbessern oder um Röhren für Kabel für die Beleuchtung oder weiß Gott für welche Sachen zu verlegen, jedenfalls staut sich der Straßenverkehr fast immer."

Bei dieser Entschuldigung für Ihre Verspätung hatte Tilos Frau gelogen, denn eitel wie sie war, wollte sie, dass die Ärztin sie an diesem Tag als besonders schön und außergewöhnlich wahrnam und sie war deshalb direkt morgens spontan zu ihrem Friseur gegangen und hatte sich dort fast eine halbe Stunde verspätet.

Die Ärztin runzelte die Stirn, schloss ihre Lippen und dachte: *dieses Märchen erzählst Du lieber jemand anderem.*

„Hm, da wären Sie mal lieber mit dem Fahrrad gekommen", antwortete die Ärztin mit einem sarkastischen Kichern, da sie die Lüge spürte. Außerdem hatte Frau Doktor Mangold, als sie gesehen hatte, wie Laura so extrem parfümiert und übertrieben elegant eingetreten war, ohne große Schwierigkeiten einige Charakterzüge ableiten oder bessergesagt bestätigen können, die sie in diesen Tagen von Tilo gehört hatte, während er in der Intensivstation halb im Fieber fantasierte und dabei über diesen *Morbo* und *Laura* sprach, manchmal wie betrunken und dann wieder in einer metaphysischen, abstrakten Sprache: *Schau mal, warum tust Du mir das an, Laura, Du Shopping Queen und Luxus Lady, wir leben doch schon über zwanzig Jahre zusammen ...* und solche Sachen.

Während Tilo reichlich verwirrt und unter dem Einfluss all der Substanzen, die man ihm in die Venen injiziert hatte, in der Intensivstation der Klinik fantasierte, hatte Frau Doktor Mangold zugehört, wie er mit erstaunlicher Intelligenz und Gewandtheit Gedanken von Philosophen, Psychologen und Auszüge aus Werken klassischer Autoren der literarischen Welt vermischte: Montaigne,

Rousseau, Musil, Wundt, Defoe, Goethe. Er stellte sich plötzlich vor der tuberkulosekranke Kafka zu sein, halb Mensch, halb Käfer und dazu verdammt vielleicht in ein oder zwei Stunden zu sterben, von einem gigantischen Fuß zertreten; oder er sah in seiner Phantasie die lesbische Gertrude Stein mit dem kalten Gesicht von Laura das Gedicht *Rose is a rose is a rose is a rose* rezitieren und ihm viele große Lilien schenken, so große Lilien, dass sie wie Salatköpfe aussahen. Besonders nachts, wenn er fast am Husten erstickte, ihn alles schmerzte und er fast verrückt wurde an den 40 Grad Fieber in diesem Raum voller Apparate, bewegte Tilo seinen Kopf halluzinierend von einer Seite zur anderen, so als wolle er das alles nicht wahrhaben; er erwähnte auch Coelho und wünschte ihn für sein einfältiges Buch *Auf dem Jakobsweg* zum Teufel: „ZUM TEUFEL MIT DEINEM JAKOBSWEG UND COMPOSTELA UND ALLEM! FLIEHEN WIR, FLIEHEN WIR LIEBER ALLE AUS ÄGYPTEN! ZUM BERG, ZUM BERG, VERDAMMT …!" Schreie brachen aus ihm hervor und er streckte Doktor Mangold seine trockene und rissige Zunge entgegen, und so als vermute er, dass sie auch eine Gefolgsfrau von Moses sei, schrie er von den sieben Plagen Ägyptens: „VORSICHT, SEIEN SIE VORSICHTIG! … ICH SEHE BLUT, FRÖSCHE, VIELE FRÖSCHE UND MÜCKEN UND INSEKTEN UND KÜHE UND PFERDE! VERDAMMT, SIE VERWANDELN SICH JETZT IN VERKRÜPPELTE SCHAFE! VORSICHT, VORSICHT! …" Und mit der freien Hand, in der keine Sonden oder Nadeln steckten, rieb er sich über die Haut auf dem anderen Arm, der aufgrund der spärlichen Resistenz seiner Kapillargefäße voller kleiner Hämatome war, und sie rissen angesichts seines Reibens noch mehr, so dass er glühte. „SCHANKER, SYPHILIS! DER HAGEL! WAS FÜR EIN GRAUEN. ACHTUNG VOR DEM HAGEL!", redete er weiter und spielte weiter auf die Plagen in Ägypten an. Als er sich in dieser Nacht am eigenen Kopf festkrallen wollte, hielten ihn Doktor Mangold und der diensthabende Arzt zum Glück mit aller Kraft fest, jeder auf einer Seite, sonst hätte er den Monitor umgeworfen, der seine Vitalzeichen kontrollierte. Plötzlich sah er, vielleicht weil er sich in seinem phantasierenden Geist daran erinnerte, dass er über die Plage der *Dunkelheit* aus der Bibel gelesen hatte, alles schwarz und schlief endlich ein.

Manchmal, in diesen spärlichen Momenten in denen Tilo die Augen öffnete, um zu sehen und doch nicht zu sehen, ausgestreckt wie ein Haufen Elend im Bett der Intensivstation und umgeben von Maschinen, die Geräusche absonderten und an denen überall grüne, gelbe und rote Lämpchen leuchteten, erschien ihm Flora Tristan wie eine Fata Morgana, seine einzige Heldin und Protagonistin von *Das Paradies ist anderswo* von Vargas Llosa; er glaubte auch Paul Gaugin zu sein, aber gekleidet wie ein Astronaut und mit einem Helm aus Kokosnussschalen, schlimmer schwitzend als ein schwarzer Sklave auf Tahiti. Er phantasierte auch von anderen, surrealistischeren und träumerischeren Autoren, wie von Juan Carlos Onetti und *Das kurze Leben* oder Julio Cortazar mit seinem *Rayuela*, und so träumte er manchmal davon ein *Tilo Oliveira* zu sein oder ein *Juan Maria Medina*, dort im Dorf *Santa Maria;* oder er erregte sich in seinen Träumen über den verdammten Bukowski und besprach sich mit dem libidinösen Kubaner Pedro Juan Gutiérrez, damit dieser ihn beriet, wie er es schaffen könnte, zwanzig Mal am Text animalischen Sex mit Ohrfeigen und Schlägen mit seiner gar nicht jetzt so schlecht gelaunten und lustlosen Frau Laura zu haben. In seinem Delirium stellte er sie sich frech und dauergeil vor, er machte keine Liebe mit ihr, sondern gab sich der Fleischeslust mit ihr hin, sie probierten die 69, den Reiter, den Tigersprung, und er träumte davon großartig einen geblasen zu bekommen, wie von der feurigen und leidenschaftlichen Mulattin Gloria aus *Animal Tropical* (natürlich auch von demselben wollüstigen kubanischen Autor Gutiérrez)

Um erneut zum Gespräch zwischen der Ärztin und Tilos Frau zurückzukehren:

Auf ihrer ausgeprägten, großen Adlernase trug die Ärztin ihre Brille aus Schildpatt, die dicke Gläser hatte und ihr immer ein wenig verrutschte. Sie hob leicht ihre rechte Augenbraue, wartete darauf, dass Laura sich setzte, dann legte sie das Stethoskop ab, das sie wie einen Schal um den Hals getragen hatte, und ordnete schnell einige Dinge, die sie auf ihrem breiten Schreibtisch liegen hatte, der eher an den Arbeitstisch in einem Labor erinnerte: sie verschob Akten, Krankengeschichten von Patienten, stapelte auf einer Seite Mappen in verschiedenen Farben, in denen sich Labordiagnosen verschiedener immunologischen Analysen befanden; an einer Ecke auf der rechten Seite ordnete sie einige Medikamentenproben, die ihr die Pharmavertreter geschenkt hatten, und beinahe auf der gesamten linke Hälfte des immensen, fast zwei Meter breiten Tisches, legte sie schnell in einer Reihe mehrere Holzbehälter mit verschiedenen Kammern ab, in denen sich Messgläser mit Urin- und Blutproben befanden, alle etikettiert mit den Namen ihrer Patienten und dem Aufnahmecode. Außerdem gab es Gefäße verschiedener Größe, einige aus Glas und andere aus Plastik, mit verschiedenen Substanzen für Proben mit antimikrobieller Sensibilität, reaktive Chemikalien, bereits benutzte Platten in verschiedenen Größen für die Chromatographie, ein kleines Gerät zum Sichtbarmachen von Flecken, ein Tensometer, eine große Lupe von zehn Zentimetern Durchmesser mit Ledergriff, ein Elektronenmikroskop, einige chemische Reaktanten, Schere, Pinzette und noch das eine oder andere medizinische Instrument, das die Ärztin immer für ihre Studien benutzte. Anschließend zündete sie, um das Gesicht von Tilos Frau besser sehen zu können und so, als ob sie eine liturgische Zeremonie begänne, die sieben etwas heruntergebrannten und abgenutzten Kerzen eines siebenarmigen, jüdischen Kerzenständers an (einer sephardischen Bronzemenora), der sich in der Mitte ihres Schreibtisches befand.

„Bitte, Frau Medina, wundern Sie sich nicht über dieses Chaos, aber bevor ich eine finale Diagnose abgebe, überprüfe ich gerne mit all meinen fünf Sinnen alle Gegebenheiten, das ist alles. Ah, und seien Sie sich nicht über diesen Kerzenständer erstaunt, aber als Jüdin konzentriere ich mich, wenn ich mich mit jemandem bespreche oder arbeite, einfach besser mit meinen sieben Kerzen, und nebenbei erfreue ich damit meinen Chever, äh, ich meine Moses." Und sie stieß ein Kichern aus, sodass man nicht sagen konnte, ob sie Witze machte oder es ernst meinte.

Laura war überrascht und öffnete halb den Mund, fast etwas erschrocken über die Reaktion der Ärztin, die die Direktorin der Abteilung für Innere Medizin und Immunologie eines der größten Krankenhäuser Deutschlands war, worunter Laura sich jemand anderen vorgestellt hatte.

„Ein Vorschlag: wir wäre es, wenn wir die Formalitäten beiseitelassen und Sie mich nur Doktor Mangold nennen, wäre das in Ordnung?", fragte sie. „Auch wenn ich, um ehrlich zu sein, lieber *Abiman* oder *Frau Abiman* vorziehen würde, ohne Titel und Betitelung und nichts, schnell und nur verkürzt, so wie es meine Patienten und mein ganzes Personal tun, denn alles Weitere dient doch nur der Abschirmung." Während sie sprach, berührte die Ärztin die Papiere auf dem Tisch und öffnete die Innenflächen ihrer Hände. „Mich stören oder bessergesagt ich hasse alle Titel, akademischen Grade und alle Schweinereien, die ich mir an die Wand hängen muss, in dieser Klinik und in allen anderen. Allen anderen Kollegen von mir gefällt das, aber mir nicht." Sie bezog sich zweifelsohne auf Doktor Kaminsky, durch dessen Bericht sie über all die Verrücktheiten von Tilo und all das informiert worden war, was dieser im Krankenhaus *Dresden-Neustadt* und in der Poliklinik und den Praxen der anderen Ärzte getan hatte. „Möchten Sie einen Kaffee oder Wasser?", fragte sie und wechselte ein bisschen Ihren Tonfall.

„Geben Sie mir bitte Wasser, nur Wasser, Doktor Mangold. Äh ... Verzeihung, ich meine Frau Abiman", antwortete Tilos Frau ein wenig verstört. Als Person, die immer sehr auf das Äußere und den Pomp achtete, fiel es ihr schwer sie nicht bei ihrem Titel zu nennen, und sie konnte nicht aufhören zu beobachten, wie sich die sieben kleinen Flammen dieses sonderbaren Kerzenständers bewegten, so als tanzten sie Bauchtanz. Von ihren Spitzen stiegen dünne, gräuliche Rauchfaden auf, die sich rasch in Richtung Decke auflösten.

Das Sprechzimmer und Büro von Doktor Abigail Mangold lag im dritten von acht Stockwerken im Gebäude

X (jeder Pavillon oder jedes Gebäude identifizierte sich mit einem Buchstaben, der hauptsächlich mit der medizinischen Fachrichtung korrespondierte). Obwohl es im einzigen noch nicht renovierten Gebäude dieses großen Komplexes aus fünfzehn Pavillons des Krankenhauses *Dresden-Friedrichstadt* lag, das aufgrund seiner Ausmaße wie eine Stadt wirkte, war ihr Büro eher gemütlich als funktional: es war groß und hell, es gab viele Pflanzen, einen großen ockergelben Teppich, auf den goldene Davidssterne gedruckt waren und der quasi zwei Drittel des Bodens gedeckte, und vom Eingang gesehen links an der Wand hing eine immense Bronzereplik des *Löwen Judas* (ein Symbol, das am Eingangsportal des Bikur-Cholim-Krankenhauses in Jerusalem hing, in dem die Doktorin ihre praktische medizinische Ausbildung absolviert hatte). An der anderen, etwas größeren Wand auf der rechten Seite, hingen in Holz gerahmt mehrere Aufnahmen von ihr in verschiedenen Größen, auf denen man sie stets von anderen Ärzten aus verschiedenen Nationen umgeben sah (die meisten Schwarze, Araber oder Mestizen); die Szenerie dieser Bilder zeigte vernachlässigte, fast verlassene Orte, schmutzige Straßen, offene Felder voller Müll, viel Müll, eingestürzte oder zerstörte Gebäude, so als wären Bomben gefallen. Es war erkennbar, dass es sich um Zonen handelte, die betroffen waren von extremer Armut, Hungersnöten, Naturkatastrophen und bewaffneten Konflikten. Frau Doktor Mangold und fast alle Personen auf diesen Fotos trugen weiße Kittel, und auf der Tasche in Höhe der linken Brust leuchtete das traditionelle Zeichen der *Ärzte ohne Grenzen*.

Da sie eine sehr besondere Wesensart hatte, viel Erfahrung im Feld der Medizin und eine reiche medizinische

Karriere, wäre es vielleicht sinnvoll eine kleine Parenthese zu machen, um etwas mehr über diese exzentrische und berühmte Ärztin zu erfahren: sie arbeitete seit anderthalb Jahren als Direktorin der Abteilung für Innere Medizin, Rheumatologie und Immunologie im *Krankenhaus Dresden-Friedrichstadt* und war sehr beliebt, besonders bei all ihren Patienten, aber auch bei den Ärzten und den Pflegerinnen und Pfleger, die direkt mit ihr arbeiteten. Die Mehrheit der Kollegen, mit denen Sie bis vor kurzem in verschiedenen humanitären Hilfsprojekten und in der Entwicklungshilfe für die UNICEF, WHO und UNO gearbeitet hatte, kannten sie als *die Abiman* (Kurzform der ersten drei Buchstaben ihres Vor- und Nachnamens), und so nannten sie auch fast alle in der Abteilung, die sie leitete. Sie liebte ihre Arbeit, wie man so sagt, mit Leib und Seele, genauso wie es ihr gefiel darüber zu wachen, dass alles selbstverständlich nach ihren persönlichen Kriterien getan wurde, inklusive der Auswahl des Personals, des Einkaufs der Materialien und der Angelegenheiten administrativer Natur. In diesem Sinne vertraute sie Niemandem, weder den Vorschriften noch der Administration, zweifelsohne aufgrund der rigiden Mentalität, der bürokratischen Muster und der Vorteilsnahme und des Nepotismus einiger Funktionäre und medizinischer Direktoren desselben Ranges in der Klinik. Sie verteidigte eifersüchtig ihre Arbeit und sagte, stets begleitet von ihrem unverwechselbaren, listigen Kichern, gerne sehr doppelsinnig zu ihren Kollegen: „Sehen Sie, wenn Sie kochen wollen, dann tun Sie es in Ihrer Küche, denn hier, in meiner Abteilung, stehe ich am Herd." Wegen dieser Einstellung verabscheuten sie viele, sie konnten sie nicht mal aus der Entfernung ertragen, nannten sie Hexe. Und es stimmt ja: ihre physische

Erscheinung erinnerte an eine Hexe. Sie war klein gewachsen, hatte eine große Nase, war dünn wie ein Zuckerpüppchen, krumm und hässlich wie Quasimodo; sie war fünfundsechzig Jahre alt, hatte jüdische Eltern und war als Ärztin eine international anerkannte Koryphäe auf ihrem Gebiet. Sie hatte mehr Studien auf der Habenseite als ihr Kollege, Doktor Kaminsky: zwei Titel als Professorin, abgesehen von den Ehrentiteln und vier Doktorgraden in verschiedenen Disziplinen, die in ihrer Unterschrift auftauchen mussten und so sehr sie es auch ablehnte und hasste wie die Pest, man zwang sie doch dazu die internen Regeln der Gesundheitszentren zu befolgen. Wenn es um ihre Arbeit ging, also darum Studien oder Diagnosen ihrer Patienten zu erstellen, ging die Ärztin immer fast zu methodisch und konsequent vor, aber doch einfach. Es gefiel ihr nicht zu prahlen, sie war freundlich und pragmatisch, ganz im Gegensatz zu Doktor Kaminsky und vielen anderen seiner Art. Es lohnt sich zu erwähnen, dass Doktor Mangold mit ihren Prognosen fast immer ins Schwarze traf, und das weckte in vielen Fällen auch den professionellen Neid und die Eifersucht der anderen Vertreter ihrer Zunft. Da sie nur für ihre Arbeit lebte und sie mehr als alles liebte, sogar mehr als sich selbst, begann die Ärztin auch diese besondere Gabe zu entwickeln, die Gedanken der Personen mit Leichtigkeit zu lesen, im Besonderen fast aller ihrer Patienten: sie nannte sie immer sehr liebevoll *Ziehkinder* und erinnerte sich, selbst nach vielen Jahren, an ihre vollständigen Namen, Herkunft und Geschichte; sie hörte ihren Patienten zu und verstand sie und versetzte sich stets in ihre Lage. Und während sie an ihren Diagnosen arbeitete, nahm sie sich gerne Tage oder Wochen Zeit, um deren psychosomatischen Zustand zu studieren, ihre menschliche Seite zu analysieren, ihre Umwelt, mit wem und wie sie lebten, ganz allgemein ihr Leben. In ihren Augen benötigte man, um Kranke zu heilen oder ihre Leiden zu mildern, nicht nur die üblichen Methoden und all die Theorien der Medizin, sondern außerdem war es wichtig, den Patienten als Teil eines Ganzen zu behandeln, ein holistisches System, weshalb es unerlässlich war das Binom Arzt-Patient zu entwickeln und am Leben zu erhalten, sie glaubte sagen zu können, dass die menschliche Erkenntnis oft effektiver war als die konventionellen Behandlungen und dieser ganze Dschungel aus Daten und Informationen, die von Computern und hoch entwickelten Geräten mit Bildschirmen ausgespuckt wurden, die Ärzte so oft benutzten. Eines Tages hatte Frau Doktor Mangold mitten in der Vollversammlung der Stationsleiter zum Direktor der Allgemeinmedizin und Bauchchirurgie der Klinik gesagt: „Herr Doktor, wissen Sie was? Ohne Ihre endoskopische Kamera sind Sie auch zu nichts gut, oder? Statt Ihrem Patienten immer all diese Schläuche in die Speiseröhre und den Darm zu stecken und ihn mit mehr Medikamenten zu vergiften, was ihn sicher dazu zwingt jeden Monat in Ihre Sprechstunde zu kommen, warum beeinflussen Sie nicht lieber zuerst seine Gewohnheiten, sein Leben, wie er isst, ob er Sport macht oder nicht. Sagen Sie ihm zum Beispiel: Gehen Sie mehr zu Fuß, trinken Sie weniger Kaffee, schlucken Sie nicht so viel Alkohol und inhalieren Sie nicht so unendlich dämlich viel Nikotin, denn all das irritiert die Magenwände, die Speiseröhre, es bringt auch die Darmflora ins Ungleichgewicht! Und fertig, das ist alles. Ich an Ihrer Stelle, Herr Doktor, wenn es mein Patient wäre und ich wüsste, dass er ein Alkoholiker ist, der immer Magenschmerzen hat, dann würde ich ihm zu allererst sagen: Passen Sie auf! Ihr Problem ist nicht der Magen, gehen Sie zu den Anonymen Alkoholikern und lassen Sie sich helfen und, wenn die Schmerzen nach einem Jahr noch da sind, dann kommen Sie wieder her und ich werde mich sehr gerne um Sie kümmern."

Um den Faden des Gesprächs wieder aufzunehmen: die Ärztin wollte gerne die Reaktionen ihrer Gesprächspartnerin studieren und sagte ihr:

„Wer gibt, der erhält auch zurück ... Haben Sie diesen Satz schon mal gehört, Frau Medina?" Und während sie auf eine Antwort wartete, suchte sie in den Papieren eines dicken, roten Aktenordners erneut nach dem Bericht über Tilos Zustand, den ihr der Chef der Intensivstation gegeben hatte.

„Natürlich, warum?", fragte Tilos Frau zögernd, so als ob ihr Gewissen das Warum schon kannte, und schaute das Dekor mit jüdischen Symbolen an, das an den Wänden hing. Sie schaute den Schreibtisch an, den Teppich, alles, sie schaute alles an.

„Nein, nur so", sagte die Ärztin, hob leichte eine ihrer Augenbrauen und zeigte ein fast unmerkliches Lächeln, so als wüsste sie, was für ein Typ Frau ihr gegenüber saß. Sie hörte nicht auf die Papiere ihres Ordners zu durchsuchen. „Ich vermute, dass es Ihnen auch gefällt zu geben ... Oder irre ich mich, Frau Medina?", fragte sie erneut.

„Natürlich, was für eine Frage!", antwortete diese verärgert und verstört.

"Natürlich? Also das *Natürlich* von Ihnen erscheint mir nicht sehr überzeugend, oder?" Deutete die Ärztin an, aber dieses Mal mit einem deutlich ironischeren Ton.

Das Gespräch begann Tilos Frau mehr und mehr zu nerven. Sie runzelte die Stirn und bewegte die Lippen. Es verbitterte sie, dass man ihr jetzt mit Anspielungen oder auf philosophischen Umwegen andeuten wollte, wie sie zu denken oder sich zu verhalten hatte, so wie es Tilo manchmal tat. Aber es war noch schlimmer, da es sich um eine unbekannte Person handelte.

„Frau Doktor, entschuldigen Sie, dass ich Ihnen das sage, aber ich bin wirklich nicht hier her gekommen, damit Sie mich fragen ob es mir gefällt zu geben oder zu nehmen, sondern um zu wissen, wie es meinem Mann geht. Außerdem, noch etwas: er ist jetzt schon über eine Woche auf dieser Station für Intensivpflege, Notfallpflege, Intensivstation, oder wie sich das nennt, und ich bin Zuhause und warte immer ganz ...", fast hätte sie ihr *dumm* gesagt, „ganz nervös, und all diese Zeit ohne ihn auch nur zu sehen. Ich habe gehört, dass Sie selbst die strikte Anweisungen gegeben haben, dass ihn Niemand besucht." Da sie ein Bein über das andere geschlagen hatte, war ihr der obere Fuß eingeschlafen und sie ließ ihn nervös kreisen.

„Das ist erstaunlich, sehr erstaunlich. Sie sagen also, dass es Ihnen gefällt zu geben?", antwortete die Ärztin und dachte: *das ist es, sehr gut, ich will, dass Du Dich noch mehr aussprichst*. Sie wollte, dass sie einmal die Kontrolle verlor, damit sie sie von ihrer schwächsten Seite packen konnte: „Sind Sie immer so impulsiv und ungeduldig, Frau Medina? Weshalb wollen Sie ihn denn jetzt sehen?", sagte sie sogar noch bissiger.

„Wie weshalb? Was für einen Unsinn erzählen Sie mir?", explodierte Tilos Frau; fast hätte sie sie Scheiß-Hexe genannt. In ihrem Innern kochte es, sie zitterte am ganzen Körper, sie bewegte den Fuß in so schnellen Kreisen, dass er fast wie ein Helikopter aussah; sie verschränkte ihre Arme, bewegte sie dann, verschränkte sie wieder.

„Er ist mein Mann, Frau Doktor Mangold, oder Abimel oder Abiman, Blackaman oder wie sie heißen!" Man hatte ihren Stolz befleckt und ihr Zorn war so groß, dass sie sich vorstellte Tilo vor sich zu haben, so wie in jenen Momenten, in denen sie diskutierten oder stritten. Für einen Augenblick hatte sie sogar vergessen, dass es die Ärztin war, die ihr gegenüber saß, und sie sprach sie arroganter weise mit einem anderen Namen an: „Sie, Blackaman, was erlauben Sie sich!"

„Abiman, hier nennen mich alle A-bi-man", erinnerte sie die Ärztin und buchstabierte absichtsvoll, ruhig, so als ob nichts passiert wäre. Sie rückte mit ihrem Zeigefinger die schwere Brille gegen ihre Kurzsichtigkeit zurecht, die ihr die Nase heruntergerutscht war. Diese Nase war so groß, dass sie an einen *Nasail Larvatus*, an einen Nasenaffen erinnerte. „Es ist die Kurzform von Abigail Mangold, verstehen Sie? Aber gut, kein Problem, wenn Sie wollen, können Sie mich auch Blackaman nennen." Und sie kicherte ihr Kichern, zeigte ihre kleinen, weit auseinander stehenden Zähne. Aber als sie bemerkte, dass Tilos Frau keinen Spaß verstand, verschloss sie sich mehr und wurde ebenfalls ernster. „Ist ja gut, ist ja gut, beruhigen Sie sich, beruhigen Sie sich … Wenn Sie wollen, dann formuliere ich Ihnen meine Frage auf andere Weise: In all dieser Zeit der Abwesenheit Ihres Mannes, haben Sie da einmal versucht sich selbst zu analysieren? Ah, und bitte, Sie müssen mir jetzt nicht antworten, es würde mir gefallen, wenn Sie, über all die Dinge, die ich Ihnen sagen werde, lieber ein wenig nachdenken …" Und sie unterbrach das Gespräch, um aus dem dicken Ordner die drei Seiten des Berichts der Intensivstation zu holen. „Wie schön, hier ist es, ich hab ihn gefunden!" Während sie sprach, schnellte ihre Zungenspitze wie ein Wurm hervor und befeuchtete die Lippen, wobei sie unablässig verstohlen Tilos Frau beobachtete, mit einem klinischen Blick, so als handle es sich um eine Patientin.

Da es die Ärztin nicht mochte den Computer zu benutzen, gab es in ihrem Büro keine Monitore, weder PCs noch Drucker oder Dinge dieser Art, der physische Kontakt und die schriftliche oder telefonische Kommunikation war für sie viel effizienter, als all diese hoch entwickelten Geräte für die elektronische Kommunikation, die von den meisten ihrer Kollegen genutzt wurden und die, in Ihren Augen, nichts taten als die wirkliche Aufmerksamkeit von den Patienten abzulenken.

Die Ärztin unterstrich mit einem abgenagten Bleistift (sie hatte die schlechte Angewohnheit sich die Bleistifte oder das, womit sie gerade schreibt, in den Mund zu stecken) einige Dinge, die sie an dem Bericht interessierten, dann rückte sie ihren siebenarmigen Kerzenständer einige Zentimeter näher, um ihre Gesprächspartnerin genauer zu beobachten, verschränkte ihre Finger, legte ihren kleinen, faltigen Hände auf den Bericht und fuhr fort:

„Schauen Sie: über das, was ich denken könnte oder denke, brauchen Sie sich nicht zu sorgen, der Zustand Ihres Mannes ist glücklicherweise stabil." Tilos Frau beruhigte sich ein wenig und stieß einen langen und kräftigen Seufzer aus, der beinahe die Kerzen der Menora auslöschte. „Wegen dieser Infektion der Bronchien und der Luftröhre, die er hatte oder bessergesagt immer noch hat und die mir jetzt sogar chronisch geworden zu sein scheint, denke ich jedoch, dass wir die intravenöse Behandlung mit *Cotrimoxazol* noch auf der Intensivstation abschließen und ihn dann auf die Innere Medizin, meine Station, transferieren, um ihn mit einer komplementierenden Medikation zu überwachen." Die Ärztin neigte ein wenig ihren Kopf, schwieg und mit fest auf ihre Gesprächspartnerin geheftetem Blick studierte sie deren Physiognomie, Reaktionen, die Bewegungen und den Glanz ihrer Augen und sogar die Färbung ihrer Haut. „Ja, so ist es, denn sehen Sie: der Zustand Ihres Mannes ist wirklich nicht gut, er mag jetzt zwar stabil sein, aber seine Abwehrkräfte sind niedrig und sein Gesundheitszustand bleibt weiterhin kritisch, sehr kritisch. Eine Theorie besagt, dass einige Mikroorganismen wie Bakterien, Viren und sogar Medikamente diese Veränderungen auslösen könnten, besonders bei Personen mit Genen, die besonders empfindlich dafür sind Autoimmunstörungen zu entwickeln, so wie jene Ihres Mannes; das ist diese Unordnung, die nach und nach zur Zerstörung eines oder mehrerer Gewebetypen in seinem Körper führt. Ich beziehe mich im Besonderen auf die *chronisch inflammatorische demyelinisierende Polyneuropathie* oder *CIDP* mit den Atrophien der Muskeln, die er hat ... Ah, und natürlich leidet er auch an einem sehr abgenutzten Knochenbau, schwachen Gelenken und der schlechten Funktionsfähigkeit der anderen inneren Organe, wie dem Herzen, den Lungen, der Blase, den Nieren, der Milz, der Leber und dem Darm sowie an all jenen Problemen, die mit dem Bindegewebe und den Blutgefäßen zusammenhängen, die fast immer entzündet sind. Deshalb, ja deshalb habe ich es bevorzugt, dass ihn jetzt niemand besucht, nicht einmal Sie als seine Frau. Er ist sehr anfällig dafür sich jederzeit eine andere Infektion zuzuziehen, und in seinem Fall könnte das, aufgrund des bei ihm vorhandenen C-reaktiven Proteins (CRP), tödlich enden. Andererseits hat Ihr Mann, und sie können da wirklich drei Mal auf Holz klopfen, nach dem Hinzukommen dieses starken Vorhofflimmerns oder dieser Herzrhythmusstörungen, wie man umgangssprachlich sagt, ehrlich gesagt wirklich sehr viel Glück gehabt, dass er nicht für immer von uns gegangen ist. Als er kurz vor dem Morgengrauen bei uns in der Notaufnahme eingeliefert wurde, hatte er einen Puls von beinahe zweihundert, und aufgrund seiner aus dem Gleichgewicht geratenen Blutwerde mit geringem Kaliumgehalt und erhöhten Thrombozyten hätte er einen irreparablen Schlaganfall bekommen können. Zum Glück hat Doktor Bollinger von der Intensivstation, mit dem ich mich erfreulicherweise sehr gut verstehe, ihn direkt als Notfall behandelt und seinen Herzrhythmus direkt mit Elektroschocks stabilisieren können, unter Zuhilfenahme einer Infusion, gleichzeitiger Kontrolle der Vitalsignale und einer Überwachung des Blutflusses, integriertem Elektrokardiogramm, Messung des Sauerstoffgehalts und Beatmung, einem intravenösen elektrolyten und kristalloiden Serum, gemischt mit Betablockern und natürlich dem entsprechenden Blutgerinnungshemmer."

Das Gesicht von Tilos Frau begann zu erblassen und ihr Kinn lief ein wie eine trockene Pflaume; sie wechselte die Haltung ihrer Beine, überkreuzte sie erst von links nach rechts und dann wieder von rechts nach links, stellte sie beide ab und wippte mit ihnen, als müsse sie sie belüften.

„Unmöglich! Aber er hat nie irgendwas mit dem Herzen gehabt!", unterbrach sie überrascht. Zwischen ihren Augenbrauen hatten sich tiefe Furchen geformt.

„Ja, Sie mögen Recht haben, aber das resultiert vermutlich aus all den chronischen Infektionen, die er immer hat, oder vielleicht aus einer Vergiftung durch exzessive

Medikamentennutzung und, natürlich, auch aus dem niedrigen Elektrolytenniveau, das, so glaube ich, durch eine schlechte Funktionsweise oder Dysfunktion der Blase verursacht wird. Es ist wirklich ein Wunder, dass er überlebt hat", sagte die Ärztin, und da es ihr nicht gefiel unterbrochen zu werden, schaute sie sie mahnend an und fügte hinzu: „Und bitte, unterbrechen Sie mich jetzt nicht, denn ich bin noch nicht fertig. Anschließend können Sie sprechen oder mir alles sagen, was Sie wollen, einverstanden?" Mit dem abgenutzten Bleistift, der jetzt fast keine Spitze mehr hatte, perforierte sie fast das Papier, als sie im Bericht einige bedeutsame Daten aus Tilos Krankengeschichte unterstrich: Tests, die man in der Notaufnahme durchgeführt hatte, wichtige Indikatoren und Parameter im Blut, die Anzahl seiner roten und weißen Blutkörperchen, Ergebnisse des Enzephalogramms, der Radiographie und Echographie von Brust und Abdomen. Dann legte sie den Bericht der Intensivstation auf den Tisch, so als wolle sie sichergehen, dass Tilos Frau ihn auch sehen konnte, sie leckte sich die Lippen mit der Zungenspitze und fuhr fort: „Aber das Ungewöhnlichste an all dem ist, abgesehen von seinem komplizierten Krankheitsbild, das zu vertiefen jetzt keinen Sinn hat, weil Sie es nicht verstehen würden, dass Ihr Mann kämpft, er kämpft wirklich sehr, und um Sie nicht zu beunruhigen, Sie und Ihre Tochter und alle, die mit seinem Leben in Berührung sind, seine Familie und Freunde im Allgemeinen ..."

„Ja, genau, Frau Doktor, deshalb habe ich ihm so oft gesagt, dass er zu Doktor Rossmann gehen soll, seinem Hausarzt, oder in die Poliklinik, in der er seine Therapien macht, aber er hat mich wie immer ignoriert, und noch schlimmer: er hat sich sogar lustig gemacht, über mich, die Ärzte, seine Krankheit, über alles ... Über alles, alles hat er sich lustig gemacht und nichts jemals ernst genommen!", unterbrach Tilos Frau erneut und fächelte sich mit den Händen Luft zu, so als wolle sie sich von einer großen Last befreien.

„Sie sagen nichts und versuchen jetzt nichts zu tun, Sie hören nur zu. Sonst stehe ich auf und wir beenden diese Konversation, verstanden?", antwortete ihr die Ärztin reichlich entnervt und bitter.

Aus purer Verwirrung blieb Tilos Frau stumm, sie wusste nicht, was sie sagen oder wie sie reagieren sollte, ihre Augen bekamen sogar eine rote Färbung und sie wurden immer feuchter. Sie wollte weinen.

„Wissen Sie, ich möchte nicht, dass Sie mich falsch verstehen, bitte", fuhr die Ärztin fort und milderte den Ton ihrer Stimme, „aber was ich Ihnen sagen muss ist etwas sehr Privates, ich habe Ihnen bereits gesagt, dass es besser wäre, wenn Sie mir zuerst zuhören." Sie machte es sich in ihrem Stuhl bequem und befeuchtete sich wieder die Lippen mit der Zungenspitze. „Manchmal hat man diese schweren Proben zu bestehen, die einem das Leben stellt, so wie es zum Beispiel meinem Vater passierte, der in Berlin von den Nazis ermordet wurde, oder in meiner eigenen Erfahrung, als meine Mutter mir erzählt hat, dass nach dem Tod meines Vaters meiner Mutter nach Tel Aviv floh und auf der Flucht von einem SS-Mann misshandelt und vergewaltigt wurde, da blieb mir nichts als das Leben, wie man so sagt, und dann bin ich später nach vielen Jahren in dieses unglückselige Land zurückgekehrt und ich weiß ehrlich gesagt nicht warum, vielleicht war es die direkteste Art und Weise diesen Dämonen zu konfrontieren, der mir immer folgte, ihn zu neutralisieren und mir meinen Lebensunterhalt in dem Land zu verdienen, das mich ausgestoßen hat, wissen Sie ... So wird man nur hartnäckiger und das gibt mir auch die Energie, um mich dem zu widmen, was mir wirklich gefällt, wie zum Beispiel denen zu helfen, die leiden und Schmerzen haben. Ja, vielleicht ist das der exakte Begriff: SCHMERZEN, in Großbuchstaben, denn darüber hinaus habe ich an einem sehr aggressiven Brustkrebs gelitten, weshalb man mir die Brüste amputieren musste. Als man in Tel Aviv das Lobuläre Karzinom in meinen Brüsten feststellte, war ich in meinem siebten Studienjahr in Medizin und man fragte mich, ob ich nicht vielleicht einen guten Chirurgen kennen würde, der mir Silikon implantieren könnte. Aber wissen Sie, was ich antwortete? Ich antwortete: Ja, ich kenne viele, aber wozu, wenn sie jetzt nicht mehr ihre wirkliche Funktion haben werden. Ich möchte Ärztin sein und kein Modell mit Plastiktitten. Operieren Sie, operieren Sie alles weg, was Sie wegnehmen müssen und nähen Sie mir anschließen die Wunde zu und fertig, dann ist es vorbei. Schauen Sie hier ..." Und sie zeigte ihr, was sie gemacht hatten: sie knöpfte ihren Kittel mit solches Vehemenz auf, dass sogar ein Knopf absprang und zu Boden fiel; sie zog mit einem Ruck die Bluse hoch und zog sich ohne jegliche Befangenheit quasi nackt aus, zeigte Laura den platten Brustkorb ohne Brüste und die zwei symmetrischen Narben, die sich leicht nach unten bogen und eine konkave Kerbe formten auf deren Grund man die Form der Rippen sah. „Und bitte denken Sie jetzt nicht, dass ich eine Exhibitionistin bin oder sowas in der Art", sagte sie. „Was ich beabsichtige, ist vielmehr Ihnen zu zeigen, warum ich meinen Beruf liebe und mich so mit meinen Patienten identifiziere, meinen *Ziehkindern*, wie ich sie immer nenne, mehr nicht." Und sie bedeckte sich wieder den Torso, brachte ihre Bluse in Ordnung und steckte die Enden in ihre Hose; da an ihrem Kittel ein Knopf fehlte, ließ sie ihn offen und fuhr fort: „Deswegen verspüre ich in Bezug auf Herrn Medina, also Ihren Mann, auch wenn es sich nicht um einen Fall wie den meinen handelt, sondern einen sehr speziellen und untersuchenswerten, eine große Zuneigung und großes Interesse. So mutige und optimistische Patienten wie er sind wirklich selten. Schauen Sie, auf dieser runden Erde, ja, ich sage rund, weil sie sich glücklicherweise dreht und zu ihrem Ausgangspunkt zurückkehrt, herrscht viel Unverständnis, Kälte und Gleichgültigkeit, wissen Sie? Das ist einer der Hauptgründe, weshalb ich diese noble und großmütige menschliche Profession wählte, die die Medizin ist. Aber um Himmels willen nicht, um in einer Praxis eingeschlossen zu bleiben wie einige meiner Kollegen, deren Namen zu nennen ich lieber vermeide, mit ihren feinen, weißen Uniformen, einem Kittel für den Winter, einem für den Frühling, Sommer und Herbst, weißen Marken-Mokassins, wohlduftend und immer nur darauf wartend, dass jene, die sie krank nennen, die Tür öffnen, so als wären sie Konsumenten auf einem Markt. Nein, nichts dergleichen. Stellen Sie sich das vor! Ich muss Ihnen sogar sagen, dass einige dieser sogenannten Doktoren, und dabei beziehe ich mich auf diese ganze Sippe an Ärzten, die so renommiert sind, dass Ihnen der Erfolg zu Kopfe gestiegen ist, ihre Patienten nicht länger als fünfzehn Minuten empfangen und ihnen immer alles verschreiben, was laut dieser verdammten Liste als günstig aufgeführt ist." Die Ärztin sprach schnell, ohne Pause und blätterte verärgert durch die Seiten ihres Vademekums (einem dicken Wälzer von zweitausend Seiten, der von einem roten Pappumschlag zusammengehalten wurde), sodass Tilos Frau, die ihr gegenüber saß, eine leichte Brise von den Blättern entgegenwehte, die von den kleinen Händen der Ärztin so schnell bewegt wurden, als mische sie Karten. Sie begann auch einige ihrer Kollegen zu imitieren, so als wolle sie sich jetzt für einiges entschädigen: „REGRESS, REGRESS!" Sie wiederholte laut dieses Wort, so als hasse sie es. „Jetzt überschreite ich mein Budget und die Krankenkasse wird sicher alles in meinem Namen ersetzen und ich muss am Ende den Kopf für diesen Scheiß-Kranken hinhalten ... UM GOTTES WILLEN! Ich werde ihm deshalb nur als Placebo diese Pillen verschreiben, die im Vademekum sind, und so bleibt er ruhig und ich werde ihn mit dem folgenden Märchen in den Schlaf wiegen: Schauen Sie, wegen der Schmerzen, die Sie haben, muss ich dringend eine Röntgenaufnahme der Lungen in Auftrag geben und eine Duplexsonographie der Gefäße, dann mache ich eine Gastroskopie bei Ihnen und wie wäre es, wenn wir Ihnen nebenbei auch noch einen Schlauch mit einer Kamera in den Dickdarm einführen, denn ich glaube, der macht jetzt Ärger ... Ja, genau das werde ich ihm sagen und so wird er glauben, dass ich mich um ihn sorge, so behalte ich ihn für die Buchhaltung im Register und so werde ich der Krankenkasse dann später auch meine aufgeblasenen Trimester-Rechnungen stellen können. Um gut zu essen, muss man erfinderisch sein, liebe Kollegen, hehehe." Und sie lachte sarkastisch und zeigte Tilos Frau all ihre weit auseinander stehenden Zähne, ohne die Reaktionen ihrer Gesprächspartnerin dabei jemals außer Acht zu lassen. „Ah ja", fuhr sie fort, „und ohne die Schmerzen meiner zahllosen anderen Opfer, äh, Entschuldigung, ich meine Jammerlappen, die da draußen immer wie die Hühner zusammengequetscht im Wartezimmer meiner Praxis hocken, würde ich es weder schaffen meine Gewinnziele zu erreichen, noch all die Dinge zu kaufen, die ich gerne zur Schau stelle: viertausend Quadratmeter-Villen in Hamburg, eine Finca mit Pferden auf Ibiza, natürlich auch mein kleines, motorisiertes Spielzeug auf zwei Rädern, die *Harley Davidson Road King 1600cc*, mit der ich sonntags zum Sonnenuntergang ausfahre, natürlich in Begleitung der leckersten Krankenschwester mit den schönsten Titten und dem geilsten Arsch aus der dritten Schicht im Universitätsklinikum, wo ich zwei Mal pro Woche auch als Schlachter, äh, ich meine Chirurg arbeite ... hehehe."

Tilos Frau konnte einfach nicht glauben, was sie alles hörte, da sie bisher jedem Arzt blind vertraut hatte und, was noch schlimmer war, jedem Professor oder anderem Titelträger.

„Aber das ist gar nichts, Frau Medina." Und sie imitierte weiter höhnisch all jene Ärzte von zweifelhaftem Ruf und holte noch mehr Leichen aus dem Keller: „Was diese nichtsnutzigen Doktoren sicher auch denken, ist: Was für eine Frechheit! Stell Dir vor: einfach nur, weil ich Arzt bin, muss ich Stunde um Stunde in meiner Praxis ausharren und immer all diesen dämlichen Geständnissen der müden, kranken Rentner zuhören, chronischen Nervensägen, von denen viele dazu noch Hypochonder sind, zwischen siebzig und achtzig Jahre alt, die nicht wissen, was sie mit ihrer Rente anfangen sollen, weil sie jetzt weder konsumieren, noch essen noch sonstwas, vielleicht weil sie sich Zuhause langweilen oder sich alleine fühlen und mit jemandem über ihre Krankheiten reden müssen oder darüber, woran sie vermutlich leiden bis sie sterben, das heißt noch zwanzig oder dreißig Jahren. SCHEISSE, DAS GEHT MIR AUF DEN SACK! Die sind alle nichts weiter als weich gewordene Greise, langweilig und satt gefressen am Leben, gehorsam wie Sklaven, und sie hören ständig all meine Lügen, so als wäre ich eine heilige Kuh. RIESIGE IGNORANTEN! Und ich stelle mich dumm, setze heuchlerisch das Gesicht des lieben Onkel Doktors auf, verständnisvoll und besorgt, so als ob mich all ihre Dummheiten interessieren würden ... Ja, Frau Medina, und ich belüge Sie nicht, denn so nutzen einige dieser skrupellosen Ärzte die Patienten aus und überzeugen sie davon unnötige Bluttests zu machen. Und Achtung wegen der Diabetes, des Bluthochdrucks, des Cholesterins; und Sie sind ja auch recht dünn, fett, bleich. Leiden Sie nicht auch an Anämie? Und wie wäre es, wenn wir hier und da noch eine Röntgenaufnahme machen? Haben Sie sich schon gegen die Grippe impfen lassen, gegen Staupe, Masern, Mumps und Röteln, gegen Keuchhusten, Pneumokokken? Und als ob es nichts wäre, antworten die Unschuldigsten, also jene von achtzig aufwärts, ich meine diese alten Witwen mit abgenutzten, faltigen Rosinengesichtern, die so unschuldig sind, dass sie blind allem glauben, was andere sagen, diese Damen antworten immer unschuldig und leichtgläubig ihrem geliebten Doktörchen: Jawohl, jawohl, Herr Doktor! Setzen Sie mir alle Impfungen oder Injektionen, die Sie wollen. Wenn es Ihnen gefällt, dann auch die gegen Staupe und Keuchhusten und all diese anderen Sachen, obwohl ich nicht verstehe warum ... Ach, wie gut aussehend Sie sind! Warum verlieben Sie sich nicht in meine Enkelin Paulina, die ganz hübsch und reizend ist? So laufen die Dinge, Frau Medina. Und es ist so, dass diese scheinheiligen, arroganten Ärzte, die von diesen närrischen, um nicht zu sagen naiven Patienten immer so verehrt werden, einen olympischen Sport aus dem Betrügen der gesetzlichen Krankenkassen gemacht haben, mit all ihren retuschierten und aufgeblasenen Rechnungen oder den versteckten, schmackhaften Kommissionen der großen Pharmakonsortien, Krankenhäuser, Universitäten und anderen Institutionen, abgesehen von den zusätzlichen Geschenken für ihre Frauen, Kinder und sogar Großeltern. Ah, und der Gipfel des Ganzen, denn ich bin immer noch nicht fertig, Frau Medina: und für den Rest der Kranken, die weniger Privilegierten, die ausgespuckt werden wie gekautes Kaugummi", im Gesicht der Ärztin sah man den Zorn und die Entrüstung, „für die heißt es: wenn Sie wollen, dass ich Sie schneller behandle, dann zahlen Sie mir nur unter der Hand fünfzig Euro für die Komfortbehandlung und fertig, da werden Sie sehen, dass ich Sie direkt als Ersten behandle und Sie sogar noch einen Bonbon dazu bekommen."

Die Ärztin schwitzte, ihr Gesicht loderte und ihre Halsschlagader pumpte kräftig. Jedes Mal wenn sie über dieses Thema sprach, schnellte ihr sowieso schon erhöhter Blutdruck noch weiter nach oben, genauso wie das Adrenalin und alles andere. Auch Tilos Frau presste derartig die Lippen aufeinander, dass sie praktisch zu einer schmalen Linie verschmolzen; sie bewegte pausenlos den Kopf von einer Seite zu anderen, sie zweifelte für einen Moment sogar an der Ehrlichkeit und Arbeitsweise vieler Ärzte, die sie kannte oder die sie behandelt hatten.

Die exzentrische Medizinerin dämpfte ihren Sarkasmus ein wenig und fuhr fort:

„Aber bleiben Sie ruhig, Frau Medina, meine Intention ist es nicht alle anderen Ärzte zu stigmatisieren und schon gar nicht meine Kollegen. Nichts dergleichen. Im Gegenteil, denn glücklicherweise handelt es sich nur um eine ganz kleine Minderheit. Ja, so ist es, eine Minderheit, und entschuldigen Sie, wenn ich es mit der Kritik etwas übertrieben habe, aber leider vermehren sich diese falschen Ärzte wie eine Plage und jemand muss das Kind ja beim Namen nennen … hehehe", sie lachte erneut höhnisch und zeigte ihr Zähnchen.

Tilos Frau kaute vor Nervosität ihre Fingernägel, spielte mit den Fingern und fragte sich: *Aber warum, warum erzählt sie mir das jetzt alles und kommt nicht lieber zur Sache?* Sie senkte ihren Kopf und vermied den Blick der Ärztin. Diese Mischung aus Wut und Verzweiflung, die sie zu Beginn verspürt hatte, mischte sich nun mit Ohnmacht oder vielleicht sogar Resignation.

„Und es stimmt, Frau Medina", fuhr die Ärztin fort. Und da sie sah, dass Tilos Frau ihren Blick gesenkt hatte, erschien sie ihr etwas zaghafter und etwas sanfter und nicht mehr so verschlossen wie vorher, sodass sie die Gelegenheit nutzte, um Ihre Stimmung ein wenig zu verbessern und über Tilo zu sprechen: „Aber Frau Medina, brechen Sie mir jetzt nicht zusammen. Ich habe in Wirklichkeit weder etwas gegen Sie noch etwas gegen alle, die die schöne Profession der Medizin ausüben, ganz im Gegenteil. Ich erzähle Ihnen das alles, weil man manchmal, um zu erreichen, dass Menschen reagieren oder aufhören einem etwas vorzuspielen, sich trauen muss zu sagen, was man fühlt und so, wenn möglich, durch seine Handlungen Spuren zu hinterlassen. Deshalb, ja genau deshalb bewundere ich Tilo, Ihren Mann. Diese etwas schräge oder sagen wir besondere Einstellung, die er gegenüber Doktor Kaminsky hatte oder vermutlich immer noch hat, gegenüber seinem Orthopäden, Doktor Rossmann und den Praxen. Oder dass er gegen einige andere Kollegen in der Poliklinik oder gegen alle rebellierte, die direkt oder indirekt etwas mit seiner Krankheit zu tun hatten, das kann ich ebenfalls sehr gut verstehen und würde ihn in einigen Fällen sogar unterstützen. Es wäre in diesem Sinne glaube ich schrecklich, wenn wir alle gleich wären, immer dasselbe denken würden und, was noch schlimmer wäre, alle immer ruhig bleiben würden. Denken Sie das nicht auch, Frau Medina?"

Innerlich war Tilos Frau in einem Konflikt. Ihr Gesicht wurde faltig und ihre Schultern sanken ein; für einen Augenblick gingen ihr einige flüchtige Gedanken an Tilo durch den Kopf: *„Komm schon, meine Liebe, jag' alles zum Teufel und bade lieber in Öl, damit die Dinge besser flutschen, ja?"*, sagte er ihr immer lachend, fröhlich und diesen Optimismus und diese gute Laune ausstrahlend, die ihn auszeichneten. Sie erinnerte sich auch wieder an Szenen, in denen sie wie immer schlecht gelaunt gewesen war und sich über alles beklagte hatte und deshalb ihre Tochter Karina anmotzte, als diese einen der für Teenager typischen Wutanfälle hatte. Und dann tröstete Tilo sie, spielte den Clown und ahmte seine Frau, Karina und alle Welt nach, er hob die Stimmung und erschuf so eine Atmosphäre der Eintracht und Freude. Sie erinnerte sich auch daran, dass es Tilo mochte immer alle zu unterstützen und allen zu helfen: der Familie, seinem Zuhause, Freunden und sogar Unbekannten, die er einfach nur auf der Straße traf (hauptsächlichen armen Obdachlosen oder hoffnungslosen Alkoholikern oder Drogenabhängigen): *„Komm, Bruder, komm mit mir, ich habe eine Überraschung für Dich!"*, hatte er eines Tages zu einem langhaarigen Säufer gesagt, der schlimmer stank als die Pisse einer ganzen Stinktierbande. An diesem Tag ließ er sogar seine Frau Laura alleine und vergaß sie völlig am Eingang der Altmarkt Galerie, um mit dem Trinker den ganzen Tag durch die exquisitesten Galerien Dresdens zu ziehen und dem Mann Marken-Gämslederschuhe, Hemden, Poloshirts, Hosen, eine Nylon-Sportjacke und eine dickere Flanelljacke zu kaufen, ihn dann zum Mittagessen in ein 5-Sterne-Hotel einzuladen und ihm, als sie fertig waren, sogar noch einen hundert Euro Schein zu schenken: *„Nimm, Bruder ... für Deine Reserven an Flüssigbrot. Ah, aber eine Sache musst Du mir versprechen! Trink nicht alles heute, ja!"* Und der Mann, der natürlich praktisch seit sechs Uhr morgens schon betrunken war, fast keine Zähne mehr hatte und eine poröse und vom Alkoholismus gezeichnete Haut, begann vor Freude zu weinen wie ein kleiner Junge.

Die Ärztin sah, dass über die rechte Wange von Tilos Frau langsam eine Träne zu fließen begann.

„Hier, trocknen Sie sich lieber diesen Tropfen ab", sagte sie ihr und reichte ihr ihr Taschentuch. „Weinen Sie, weinen Sie nur, das ist gut." Aber trotz der Träne wirkte die Ärztin nicht verändert, sie blieb grüblerisch, skeptisch und vermutete, dass Tilos Frau etwas hinter dieser Krokodilsträne verbarg. Und als sich noch eine zeigte und dann noch eine und Laura ihr Gesicht verbarg, tröstete sie die Ärztin und klopfte ihr sanft auf den Rücken. „Ruhig, ruhig, ich werde zusehen, dass wir Beide, ich als Ärztin und Sie als Frau, Tilo die Hilfe geben, die er so braucht, ist es nicht so ...? Außerdem, noch etwas: alles, was ich Ihnen jetzt erzählt habe, Frau Medina, da bestehe ich drauf, habe ich Ihnen nicht erzählt, um Sie zu quälen oder um sie zu verwirren, sondern ich habe es Ihnen ganz im Gegenteil gesagt, damit Sie selbst begreifen wie wichtig der psychologische und atmosphärische Faktor in der Entwicklung der somatischen Krankheit Ihres Mannes ist. Oder, wenn Sie wollen, kann ich es Ihnen auf andere Weise sagen: Ich weiß sehr genau, aus anderen Quellen und natürlich auch anhand der Dinge, die er sagt und wie er reagiert, dass Ihr Mann eine sehr intelligente Person mit einem sehr reichen Ideenschatz ist, den wir ungewöhnlich nennen wollen, und dass er deshalb besser auf meine Behandlung reagieren wird, je mehr wir ihn direkt oder indirekt unterstützen und ihn sich vielleicht in einer angenehmen und positiven Atmosphäre etwas wohler fühlen lassen. Im Gegensatz dazu wird jede gegenteilige Situation die Verschlimmerung und das Andauern der Krankheit fördern. Ich weiß nicht, ob Sie mich jetzt etwas besser verstehen?" Weil sie so viel schlucken musste, um das Weinen zurückzuhalten, hatte Tilos Frau einen Knoten im Hals, ihr Körper zitterte und sie trocknete sich unbeholfen die Tränen, indem sie sich linkisch die Finger in die Augen drückte.

„Ja", war das Einzige, was sie antwortete, und sie rieb sich die Augen wie ein vierjähriges Kind, das seinen Brei nicht bekommt.

„Glauben Sie mir, Frau Medina, ich weiß, warum ich Ihnen das alles erzähle. Ich habe diesen Beruf, der mich viele Studienjahre, Geld und Anstrengung gekostet hat, nicht gewählt, um mich wichtig zu fühlen oder um wie eine Göttin verehrt zu werden, sondern um ihn zu fühlen und bedingungslos zu lieben und so den Leidenden und Kranken zu helfen, so wie Ihrem Mann. So fühle auch ich mich glücklich und zufrieden." Die Ärztin machte eine kleine Pause, um ihr erneut Wasser anzubieten. „Nehmen Sie, trinken Sie mehr Wasser. Und wie ich bereits sagte", fuhr sie fort, allerdings immer noch zweifelnd wegen dieses hysterischen, selbstgerechten und nicht gerade ehrlich wirkenden Weinkrampfes. *Und wenn Du noch so viel flennst, wirst Du nicht verhindern, dass ich Dir sage, was ich jetzt denke,* dachte sie. „Zu geben, und darauf bezieht sich dieser Gesichtspunkt, auf den ich anfangs zu sprechen kam, bedeutet für mich eine große, aber wirklich sehr große Zufriedenheit, denn ich erhalte dafür im Austausch fast immer viel Liebe und Zuneigung meiner Patienten, verstehen Sie? Und ich freue mich auch immer sehr, wenn meine Anwesenheit zu etwas dient, so wie es mir und meinen anderen Kollegen bei den *Ärzten ohne Grenzen*, beim *Roten Kreuz* und in vielen anderen internationalen Hilfsinstitutionen ging, in denen ich gearbeitet habe, um Epidemien, Pandemien, Infektionsstämme, Virenansteckungen und viele andere Krankheiten zu bekämpfen." Die Ärztin kratzte sich mit ihrer kleinen Hand den Kopf und betrachtete den Kerzenständer mit den sieben Lichtern auf dem Tisch. „Oder in São Tomé, einem der ärmsten Länder der Welt, oder war es in Príncipe …? Kurz und gut: ich erinnere mich nicht mehr. Oder als ich den Vertriebenen im Konflikt in Juba geholfen habe, diesen armen Menschen, die von den Rebellengruppen in den Krankenhäusern in Bangui angegriffen wurden und in Mozambik und seiner schwierigen sozialen Situation, in den ländlichen Gebieten Marokkos, oder in Kibera, dem größten Slum von Nairobi, und all diese Jungen und Mädchen, die die zurückgelassenen Sprengkörper in Kambodscha überlebt haben, das Denguefieber in Zentralamerika, den Kranken in den Favelas in Brasilien, oder einfach, wenn ich gegen all diese Krankheiten kämpfte, die aus Armut und Unterernährung in Panama und Guatemala entstehen, die kindliche Unterernährung in Jamaika, die Muttersterblichkeit im asiatischen Pazifikraum, Tsunamiopfer an der Küste Sumatras und, kurz und gut: ... noch viele weitere Dinge."

Das Telefon der Ärztin begann zu klingeln, aber sie ignorierte es und widmete ihr ganze Konzentration dem Gespräch und fragte ihre Gesprächspartnerin nun noch etwas Anderes: „Es gibt etwas, das ich nicht verstehe, Frau Medina, und ich würde gerne, dass Sie es mir erklären: wenn Sie sich tatsächlich guter Gesundheit erfreuen, dem wichtigsten Faktor zum Glücklichsein, warum zum Teufel machen Sie es sich immer so schwer?"

Da das Telefon nicht zu klingeln aufhörte, nahm sie verärgert den Hörer ab, stand auf, öffnete die Tür Ihres Büros und sagte mit vereisten Gesichtszügen zu ihrer Sekretärin: „EVA, BITTE! ... Ruf die Zentrale an und sag' ihnen ... Du siehst doch, dass ich beschäftigt bin!" Dann kam sie zurück, stieß gegen einen Stuhl, murmelte auf Hebräisch Dinge, die nur sie verstand, setzte sich auf ihren von dunklen Schweißflecken bedeckten, abgewetzten Lederstuhl und entschuldigte sich für die Unterbrechung: „Bitte entschuldigen Sie, aber seit ich hier als Direktorin arbeite, gehen diese administrativen Fragen mir mehr und mehr auf die Nerven."

Tilos Frau beachtete sie nicht einmal, da sie weiterhin schlucken musste, sich ihre Tränen trocknete und nur an ihre Dinge dachte, daran was sie interessierte, oder bessergesagt an das, was sie zu hören hoffte.

„Ja, aber Frau Doktor Mangold, bisher haben Sie nur darüber gesprochen, wie Sie in diesen sonderbaren, schmutzigen, zerstörten Ländern diesen verlorenen, kranken, schmutzigen Leuten helfen und von den anderen Ärzten und was die machen und all das ...", traute sie sich endlich zu sagen, so als ob nichts von dem, was sie ihr bisher gesagt hatte, sie interessierte.

„Abiman, nennen Sie mich lieber Abiman und, wenn Sie einverstanden sind, würde ich Sie auch gerne Laura nennen. Das ist ein sehr schöner Name, hm ... ich glaube, etymologisch gesehen stammt er aus dem Lateinischen, wussten Sie das? Wie auch immer, dank einer Metonymie wird die Bedeutung Ihres Namens auch mit der Siegreichen und Triumphierenden assoziiert, wussten Sie das?" Sie unterbrach sie und umschmeichelte sie ein wenig, um zu schauen, ob sie so all jene Dinge hervorholen würde, die Laura in ihrem Inneren verborgen hielt. Die Ärztin lehnte sich auf ihrem alten, beweglichen, rissigen Lederstuhl nach rechts und nach links und erzeugte so ein ziemlich nervtötendes Geräusch.

„In Ordnung, wenn Du willst, dann nenn' mich Laura", antwortete diese arrogant, und dieses Mal war sie es, die ihre Gegenüber, vielleicht aus Zorn oder Furcht, dazu zwang ruhig zu bleiben, indem sie schnell wie ein Maschinengewehr auf sie einredete: „Ich will, dass Du mir jetzt mal zuhörst: Tilo lässt sich nicht beeinflussen, niemals, verstehst Du? ... Wie oft habe ich ihm gesagt, dass er sich ändern, dass er diese Scheißbücher, die er liest, aufgeben soll, oder dass er mir nicht immer alles verdrecken soll, wo ich doch mein Haus immer mit solcher Hingabe pflege, im Wohnzimmer, die Möbel ..." Ihr Zittern ebbte vollständig ab, sie vergaß zu weinen, ihr Gesicht wechselte die Farbe in Richtung lila und rot und mit trockener, von Spucke befreiter Kehle begann sie endlich auszukotzen, was sie in ihrem Innern verborgen hatte, sie sprach beinahe ohne Unterbrechungen, laut und schnell: „ICH HAB DIE SCHNAUZE VOLL! Tilo ist selber schuld, wenn ich doch immer sage, dass er sein Zimmer besser aufräumen soll, das wie eine Müllkippe aussieht, oder dass er mehr Gemüse essen soll und weniger Fleisch oder all diese anderen Sauereien frittieren, die mir nicht gefallen und die stinken ... WIE SCHRECKLICH! ICH HABE GENUG, WIRKLICH GENUG, IMMER VER- DRECKT ER MEINE KÜCHE!" Von zehn Worten begleitete sie neun mit dem Possessivpronomen *mein*. „MEIN HERD, MEIN TISCH, MEIN SCHRANK, MEIN FUSSBODEN!" Sie fuhr sich mit der Hand wie mit einem Lappen über das Gesicht, ihre Tränen waren jetzt fast vollständig getrocknet. „Und dieser Freund von ihm, Pocho und all diese Asozialen der *Grupo*, folkloristische Windhunde, immer haben sie Pläne, machen sich über die Ärzte und sogar über die Kranken selbst lustig. MEIN GOTT, WIE PEINLICH! Außerdem kann man sich nie mit ihm unterhalten. Wie er mich verspottet! Er redet kompliziert mit mir und ich verstehe nichts und ich verzweifle, weil er mir nie konkret antwortet, er verwickelt mich immer in diese philosophischen Ausflüchte, abstrakten Ideen, er will alles vertiefen. ER IST EIN VERRÜCKTER, EIN VER- RÜCKTER! ICH HAB DIE SCHNAUZE VOLL!" Sie wurde so laut, dass sogar die Sekretärin hereinschaute, um diskret zu fragen: „Ist alles in Ordnung?"

Die Ärztin hatte eine derartige Reaktion erwartet, sodass sie Laura nur ein anderes Glas Wasser anbot.

„Trink mehr Wasser, Mädchen, das wird Dich beruhigen, und trink es lieber langsam, bevor Du Dich verschluckst."

Und während sie bedächtig das Wasser mit ihrer kleinen Hand einschenkte, deren Hautfarbe vom Griff des Krugs nicht zu unterscheiden war, erinnerte sie sich daran, dass Tilo in seinen Phasen des Deliriums an seinem zweiten Tag auf der Intensivstation, ganz bleich, mit Ringen unter den Augen und immer noch schnell pochendem Herzen, ganz ernsthaft gesprochen hatte, so als wiederhole er aus der Erinnerung einen Diskurs oder so als würde er das, was er sagte, Laura schreiben wollen, immer auf der Suche nach dem Immateriellen, Übernatürlichen: *In jedem Fall ist es besser einen schlechten Zustand gegen einen ungewissen zu tauschen.* Diesen Satz wiederholte er unaufhörlich zwischen allen Fragen und Aussagen, die er machte. *Willst Du wirklich, dass ich jetzt nicht mehr bei Dir schlafe und meine Decke, mein Kissen, Pyjamas und all das mitnehme?*, und wieder dieser Satz: *In jedem Fall ist es besser einen schlechten Zustand gegen einen ungewissen zu tauschen. Ich weine Morbo, stell Dir vor, ich, ich weine! Und Laura ...? Was mache ich jetzt mit ihr?* Und wieder: *In jedem Fall ist es besser einen schlechten Zustand gegen einen ungewissen zu tauschen.* Und so verging Stunde um Stunde, in denen er immer wieder dasselbe sagte, bis die Ärztin und ihre Assistenten ihm schließlich ein Schlafmittel geben mussten, damit er endlich zur Ruhe kam.

Während sich die Ärztin erinnerte und Laura aufhörte zu japsen, hörte man draußen, in den gekachelten Fluren mit ihren hohen Decken, die Behälter des Lizenznehmers heranrollen, der das Essen für die Patienten brachte. Es war Mittagszeit. Plötzlich ertönte ein dreimaliges Klopfen, das sich in seiner Intensität steigerte, bis sich die Tür langsam öffnete und im Rahmen zaghaft der Kopf der Sekretärin auftauchte, um sich zu entschuldigen und sich zur Mittagspause zu verabschieden.

„Geh, geh ruhig, Mädchen", sagte die Ärztin. „Mach Dir um uns keine Sorgen, wir werden sicherlich noch eine Weile brauchen, nicht wahr?" Und sie schaute Laura mit erhobener Augenbraue an, so als mache sie sie zur Komplizin.

Tilos Frau sagte nichts. Sie inhalierte kräftig die Luft, so als lösche sie alles, was sie bisher gesagt hatte, und sammelte ihren Mut, um etwas zu fragen, was sie praktisch seit dem Moment beunruhigte, an dem die Ärztin über all diese privaten Dinge zu sprechen begonnen hatte, die sie eigentlich nichts angingen.

„Abiman, woher weißt Du so viel über Tilo und all unsere Angelegenheiten und Probleme?" Und sie schaute sie an, als wolle sie sagen: *Mein Leben geht Dich einen Scheißdreck an!*

„Ganz einfach, weil Tilo selbst in diesen vielen Momenten, in denen er in der Intensivstation halluzinierte, mit sich selbst geredet hat und auch Sachen über Dich gesagt hat, von denen ich nicht weiß, ob sich wahr sind. Und er sprach auch über einen gewissen *Morbo*. Er mischte alles immer mit den Namen von Philosophen, Psychoanalytikern, Schriftstellern und solchen Leuten. Wenn Du willst, kann ich sie Dir genau wiederholen, denn ich habe in diesen Jahren gelernt meinen Patienten zuzuhören und mir alles genau zu merken, was sie sagen. Er sagte mir zum Beispiel, während er an die Decke starrte, so als löse er gerade ein Rätsel oder sonst etwas: *Ah, und ich gestehe Dir, Morbo, dass mein Frauchen Laura ihre Seele sicher an den Mephisto verkauft hat, so wie Faust ..."* Und die Ärztin imitierte Tilo und schaute ebenfalls zur Decke, und um Ihre Gesprächspartnerin noch mehr zu überraschen, öffnete und schloss sie pausenlos die Augen, so als sei sie von Tilos Geist besessen.

Laura war verblüfft, sie schloss ihren Mund und runzelte ihre Stirn so stark, dass man sie kaum wiedererkannte.

„Außerdem sagte er immer Folgendes", fuhr die Ärztin fort, befeuchtete sich die Lippen und zitierte exakt aus ihrem Elefantengedächtnis: *„Und Du, warum nur, Laura, Du Shopping Queen und Luxus Lady? Womit muss ich nur immer zurechtkommen, ausnahmsweise mal mit diesen Opfergrimassen, hm... Und dazu täuschst Du noch Mitleid und Sorge vor, obwohl Dir meine Anwesenheit sicher auf die Nerven geht. Mich verarscht Du nicht, verdammt! Denn ich spucke Dir die Wahrheit fast immer ins Gesicht ... Wie wird die Liebe sein, wenn Du ganz alleine bist, Du Wichtigtuerin, denn Du magst es doch, dass man Dich rühmt und Dir schöne Dinge sagt, nicht wahr? Aber Du akzeptierst weder den Hauch einer Kritik, noch abweichende Meinungen von irgendwem, nicht mal von Karina, Deiner eigenen Tochter: Wasch Dir jetzt lieber die Ohren, Fräulein Fatzke, denn ich werde Dir mal was sagen: sosehr ich Dich auch liebe, so kannst Du mit mir doch nicht so spielen. Du hast einen großen, riesigen Fehler, der wie eine Warze im Gesicht ist, und der nennt sich: EITELKEIT."*

Als die Ärztin ihre Arme auf dem Schreibtisch ablegte und ihre kleinen Finger verschränkte, bemerkte sie, dass die Schultern von Tilos Frau eingesunken waren und Laura nicht wusste, wohin sie schauen, was sie tun, was sie sagen sollte, da sie sich ganz offensichtlich so fühlte, als hätte man ihr ihre gesamte Kleidung geklaut.

„Und entschuldige Laura, aber ich muss Dir das wortwörtlich sagen, da man solche Sätze nicht so leicht vergisst. Und ich muss auch sagen, dass ich an diesem Tag sogar fast lachen musste, was Tilo zum Glück nicht bemerkte, denn er sprach mit geschlossenen Augen und beachtete mich fast gar nicht ..." Die Ärztin imitierte Tilo, sprach mit lauter Stimme und ahmte seine Worte und Gesten nach: „*FICK DICH DER ESEL, LAURA! MIT MIR HAST DU ABER VERDAMMT NOCH MAL KEINERLEI GEDULD!* ... Und das sagte er mir alles ganz ernsthaft, mit gerunzelter Stirn, so wie ein Richter, wenn er das Urteil eines Angeklagten verkündet. Dann begann er den Kopf von links nach rechts zu bewegen und eine lange Liste von Sachen aufzuzählen, die erstaunlicherweise mit dem übereinstimmt, was Du mir auch gerade gestanden hast und die Dinge sind, die Du ihm vermutlich immer sagst, wie: *Geh', geh' lieber in Dein Zimmer mit Deinen schweinischen Büchern und lass mich in Ruhe!* Und auch dieser andere Blödsinn, den ich wirklich unglaublich lustig finde: *Nein, nein, fass meine Vorhänge nicht an, Du wirst sie abreißen. Achtung, Du zerkratzt meinen Fußboden! Mach da keinen Sport, Du wirbelst Staub auf und schädigst mit Deinem Schweiß meine schönen, italienischen Möbel! Nein, Du hast mein Fenster schon wieder mit Deinen Fingern verschmiert! Ach, meine schöne Vase aus Meissener Porzellan. Ich hab's Dir schon gesagt: ich will nicht, dass Du den Fernseher anmachst, das ist meiner! Mein Bonsai! Lass den Krug von Mama Emma da, beweg den nicht! Oh, meine wunderschönen Puppen, fass sie nicht an und setz Dich lieber auf den Fußboden, verstanden? Scheiße, Du hast meine Pflanzen bewegt, die Sonne schadet ihnen!* ... Und noch viele andere Dummheiten eines eingebildeten, kompulsiven Mädchens, die ich lieber nicht sage, weil ich selbst sie nicht glauben konnte."

Das Gesicht von Tilos Frau wirkte versteinert, so als ob sie es in einen Zementkübel getaucht hätte; sie blinzelte unsicher und ihre Beine, die sie fast die gesamte Zeit übergeschlagen hatte, waren ihr eingeschlafen.

Die Ärztin machte absichtlich eine kleine Pause, damit Laura nachdenken konnte, und fuhr fort, milderte die Situation aber ein wenig:

„Jetzt verstehst Du, Laura, warum ich Dir gesagt habe, dass Du mir, bevor Du mir irgendetwas sagst, lieber zuerst etwas zuhören solltest. Ich weiß, dass diese ganze Situation für Dich nicht einfach ist und vielleicht sogar lästig, aber nach allem, was ich beobachtet habe und so, wie Du reagierst, ist vielleicht doch etwas Wahres an dieser Phantasie von Tilo, oder bessergesagt an diesen etwas übertriebenen Geständnissen von ihm. Ich weiß nicht, vielleicht irre ich mich, was meinst Du?"

Während sie sie eingehend beobachtete und auf eine Antwort wartete, bot die Ärztin Laura an ihr Glas Wasser wieder zu füllen, was diese aber ablehnte und es mit ihren Fingern mit den langen Nägeln bedeckte, deren Lack bereits reichlich abgekaut war (sie hatte diesen Tick immer dann, wenn sie sich unruhig und unsicher fühlte).

„Unglaublich! Aber ... das alles hat er Dir gesagt?", war das einzige, was Laura überrascht antwortete, während sie versuchte ihren Zorn zu verbergen. Sie stieß ein hysterisches, lautes Gelächter aus, das bar jeder Freude war. „Wir sind seit zwanzig Jahren verheiratet, aber das, das schwöre ich Dir, das ist jetzt der Gipfel!" Sie hatte den Mund halb geöffnet und spürte, wie sie das Gewissen quälte. Sie schwieg eine Weile, und aus Angst, dass die

Ärztin noch mehr über sie herausfinden könnte, vermied sie ihren Blick und schaute zu Boden. Sie fühlte sich verraten, unwohl, sehr unwohl, da man sie wieder beleidigt hatte. Sie wollte diese Gefühle verbergen, sie krümmte ihre Schultern, runzelte die Stirn und bewegte ihre Beine, wechselte andauernd die Haltung, bis sie aus purer Ohnmacht oder Scham erneut in einen unkontrollierten Weinkrampf ausbrach.

„Warum, warum tut er mir das an? Zwanzig Jahre, zwanzig Jahre Ehe, Abiman, und jetzt das! Ich weiß nicht mehr, was ich sagen oder tun soll!", schrie sie hysterisch und verzweifelt.

„Dich verändern, einfach verändern. Das ist es, was Du tun kannst. Und hey, nicht nur Du, sondern auch Tilo", antwortete die Ärztin und tröstete sie lustlos, da sie wusste, dass dieses Gejammer nicht ehrlich war, sondern eine Pose. Laura winselte, ihr lief der Rotz und sie hatte einen Schluckauf nach dem nächsten. „Er sagt Dir nie irgendetwas und wird Dir nichts sagen, weil er Dich liebt, Dich respektiert und Dich außerdem nicht beunruhigen will." Laura hatte so starken Schluckauf, dass die Ärztin jetzt sogar Angst bekam, dass sie sich verschlucken könnte, so dass sie aufstand, um den Tisch lief und Lauras Kopf gegen ihren flachen brustlosen Brustkorb drückte, um sie ein wenig zu beruhigen.

„Du bist ein Dummkopf, ein Dummkopf! Warum, warum? Sag es mir, sag es mir!", stammelte Laura langsam, zerknirscht und mit geschlossenen Augen. Ein Speichelfaden lief ihr aus einer Seite ihres Mundes und befleckte das Revers am Kittel der Ärztin.

Die Ärztin entfernte sie von ihrer Brust, und um sie aus ihrer Trance zu reißen, ergriff sie mit beiden Händen

fest Lauras Kopf, drückte ihr Gesicht kräftig wie ein Akkordeon, schaute ihr fest in die Augen und rief:
„BERUHIGE DICH, BERUHIGE DICH ENDLICH!"
Aber sie reagierte nicht, die Tränen liefen weiter und auch der Schluckauf setzte sich fort, sie rülpste sogar, verschluckte sich an ihrer eigenen Spucke und verzweifelt runzelte sie ihr Gesicht so stark, dass ihre beiden Augen zu einem einzigen zusammenzuwachsen schienen. „Schau mir in die Augen und hör' jetzt endlich auf zu heulen, ja, Du bist doch kein Schlosshund", drängte die von ihrer Hysterie genervte Ärztin. *Es mag Dir gefallen oder nicht, aber ich werde es Dir trotzdem sagen*, dachte sie und sprach weiter: „Ich will Dir nicht sagen, dass Du so bist, denn schließlich ist jeder im Grunde seines Wesens auch ein wenig egoistisch, aber das kannst Du doch zugeben: du bist ganz schön intolerant und kalt, sehr kalt, ich würde fast sagen kalkulierend, in deiner Denkweise. Außerdem, hör mal, auch wenn Dir nicht gefallen wird, was ich Dir sage: Du hältst Dich für so perfekt, dass Du Deine Fehler oder eine gegensätzliche Meinung nie akzeptierst, auch niemandes Rat oder vielleicht eine konstruktive Kritik, nicht von Deinem eigenen Mann oder Deiner Tochter, von der Familie, Freunden, von Niemandem, Du bist sofort verärgert und verstehst alles als Beleidigung. Außerdem bist Du, und ich glaube nicht, dass ich mich da täusche, derart vom Luxus besessen, von materiellen Dingen, dem Pomp, der Eleganz und all diesen ...", fast hätte sie Dummheiten gesagt, „von diesen prächtigen Dingen, die Dich umgeben und in einer äußerlichen, falschen, artifiziellen Welt gefangen halten, die es Dir nicht erlaubt die Realität zu sehen, Deine einzige Realität. Damit Tilo Dich beachtet, Dir zuhört und nachgibt, äh ... das heißt nicht in

allen Dingen, aber doch in einigen, denn so ist er und so hast Du ihn auch kennengelernt, dafür musst Du lernen weniger eitel zu sein, bescheidener und ihm gegenüber toleranter. Verstehst Du mich jetzt, Laura?"

„Ja, aber ...", antwortete sie, wie immer beleidigt und in einem abwehrenden Ton, so als denke sie nur an sich selbst. Sie wollte ihr noch mehr sagen, aber durch die Anspannung Ihres Weinkrampfes, brachte sie kaum Wörter hervor; ihre schöne Dauerwellenfrisur war an der Stirn so plattgedrückt, dass sie aussah wie ein Kuhfladen.

„Aber er verhält sich nicht wie früher ... Ist es das, was Du mir sagen wolltest?", half ihr die Ärztin den Satz zu beenden, sie las ihr praktisch die Gedanken.

„Ja, das, genau das ..."

„Und Du, bist Du vielleicht nicht auch eine Andere?", deutete sie mit einer weiteren Frage an. „Du, ich und alle ändern sich in Wirklichkeit immerzu. Denk daran, dass das Leben dynamisch ist, sonst gäbe es auf der Welt keine Entwicklung. Das ist nicht das Problem, sondern etwas anderes, das sich Narzissmus nennt, Laura. Und in Deinem Fall hast Du, im Besonderen durch diese exzessive Wichtigkeit, die Du Deinem Äußeren immer gewährst, Deinem Verhalten und Deinen Fähigkeiten, quasi vergessen Liebe zu geben, Tilo mehr Aufmerksamkeit zu widmen, zuhören zu können, Dich mit ihm zu unterhalten, und vor allem: seine Angelegenheiten zu respektieren. Also das, was ihm gefällt, sein Zeitvertreib, oder wie Du es immer nennst, seine Verrücktheiten und Pläne. Vergiss nicht, dass Du in diesem Sinne in Wirklichkeit viel mehr Gründe hast, um glücklich zu sein, da Du gottseidank gesund bist, vital und voller Energie. Als Ventil erwähnt er deshalb sicherlich immer seinen *Morbo,* und deshalb liest er so gerne all diese Bücher. Ich hatte einen ganz ähnlichen Fall vor vielen Jahren, als ich meine Praktika im *Bikur-Cholim*-Krankenhaus in Jerusalem machte, nur dass dieser Patient in seinen Träumen immer den Namen eines griechischen Gottes erwähnte, an dessen Namen ich mich jetzt nicht erinnere."

„Ja, das stimmt, Du hast Recht", gab Laura endlich einmal zu. Sie stockte, während sie näselnd und mit klebrigem Mund weitersprach: „Das Lesen begeistert Tilo so sehr, dass sein ganzes Zimmer immer prall gefüllt ist mit Büchern, Büchern und noch mehr Büchern: Bücher im Bett, Bücher auf seinem Schreibtisch, auf dem Boden, er hat sie überall. Ich kann Dir sagen, dass ich eines Tages sogar auf der Waschmaschine vier übersetzte Texte dieses verdorbenen und üblen Bukowski gefunden hatte. Er hatte auch ein anderes, mit einem gelben Einband auf dem Boden des Badezimmers, neben dem Klo, ich glaube von einem gewissen Gutiérrez, und als ich es zu überfliegen begann, sah ich, dass er auch noch in Rot einen Paragraphen markiert hatte, der mir Angst machte, viel Angst. Ich erinnere mich genau, da stand: *Die Freiheit ist wie das Glück: sie wird nie voll. Man hat sie nicht vollständig. Sie ist nur ein Weg. Ein Weg zu Freiheit und Glück. Und so lebt man ...*" Tilos Frau hob den Kopf ohne die Ärztin anzuschauen und begann erneuet sich nervös zu bewegen, sie spielte mit ihren Fingern, sie bewegte ihre Arme und ihre Schultern, genauso wie ein Affe im Käfig. „Und weißt Du, was ich mit all diesen Büchern gemacht habe? Also ich habe sie weggeworfen, ja, ich habe sie alle aus purem Zorn in den Müll geworfen. Tilo hat natürlich eine Woche nicht mit mir gesprochen."

„Ja aber, warum hast Du das getan?", fragte die Ärztin mit betrübtem Gesicht. „Denn was dieser Gutiérrez geschrieben hat, ist die pure Wahrheit: das Glück ist nur eine Illusion, ein Lebensideal. Es ist schade, ich hätte dieses weise Buch auch gerne gelesen."

„Ja, aber warte, ich bin noch nicht fertig", sagte Laura jetzt sehr ernsthaft. Und ohne eine Miene zu verziehen konzentrierte sie sich auf ihre Finger und kaute an den Nägeln. „Als ich dieses Buch von Gutiérrez weiter überflogen habe, das den Titel hatte ... äh, ich bin mir nicht sicher, ich glaube es stand da etwas wie *Animal Tropical* oder *Glühende Bestie* oder so etwas, da sah ich, dass er auf einer Seite vieles gelb markiert hatte und der Text so kräftig unterstrichen war, dass er fast durch die Seite gedrückt hatte, und zwar Ungeheuerlichkeiten, wie: *Die sollen sich ins Knie ficken, diese Hurensöhne. Es wird ihnen nichts anderes übrig bleiben als meine Bücher zu ertragen und dann rumzuheulen. Und danach werde ich sehen, was ich mache. Vielleicht werde ich mich doch nicht erschießen. Sondern alles fröhlich so machen, wie ich es will. Bis ich achtzig bin. Oder hundert ...* Ich wusste, dass von diesem Moment an etwas Diabolisches in Tilos Gedanken vor sich ging."

„Diabolisch? Hahaha... Wie lustig, Du bringst mich zum Lachen, Laura. Ich glaube, ich werde mir direkt morgen dieses Buch kaufen." Da die renommierte Medizinerin ihr Lachen nicht mehr zurückhalten konnte, verschleierte sie ihr höhnisches Kichern, indem sie kurze Luftstöße hervor presste, so als würde sie husten. „Aber das ist doch völlig normal, ich würde sogar sagen prophylaktisch. Pass auf, ich erklär's Dir: für ihn, der krank ist, ist es gut all diese Dinge zu lesen, das erhält ihn geistig frisch und dynamisch. Außerdem gefällt es so intelligenten und erfinderischen Personen wie ihm immer über alles auf dem Laufenden zu sein, auch über diese Art von Lektüre, verstehst Du?" Und sie erinnerte sich ebenfalls daran, wie Tilo wie ein Zombie auf der Intensivstation mit ihr geredet hatte: *Ach, meine Laura, was ich lese ist Kultur, Wissen, und es sind nicht diese Scheißkataloge von Madeleine, Brigitte, Vogue und all diese anderen Dummheiten, die Du immer liest, äh, ich meine anschaust, und Dir dann vielleicht vorstellst, Gisele Bündchen zu sein oder Helene Fischer, diese untersetzte Schlagersängerin, die ich jetzt überall sehe ...*" Da sie ihr Gelächter jetzt fast nicht mehr zurückhalten konnte, verbarg die Ärztin das Gesicht hinter dem Bericht der Intensivstation und tat so, als würde sie etwas nachschauen.

Tilos Frau blockierte sich, verbog ihren Mund und runzelte die Stirn.

„Ja, aber ...", antwortete sie, „wenn Tilo schreibt, denn er schreibt auch, dann schreibt er immer sehr viel, er schließt sich Stunde um Stunde in seinem Zimmer ein und tippt alles in seinen verdammten Computer, er spricht laut mit, wechselt dabei die Stimme, klingt manchmal wie eine Frau, dann wie ein alter Kerl, er imitiert immer Ärzte und Krankenschwestern. Stell Dir das vor! ... Seine Obsession geht so weit, dass ich ihn eines Tages sogar als Diva verkleidet gefunden habe, mit einer roten Perücke, völlig geschminkt mit meinem roten Lippenstift und in meinem besten Kleid von *Christian Dior*. Ich glaube, dass er mich nachmachen wollte, oder so etwas, oder ich weiß nicht was. Ja, und ich belüge Dich nicht, denn es stimmt: er kann sich über Stunden in seinem Zimmer einschließen und wenn er herauskommt, was nach vier, sechs oder manchmal sogar zehn Stunden sein kann, dann nehme ich ihn als abwesend wahr, als verwirrt, so als ob er in einer anderen Welt gewesen wäre, oder weißgottwo. Ah, und noch etwas: Du hast recht. Er spricht immer über einen gewissen *Morbo* und er verwirrt mich mit Sätzen, wie *es ist besser einen schlechten Zustand gegen einen ungewissen, unsicheren einzutauschen* ... und solche Sachen, so als ob er immer etwas vorausahnen würde."

„Und deshalb fällt Dir jetzt alles so schwer, Laura?", fragte die Ärztin, und betonte dabei noch das Wort *schwer*.

„Schwer? Hast Du schwer gesagt? ... Was willst Du damit andeuten?" Tilos Frau verhärtete ihre Gesten und presste ihre Lippen derart aufeinander, dass ihr Gesicht an eine dieser monolithischen Skulpturen aus der untergegangenen *Chavín*-Kultur in Peru erinnerte. „Das heißt, ich bin jetzt die Idiotin oder Ignorantin, oder bestimmt dieser Mebisto, wie Du es ihn auch hast sagen hören?"

„Mephisto, man sagt Mephisto, ohne *b* und mit *ph*", korrigierte sie die Ärztin.

„Gut, dann Mephisto ..." Wieder fühlte sie sich beleidigt und angegriffen, und da sie keinerlei Kritik vertrug, keine Beobachtung oder sonsteinen Kommentar, der gegen das verstieß, was sie immer gerne zu sein vorgab, also perfekt, makellos und alles besser wissend, brach die Wut erneut aus ihr hervor und sie schrie: „LÜGE! LÜGE! DAS IST EINE LÜGE! Du redest so, als ob ich immer an allem Schuld wäre, eine gleichgültige Egoistin. Ich leide, ja, ich leide sehr an dieser Situation, verstehst Du? Mir gefällt nicht, was passiert, ich hasse es, wie Tilo sich verhält, das ist alles. Vielleicht liegt es an all dem, was er immer schlucken muss, den Medikamenten, seiner Krankheit oder weiß der Teufel was, aber er lebt immer in einer anderen Galaxie, wie ein Autist, und er spricht über Dinge oder macht Sachen, die nur einer machen würde, der nicht ganz richtig im Kopf ist." Ihre Tränen waren seit einer Weile getrocknet und sie begann erneut sich auszukotzen: „Außerdem stimmt es, ja, ich gehe mit Susan und Uschi aus, meinen besten Freundinnen, und ich halte mich, wie er das immer sagt, für eine *Luxus Lady* und gehe gerne shoppen, shoppen, shoppen wie eine *Shopping Queen*: Kleidung, Schuhe, Kleider, viele Kleider. Und ja, es nervt mich, ich hasse es, wenn er mir die Sachen Zuhause durcheinander bringt, und ich mag es, wenn alles immer sauber und aufgeräumt ist, und all diese anderen Sachen, die Du sicher von ihm gehört hast in der Notaufnahme oder der Inversivstation, Intensivstation, oder wie das heißt; denn so möchte ich sein, verschieden, anders, ich möchte mich mit Dingen betäuben, die mir gefallen und die mich vergessen lassen, ja, vergessen, und die mir helfen aus der Routine auszubrechen und meine Ruhe zu finden. Ja, das ist es: meine Ruhe. Und nicht immer an Probleme zu denken. VERDAMMT SOLL SEINE KRANKHEIT SEIN, DIE MIR SO VIEL UNGLÜCK GEBRACHT HAT UND MIR IMMER NOCH MEHR BRINGT!" Sie sprach laut, bitter, fast ohne Pause und aus ihren Augen strahlte der Zorn aber auch die Verzweiflung. „Vielleicht denkst Du, dass ich ein Feigling bin oder dass ich Angst vor dieser Situation habe oder ihr überdrüssig bin, aber ich kann und will mich jetzt nicht mehr mit ihm oder seiner Krankheit oder sonst etwas beschäftigen. Mir ist jetzt alles egal. Ich schwöre Dir: bevor ich noch einen beschämenden Augenblick mit Tilo auf der Straße oder in der Klinik erlebe, mit den Ärzten, meinen Freunden, Bekannten oder Unbekannten, bin ich tausend Mal lieber alleine, gehe aus dem Haus oder bin bei Susan oder Uschi, die in seinen Augen auch nur Scheiße im Hirn haben. SCHEISSE, JA VIEL SCHEISSE! Aber sie grübeln und philosophieren glücklicherweise nicht so wie er. Und so lenke ich mich ab und er kann mit seinem Leben machen, was zum Teufel er will. Tilo ist kein Kind mehr, Abiman, und wenn er seine Krankheit und alles, was ihn umgibt, nicht wahrhaben will und immer auf alles scheißt, dann, und entschuldige, dass ich es Dir in diesen Worten sage: DANN SOLL ER EBEN ALLEINE VERROTTEN!"

Sehr, sehr harte Worte, die der Ärztin einen Knoten im Hals erzeugten. *Unglaublich, wie kannst Du so denken, Du Scheiß-Ehefrau! Tilo hat Recht: die hat wirklich Mephisto verteufelt*, dachte sie und verfluchte Laura. Aber da die Psychologie und die Selbstkontrolle ihre Stärken waren, hielt sie sich zurück, um sie nicht mit Fußtritten aus ihrem Büro zu werfen, sprach stattdessen nett mit ihr und stellte ihr eine weitere, entscheidende Frage: „Laura, ich würde gerne etwas wissen: Liebst Du Deinen Mann wirklich? Und sag es mir in aller Direktheit, denn wenn es nicht so wäre, ist das auch nichts Schlimmes." Sie neigte ihren Kopf zur Seite und gab sich verständnisvoll, sie zwinkerte ihr zu und fuhr fort: „Denn nach zwanzig Jahren des Zusammenlebens, da könnte es Dir auch zum ... ich will sagen, dass die Liebe manchmal auch erkalten kann."

Tilos Frau antwortete nicht. Ihre Kiefermuskeln pochten, so als lösten sie sich von ihrem Gesicht, und ihre Stirn runzelte sich erneut wie eine Rosine. Durch ihre Gedanken zogen blitzartig viele gute und schlechte Erinnerungen, Freude und Enttäuschungen, aber auch romantische Momente, wie zum Beispiel jener Tag, an dem sie den Urlaub auf *Barbados* genossen und Tilo, so als vermute er etwas, ihr sehr verliebt sagte: „Mein geliebter Schatz, weißt Du was: du bist und wirst immer die Liebe meines Lebens sein, meine heiße Schokolade, einfach alles für mich, und niemand, aber wirklich niemand wird uns jemals trennen, nicht wahr?" Er küsste ihre Hände mit einem eleganten Kniefall, so wie ein Prinz seine Geliebte küsst, und er begann ihr, was sehr romantisch war, das Lied *Amorcito corazón* von Los Panchos vorzusingen:

... Amorcito corazón, yo tengo tentación, de un beso,
Que se prenda en el calor, de nuestro gran amor, mi amor,
Yo quiero ser, un solo ser, y estar contigo,
Te quiero ver, en el querer, para soñar,
En la dulce sensación, de un beso mordelón, quisiera,
Amorcito corazón, decirte mi pasión, por ti,
Compañeros, en el bien y el mal,
Ni los años nos podrán pesar, amorcito corazón serás,
mi amor ...

... Mein geliebtes Herz, ich habe
das Verlangen nach einem Kuss,
Der brennt in der Hitze unserer
großen Liebe, meine Liebste,
Ich möchte ein einziges Wesen sein

und bei Dir bleiben,
Ich will Dich sehen, in dem Verlangen
von Dir zu träumen,
Im süßen Gefühl eines beißenden Kusses, ich würde gerne,
Mein geliebtes Herz, meine Sehnsucht,
nach Dir gestehen,
Gefährten im Guten und im Schlechten,
Auch nicht die Jahre können uns
belasten, mein geliebtes
Herz, Du wirst
meine Liebe sein ...

„Was hast Du Laura, was ist los?", wunderte sich die Ärztin, denn sie merkte, dass ihre Gesprächspartnerin unsicher und nachdenklich war, sehr nachdenklich.

„Nein, nichts, es ist nur ...", stammelte sie. Die Worte wollten nicht hervorkommen und sie brach erneut in einen unkontrollierten Weinkrampf aus; sie kaute auf ihren Nägeln und ihr Gesicht wurde knallrot.

„Nein, nicht schon wieder ... beruhige Dich, beruhige Dich!", riet Ihr die Ärztin, die es störte, dass sie immer so viel weinte; sie wollte, dass sie endlich die ganze Wahrheit sagte. „Warum sagst Du mir nicht lieber, was Du fühlst?"

Aber sie sagte nichts. Sie bedeckte sich nur ihr Gesicht, aber nicht, weil sie etwas bereute, nein, sondern weil ihr Gewissen sie schon wieder störte und an ihrem Stolz kratzte.

„Ich weiß nicht, ich glaube ich bin verwirrt oder verzweifelt, das ist alles ... Du musst mir glauben, Abiman: ich bin nicht so, wie Du denkst." Sie verteidigte sich und versuchte, wie immer die Situation abzumildern.

Aus purer Scham (oder war es vielleicht Kummer?) verbarg sie in einem Moment der Schwäche ihr Gesicht wie ein Strauß an der flachen Brust der Ärztin; ihre Worte klangen trocken, stockend, so als habe sie sich Watte in den Mund gesteckt.

„Ja, ich weiß Laura", log die Ärztin und schwamm mit dem Strom; sie tröstete sie, strich ihr mit der Hand über die Haare. „Ich wusste es seit dem Moment Deines ersten Ausbruchs. Mich musst Du nicht anlügen oder mir die Starke spielen. Komm, sprich Dich aus, denn manchmal hilft es, negative Energie loszuwerden." Da sie vermutete, dass Laura nicht ehrlich war, kostete es sie einige Überwindung, freundlich mit ihr zu sprechen: „Tilo macht das auch schon seit einer Weile, natürlich ... auf seine Weise, und so erträgt er zum Glück tapfer seine Krankheit." Die Haare von Tilos Frau wickelten sich um die kleinen Finger der Ärztin und während sie den Kerzenständer anschaute, der ihr Ruhe und Spiritualität einflößte, verfluchte sie Laura in Gedanken: *Alle sieben Plagen Ägyptens sollten wirklich auf einmal über Dich kommen. Verdammte Schauspielerin! Wenn Du ihn jetzt nicht mehr liebst, weil er krank ist, oder ihn bessergesagt nie geliebt hast, dann sag es ihm endlich ins Gesicht, denn ob zu spät oder zu früh, die Wahrheit würde auf Deiner Stirn eingebrannt bleiben und so wüsste jeder, wer Du bist.*

„Warum, warum jetzt, Abiman? Ich weiß nicht, was ich tun, was ich ihm sagen, wie ich mich verhalten soll!" Sie klagte und schluchzte weiter. Ihr Stolz und ihre Eitelkeit waren so groß, dass sie sich als Opfer fühlte, eine Unverstandene, die arme, leidende Frau. Sie verschluckte sich ständig an ihrem Speichel, bedeckte sich mit den Händen das Gesicht, und schlug sich dann ein ums andere

Mal mit der flachen Hand auf die Wangen, so als bestrafe sie sich wie eine Masochistin.

„Aber nein, Laura, nicht doch! Du tust Dir weh!", log die Ärztin sie erneut an und dachte, beinahe hasserfüllt: *wenn Du willst, dann verunstalte nur Dein Gesicht, Du Mistweib.* Nach und nach war es die Ärztin satt, wenn nicht sogar angeekelt davon, andauernd diesem Theater des Mitleids und der Hysterie zuhören zu müssen. Sie packte nun energisch Lauras Hände, damit sie sich nicht mehr Schmerzen zufügte. *Wie schlimm steht es jetzt um Dein Gewissen, dass Du nicht mal den Mut hast mich anzuschauen, nicht wahr?*, dachte sie, und sie drückte fest mit beiden Händen ihr Gesicht; sie schaute ihr aus so kurzer Distanz in die Augen, dass ihre Adlernase sogar die Nase von Laura streifte, und sie sagte ihr: „Schau mir genau in die Augen und hör Dir jetzt endlich genau an, was ich Dir sagen werde: Ich hoffe, dass Du das, was Du mit Tilo machst, nie wieder machen wirst, es ist schlecht für Dich und Deinen eigene Ehemann, verstehst Du? Dich immer zu in dieses falsche Äußere zu flüchten und Dich darin zu verstecken, führt nur dazu, dass Dich von innen die Gewissensbisse zerfressen. Tilo ist nicht dämlich, er merkt es ebenfalls." Und während Laura sie mit gespielter Melancholie anschaute, mit gesenkten Augen wie einer dieser *Hush Puppies*-Hunde, erinnerte sich die Ärztin daran, dass ihr Tilo in seinem Delirium in der Intensivstation auch das Folgende wiederholt hatte: *Ja, ich weiß, Laura, für Dich bin ich sicher eher ein Verwirrter, ein verrückter Kranker, oder? Aber Du ...? Was bist Du?* „Glücklicherweise schreibt Tilo gerne, wie Du ja schon gesagt hast, und das ist sehr gut", sagte sie ihr und versuchte weiter ihr die entscheidende Antwort zu entlocken.

„Ja, ja ... und deshalb analysiert er sicher auch immer alle Dinge so sehr und auf so extreme Weise, dass er mir nicht zuhört und immer wiederholt, dass es besser ist *einen schlechten Zustand gegen einen ungewissen zu tauschen*", antwortete Tilos Frau in einem vorwurfvollen Ton, sie hatte sich jetzt wieder ein wenig beruhigt, aber sie hatte weiterhin einen Schluckauf, der nach Rülpsern klang.

Jede der Beiden setzte sich auf ihren Platz. Tilos Frau begann ruhig zu atmen und trocknete sich einige Krokodilstränen, die immer noch langsam über ihre linke Wange in Richtung ihrer Lippen flossen.

„Ja, natürlich ... das habe ich auch gehört", bestätigte die Ärztin und schwamm wieder mit dem Strom; dann stellte sie sieben neue Kerzen in ihren Kerzenständer und wiederholte in ihren Gedanken: *In jedem Fall ist es besser einen schlechten Zustand gegen einen ungewissen zu tauschen.* „Interessantes Sätzchen, nicht wahr? Darin versteckt sich in Wahrheit ein großer Gedanke, findest Du nicht? Ich glaube, dass das ein französischer Philosoph geschrieben hat, an dessen Namen ich mich jetzt nicht erinnere. Die Aphorismen, an die ich mich am besten erinnere und die mir manchmal helfen, die Realität besser zu verstehen, sind die des homöopathischen Arztes und humanistischen Ikonoklasten Leopoldo Tamaral aus Peru, wusstet Du das? Er sagte beispielsweise: *In dem was wir schreiben, sind wir große Lügner, haben aber immer die Ehrlichkeit im Sinn.* Ich weiß nicht, aber vielleicht ist daran ja etwas Wahres, was sagst Du? ... Oder dieser andere, der mir großartig erscheint und in meinen Augen auch perfekt auf Tilos Fall zutrifft: *Jetzt, wo ich blind werde, beginne ich mehr Klarheit zu entdecken.* Apropos Klarheit, Laura: jetzt wo ich höre, was Du sagst, wundert es mich nicht, dass Tilo so reagiert." Tilos Frau blinzelte und rollte ihre Augen, ihr Gesicht wirkte verformt, etwas lächerlich. „Wenn jemand von etwas betroffen ist, so stark betroffen ist wie Tilo, und ich sage Dir, dass ich Dir das als jemand, der Krebs hatte, auch bestätigen kann, dann entwickeln sich manchmal unterbewusst andere Eigenschaften weiter, die intellektuellen oder bessergesagt philosophischen, und das stiftet einen dazu an den Blick auf die eigene Realität zu vertiefen, das Warum hinter den Dingen zu analysieren, oder wie Du zu sagen pflegst: wenn Tilo sich gedanklich mit seinem *Morbo* und seinen Phantasmen herumtreibt und noch mehr, wenn er so gerne liest, in einem Ozean aus Büchern, Büchern und noch mehr Büchern navigiert. Hör mir jetzt gut zu, und das sage ich Dir nicht, um Dich zu verärgern ..." Seit einer Weile schon hatte die Ärztin ihre Schlüsse gezogen und sie hielt sich sehr zurück, und um ihr nicht einfach zu sagen: *Mädchen, weißt Du was: wenn ich Tilo wäre, dann hätte ich Dir schon vor einer Weile einen Arschtritt verpasst*, brachte sie das Thema auf eine reflexive, menschliche Ebene: „Du solltest wahrlich glücklich sein, dass Du gesund bist und alles im Leben tun kannst, worauf Du Lust hast. So sind die Leute unglücklicherweise, ich weiß nicht, vielleicht liegt es an den schnellen Veränderungen, der Dynamik, den Modernisierungen oder Automatisierungen oder weiß der Teufel, aber nach einer Zeit werden sie unverständlich, ungeduldig, materialistisch, kalt und sogar unsensibel, sehr unsensibel. Und deshalb, ja, deshalb ist es vielleicht so, dass sich die Mehrheit der Patienten, die ich behandle, wie Eremiten in ihren Häusern isoliert, resigniert und deprimiert ist, weil diejenigen, die ihre Freunde zu sein vorgaben und sogar ihre Familien ihnen schon vor einiger Zeit einen Tritt in den Hintern verpasst haben." *So wie ich jetzt auch Lust hätte Dich rauszuwerfen, Fräulein Fatzke*, dachte sie und verdammte ihre Gegenüber. „Und bitte entschuldige, dass ich jetzt so mit Dir spreche, denn so sind die Leute: während sie alle vital und gesund sind, ist niemand gerne mit den Kranken, also dem Abschaum, zusammen, weil sie Angst haben, ja, Angst, viel Angst, so wie Du, und sie flüchten und immer eine Maske aufsetzen."

Tilos Frau weitete ihre Augen wie eine Eule. Für einen Augenblick vergaß sie sogar all ihre Überheblichkeit und Angeberei und rieb sich mit der feinen Seite ihres Blusenärmels hart über das Gesicht. Da sich ihr Makeup durch die Tränen auf ihrem Gesicht aufgelöst hatte, hinterließ sie einen großen, braunen Fleck auf dem Stoff.

„Vielleicht sollte ich Dir das als Ärztin lieber nicht sagen, da meine Aufgabe eigentlich nur die Diagnose der Krankheit und die Heilung des Kranken ist", sagte die Ärztin weiter und schwieg einen Moment. Die Schatten der flatternden Kerzen des Leuchters tanzten auf den Gesichtern der zwei Frauen. Es war jetzt eine Stunde vergangen, seit ihre Sekretärin zur Mittagspause gegangen war und die Ärztin schaute ihre Gegenüber an, so als läse sie gerade ihre Gedanken: „Die Möglichkeiten, dass Tilo noch drei oder mit etwas Glück vier Jahre überlebt, sind sehr gering. Laut der gesammelten Ergebnisse der Laborproben, die bis jetzt gemacht wurden: Antikörper I und II, Infektion im serologischen Bild, Parameter C3, C4, CRP, Elektrophorese, Lymphozyten B und T, Leukozyten, Erythrozyten, natürliche Killerzellen, das ganze ABC der Immunglobuline und der eine oder andere Indikator, der mir noch fehlt, um weitere Vergleiche zu machen, abgesehen davon natürlich diese CIDP-Diagnose, die mein Kollege Doktor Kaminsky gemacht hat, so dass es fast sicher ist, dass es sich um einen Immundefekt handelt, mit einem deutlichen Mangel des Immunglobulins des Typen G1. Ja, und ich sage sicher, weil ich es wirklich hasse in den Diagnosen die Worte *Verdacht auf* zu benutzen, denn meinen anderen Kollegen gefällt es fast immer gut die Abkürzung *V.a.* genau dafür zu verwenden. Aber nicht, um ihren Patienten zu helfen, nein, nein, wo kämen wir denn da hin, ich bitte Dich, sondern um für sich selbst sicherzustellen, dass sie diese langen, unnötigen und teuren Behandlungen verschreiben können, die einzig und alleine die Qual und das Leiden der Kranken verlängern, und sich selbst vielleicht eine weitere Einkommensquelle zu schaffen. Und nebenbei hoffen sie, dass sie vielleicht auch noch ihre grausamen Untersuchungen an Meerschweinchen in Zusammenarbeit mit den großen Pharmakonsortien durchführen können. Ja, es ist genau so wie ich es Dir sage. So läuft es, weil einige dieser riesigen Schweinehunde sogar ihre eigene Mutter verscherbeln würden!" Jedes Mal, wenn die Ärztin auf dieses Thema zu sprechen kam, wurde sie völlig gereizt, neigte ein wenig den Kopf, griff mit ihren Händen ineinander, verschränkte ihre kleinen Wurstfinger und legte sie auf dem Tisch ab, wie um sich ein wenig zu beruhigen: „Und deshalb werde ich Tilo, ohne mir zu viel davon zu erhoffen, morgen direkt eine Immunglobulin G-Infusion legen, die man auch IgG nennt, und die einzig auf der Basis von Antikörpern erstellt wurde, die man von gesunden Spendern gewonnen hat."

„Ich verstehe nicht. Was hast Du gesagt? Gomulin? Insulin?" Da sie mit den Gedanken wie immer ganz woanders war, war es für Tilos Frau so, als ob man Chinesisch mit ihr spräche, nur selten verstand sie etwas (oder hatte sie jetzt keine Lust mehr zu verstehen?), und ihr Blick blieb auf den Ärmel ihrer Bluse geheftet, den sie selber mit Makeup beschmiert hatte, als sie sich das Gesicht rieb.

Obwohl die Ärztin mittlerweile wusste, dass sie mit Laura ihre Zeit verplemperte, machte sie sich die Mühe es ihr erneut zu erklären, aber in anderen Worten: „Ich erkläre es Dir anders: das Blut dieser Spender, die sogenannten *Immunglobuline G* oder auch *Gammaglobuline,* wird in verschiedenen Schritten gefiltert und dann in großer Zahl gereinigt, und so kann der Patient, wie bei einer Impfung, mit einer ordentlichen Anzahl verschiedener Antikörper versorgt werden, die er in diesem Fall sonst nicht hat oder die ihm fehlen, so wie Tilo ... Verstehst Du mich jetzt besser?"

„Ah ja", antwortete Laura. Sie stieß einen sonderbaren Seufzer aus und plustere ihre Wangen auf, so als wolle sie einen Ballon aufblasen, wobei sie ununterbrochen auf den braunen Heiligenschein auf dem Ärmel ihrer feinen Seidenbluse starrte, den sie selber verschmutzt hatte. *Scheiße, meine Bluse, meine schöne Bluse, wie sieht die nur aus!,* dachte sie konsterniert, so als sei es das einzige, was sie interessiere, und sie fragte nur, um überhaupt etwas zu fragen, wobei sie als Krönung noch alles falsch aussprach: „Und glaubst Du, das er so, durch diese Behandlung, durch die Anwendung von *Insulin, Lobulin,* äh, entschuldige, ich meine *Gammainsulfin,* dass Tilo dadurch geheilt werden und so sein kann wie vorher?" Sie lehnte sich in ihrem Stuhl zurück und zog am Stoff ihrer Bluse, um sich den Fleck genauer anzuschauen. *Wie dumm, so ein Fleck! Meine Bluse, meine schöne Bluse!,* dachte sie voller Ärger über sich selbst.

„Wie vorher? Was meinst Du? Drück Dich klarer aus! Ah, und noch etwas: es ist weder Insulin, noch Lobulin noch Gammainsulfin, sondern Im-mun-glo-bu-li-ne", korrigierte die Ärztin erneut genervt. Sie sprach jede Silbe einzeln aus, aufgrund des mangelnden Respektes dieser Frau, die sie nicht einmal ihrer Aufmerksamkeit für würdig erachtete, sondern sich lieber über ihre Bluse sorgte.

„Wie vorher, also, das heißt ...", und sie dachte, *nicht so verrückt oder nervig, so wie er immer ist*, „ich meine kräftig und gesund."

„Nein. In diesem Fall, und wie ich Dir früher auch schon erklärt habe, wäre das sehr schwierig, denn in Tilos Fall handelt es sich eher um einen genetischen Defekt, der sein Nervensystem und die anderen Organe schon beschädigt hat, und der ... wenn ich es Dir jetzt erkläre, wirst Du mich sicherlich nicht verstehen ..." und sie dachte nach und verdammte ihre Gegenüber in jedem Moment stärker: *Ich sehe schon, dass Dich jetzt nur Deine Bluse interessiert, Du Scheiß-Materialistin!*

Tilos Frau schrumpfte wie eine Schnecke und legte sich leicht den rechten Zeigefinger auf ihre Lippen. „Nein, sag's mir, sag es nur, ich werde es schon verstehen", sagte sie, um ihr etwas zu antworten, während sie mit Spucke über den Fleck auf der Bluse rieb; sie streckte die Spitze ihrer Zunge heraus und riss ihre Augen wie eine Verrückte auf, um zu sehen, ob der Schmutz endlich verschwand.

„In Ordnung", sagte ihr die Ärztin, und bevor sie ein Donnerwetter auf sie niedergehen ließ, beobachtete sie lieber die Proben und Pipetten, die an einer Ecke ihres riesigen Schreibtischs lagen. „Ich fahre also fort: wie Du weißt, begründet sich die erworbene oder adaptive Immunität im Organismus nach einem ersten Kontakt mit dem

Eindringling, das heißt, allen körperfremden Elementen wie Bakterien, Viren, Parasiten und so weiter, und bis sich das alles normalisiert, sich wieder adäquat im Immunsystem versammelt, können, da sich die geeigneten Immunzellen wie B- und T-Lymphozyten und Plasmazellen auch erst vermehren müssen, Tage vergehen, manchmal sogar eine Woche. Aber da dieses komplexe Abwehrsystem in Tilos Fall nicht gut funktioniert oder zumindest nicht in der erhofften Weise, wäre es nötig ihn dauerhaft oder bessergesagt ein Leben lang mit dieser Infusion zu versorgen, die hauptsächlich auf den Plasmazellen aus dem Blut gesunder Spender besteht." In diesem Moment tauchten im Kopf der Ärztin Gedanken daran auf, dass einige Pharmakonsortien dieses Produkt skrupellos kommerzialisierten und so redete sie weiter, wich aber ein wenig vom eigentlichen Gesprächsverlauf ab: „Es ist einfach eine Ungerechtigkeit und es macht mich wütend, dass diese Substanz, die im Wesentlichen nur aus menschlichem Blut besteht, unglücklicherweise nur von wenigen Laboratorien hergestellt wird, die bösartig diese Spender ausnutzen, die ihr eigenes Blut geben, sie nur mit ein paar Kröten bezahlen und es dann in Kliniken und Gesundheitszentren zu exorbitanten Preisen verkaufen."

Etwas, was die Ärztin grundsätzlich nicht akzeptieren konnte, war, dass Ungerechtigkeiten wie immer auf Kosten der Bedürftigsten und Kranken ausgeführt wurden, so wie es diese Pharmafirmen taten. „Und der Gipfel des Ganzen kommt noch, stell Dir das vor!", erläuterte sie energisch: „Da dieses Geschäft so rentabel ist, haben in den USA und auch hier in Deutschland und Europa im Allgemeinen einige Anbieter dieses Blutplasmas eine wunderbare Marktlücke entdeckt, weshalb sie überall Filialen eröffnen. Sie nennen sie: *Plasmaspendenzentrum*. Die sind so etwas wie diese computergesteuerten Melkbetriebe, von wo aus sie diese menschliche Anlage an die großen Pharmakonsortien liefern, damit die sie wiederum, diese Drecksvereine, und entschuldige meine Ausdrucksweise, in Infusionen umwandeln können, um sie dann zu Höchstpreisen zu verkaufen und das mit großen, um nicht zu sagen überhöhten Gewinnspannen."

„Ja, aber sag mal ... und diese Flüssigkeit oder Infusion, mit welcher Regelmäßigkeit wird Tilo die nun nehmen müssen?", unterbrach Tilos Frau sie, so als habe die Ärztin die ganze Zeit nur mit sich selbst gesprochen. Und als habe der Fleck auf der Bluse nicht gereicht, berührte sie nun wie einen Fetisch ihren Armreifen aus fast einem halben Kilo Gold (natürlich auch ein anderes Geschenk ihres geliebten und geschätzten Mannes), den sie am rechten Arm trug, so als sei es ein Amulett oder Aladins Lampe.

„Alle drei oder vier Wochen. Das wird vom Grad seines Mangels an IgG abhängen, den ich noch genauer bestimmen muss", sagte die Ärztin, die sich immer unwohler fühlte, und die es immer größere Anstrengungen kostete geduldig zu bleiben. „Wenn man Tilos mangelhaftes Differentialblutbild in Betracht zieht und seinen niedrigen Gesamtwert an B-Lymphozyten, der bereits sehr offenkundig und gefährlich ist, dann glaube ich, dass es in Tilos Fall ausreichen könnte, ihm alle vier Wochen eine Flasche von dreihundert Milliliter Infusion und dazu ein Fläschchen Glykosid-Serum zu verabreichen, gemischt mit einer konzentrierten Ampulle 1000 µg *Cyanocobalamin* gegen die Funikuläre Myelose, die er ebenfalls hat. Das könnte genug sein, damit seine Krankheit nicht mehr so schnell voranschreitet. Und ja, vor allem muss er wegen der chronisch inflammatorischen demyelinisierenden Polyneuropathie (CIDP), an der er dazu leider ebenfalls leidet, weiterhin morgens immer auch *Prednisolon* nehmen. Alle anderen Schmerzmittel, Tabletten und Präparate, die ihm Doktor Kaminsky verschrieben hat, werden wir absetzen und nur eine Therapie basierend auf opioiden Schmerzmitteln anwenden, die ihm ein wenig diese starken, chronischen Schmerzen lindern, die ihn ununterbrochen quälen." Die Ärztin machte eine kleine Pause, trank Wasser und fügte hinzu: „Ah, und bitte erschrecke Dich nicht, aber diese Behandlung mit Opiaten könnte bei ihm auch einen gewissen Zustand der Verwirrung auslösen, Euphorie und sogar Halluzinationen. Aber gut, da seine Erkrankung in jedem Fall irreversibel ist, werden wir nur so erreichen, dass sein Leben vielleicht etwas angenehmer ist, mit mehr Qualität und weniger Leiden." Sie beobachtete entnervt Ihre Gesprächspartnerin, so als wolle sie sagen: *Verdammte Scheiße, Du Kuh, hör endlich auf mit Deiner Bluse und Deinen ganzen Fetzen hier die Geizige zu spielen und schenk mir endlich mal Deine Aufmerksamkeit, dämliche Narzisstin!*

Tilos Frau erschreckte sich allein bei der Vorstellung, dass ihr Mann durch diese neue Medikation vielleicht halluzinieren und noch verwirrter werden könnte, derartig, dass sie mit ihren schmuckbehangenen Armen eine so abrupte Bewegung ausführte, dass sie nur durch den dadurch entstandenen Windstoß eine der Kerzen löschte.

„Willst Du damit sagen, dass Tilo noch verrückter werden wird als vorher? Ist das so?", fragte sie ohne zu blinzeln und schloss ihren Mund so kräftig, dass ihre Kiefermuskeln vibrierten.

„Äh, also, nicht unbedingt, das heißt, ich will sagen ...", damit sie ihr mehr Aufmerksamkeit schenkte, sprach die Ärztin absichtlich ausweichend und stockend, „oder bessergesagt, nicht wie vorher, weil du ihn strahlender und glücklicher erleben wirst. Ja, das ist es: glücklich. Er wird ein hübsch Verrückter sein und glücklich, ohne Druck oder Leiden oder sonst etwas." Die Farbe des Gesichts von Tilos Frau änderte sich so als wäre sie ein Chamäleon und ihr Blick schien teuflisch und völlig kalt zu werden. Sie wusste nicht, was sie antworten oder wie sie reagieren sollte, und die Ärztin fügte hinzu: „Außerdem kennst Du ja seine besondere und optimistische Art, Du wirst also sehen, dass Du es gar nicht merken wirst. Oder ziehst Du es vielleicht vor, dass er zusammenbricht und jeden Tag mehr an Schmerzen leidet?"

„Nein ... natürlich nicht", antwortete sie stammelnd. *Jetzt bin ich am Arsch, ich glaube, ich werde auch durchdrehen*, dachte sie und nagte so heftig an ihren Fingernägeln, dass sie sogar zu bluten begannen.

„Hör mal, die Sache ist die: das Problem, das ich mit Patienten wie Tilo habe", sagte die Ärztin und befeuchtete ihre Lippen mit der Zungenspitze, „das Problem ist, dass meine anderen Kollegen, wie Kaminsky, immerzu verschreiben und verschreiben, ohne sich darüber klar zu werden, dass es in vielen Fällen, obwohl es die Schmerzen linder, sogar kontraproduktiv sein und seine Situation noch verschlechtern kann. Kurz gesagt: Jeder Arzt verschreibt ihm, obwohl er weiß, dass seine Krankheit unheilbar ist, wonach ihm die Laune steht oder was er in seinem Vademekum sieht, ohne sich zumindest um seinen seelischen Gesamtzustand zu sorgen. Deshalb, ja, deshalb ..." Sie befühlte unbewusst erneut ihren verstümmelten, flachen, brustlosen Thorax, und für einen Moment überkam sie wieder jene Flut an Erinnerungen: an den Krebs, den sie gehabt hatte, an das, was man ihren Eltern angetan hatte und an all das, was sie in diesen Armutsorten in Asien erlebt und getan hatte, in den Slums Indien, in Afrika, daran wie sich die Flüssigkeiten in den Körpern der Kranken und zum Leiden verdammten Unterernährten sammelte, wie sich ihnen der Bauch aufblähte, ihre Haut trocken wurde, wie ihnen nach und nach die Haare ausfielen und ihre Knochen auch ihre Konsistenz und Kraft verloren, wie ihre Eingeweide begannen zu verkümmern und sie ihre Sinne verließen, wie sie kämpften und kämpften, nur um zu überleben, emotional leidend, sodass für viele die Hoffnung an ein Leben in einer besseren Welt ohne Leiden schon vor einer Weile gestorben war. „Es ist so, dass ich Tilo helfen möchte, damit sich sein Leben etwas verbessert und er in seiner Phantasiewelt weitermachen kann, oder, ich weiß nicht … vielleicht schafft er es einen Tages auch jenen *Ungewissen Zustand* zu finden, den er immer erwähnt und Du, Laura, als Ehefrau, und wenn Du zu dem stehst, was Du sagst, solltest ihn auch unterstützen."

Die dünnen Rauchfäden, die vom Kerzenständer aufstiegen, erzeugten in der Luft eine mystische, okkulte, enigmatische Atmosphäre.

„Und ich kann Dir auch noch etwas Anderes sagen", entschied die Ärztin sehr sicher und deutete mit dem rechten Zeigefinger wie mit einer Lanze auf sie. „Als Ärztin und gute Beobachterin, die ich bin, kann ich sagen, dass Tilo in Wirklichkeit nichts von einem Verrückten an sich hat. Mit diesem *Morbo*, das heißt, vielleicht sollte man besser dieser *MORBIDEN FASZINATION* in Großbuchstaben sagen, die ihn immer erfasst, oder vielleicht mit seinen *Plänen*, seinen Träumen, wenn er schreibt oder wenn er liest, verwandelt sich das Negative ins Positive und auf diese Weise gewinnt er glücklicherweise die Kraft, um seine Krankheit auszuhalten, all diese andauernden Schmerzen und Leiden. Vielleicht verwandelt er mit all diesen Figuren und Persönlichkeiten, die ihm in Gedanken erscheinen, auch Dich Laura, denn Du bist seine Frau und das am meisten geliebte Wesen für ihn, verstehst Du? ... Denn ja, er liebt Dich wirklich. Das kann ich Dir versichern."

„Ja, natürlich, das muss es sein", war das Einzige, was Tilos Frau sagte, während sie ohne zu blinzeln die Kerzen auf dem Kerzenständer beobachtete, so als könne sie jetzt ihre eigene Reflektion in den Flammen sehen.

„Laura, wenn Du Deinen Mann wirklich liebst und ihn willst", fuhr die Ärztin fort und schaute schnell auf ihre Uhr, da es bereits spät geworden war und sie dringend zu einem Treffen im fünften Stock gehen musste, „dann gib ihm bitte diese einzige Chance, die er noch hat, um das Leben auf seine Art zu leben, ohne ihm seine Träume oder Verrücktheiten zu nehmen, so wie Du es gesagt hast, und unterstützte ihn selbst moralisch. Das ist alles, was ich Dir sagen kann." Sie hatte noch eine Hand an ihren verstümmelten, flachen Brustkorb gedrückt, gegen die zwei acht Zentimeter langen Narben, die sich in leicht konkaver Form zwischen den Rippen absenkten.

„Aber wie? Was kann ich denn tun, wenn Du doch die Ärztin bist und in Wirklichkeit viel besser weißt, wie er zu behandeln ist?", antwortete Tilos Frau, so als wolle sie ihr die Verantwortung zuschieben, und trank dann den Rest des Wassers, den sie in ihrem Glas hatte.

„Du kannst viel tun. Und vielleicht sogar mehr als ich. Wie ich Dir vorhin schon sagte: wenn Du ihn wirklich liebst, musst Du nur den Konflikt lösen, den Du mit ihm hast, Dich ihm mehr öffnen. Wenn meine eigenen Patienten jeden Tag ihre Seelen öffnen, wenn ich Sie besuche und sie fast nackt sind und in ihren Betten mit ihren eigenen Körpersäften verschmiert, warum also kannst Du es dann nicht machen, wenn Du doch seine Frau bist und Dich bester Gesundheit und Vitalität erfreust? Um Leiden zu mildern oder zu heilen, muss man Türen öffnen, und die wichtigsten seelisch bedingten Faktoren sind Ereignisse oder Probleme mit der Umwelt, was bedeutet mit der Familie, den sozialen und kulturellen Aspekten, die ebenfalls eine wichtige Rolle in der Entwicklung von Störungen bei einem Patienten spielen. Für mich ist jede Krankheit auch als eine seelische Erkrankung anzusehen."

„Das verstehe ich nicht", sagte Laura und stand aus ihrem Stuhl auf, um ihre feine, auf einer Seite verknitterte Bluse gerade zu ziehen; sie rieb wieder etwas Spucke auf den Fleck, der mittlerweile aussah wie ein Vogelschiss, und sie nahm erneut das Glas, um Wasser zu trinken, aber da es leer war stellte sie es wieder auf den Tisch.

Laura hatte die Geduld der Ärztin jetzt praktisch zu Ende strapaziert (oder wie man vulgär zu sagen pflegt: sie ging ihr auf die Eier). *Verdammt! Ich habe in meinen fast vierzig Jahren als Ärztin aber noch nie mit irgendjemandem so meine Zeit verschwendet wie mit dieser Scheißfrau, die nicht nur eitel, sondern auch dumm ist*, dachte sie vor Wut schnaubend und feuerte ihren Zorn in ihrem Innern noch weiter an.

„Ganz einfach, dann werde ich es Dir also auf diese Weise sagen: Lass Tilo verdammt noch mal in Ruhe, lass ihn seine Sachen machen und geh ihm mit Deiner narzisstischen, verkorksten Einbildung nicht länger auf den Sack. Lass ihn nur über seine Krankheit lachen, wenn er will, und ihn auf seine witzige Art auch die Kranken und Ärzte parodieren, denn einige von denen können das wirklich gebrauchen …!" Sie schaute Laura an und war ganz außer sich, hatte Lust sie zu erwürgen und ohne noch weiter Kreide zu fressen schrie sie ihr ins Gesicht, so als kenne sie sie schon ihr ganzes Leben, und hatte dabei die Augen so weit aufgerissen, dass sie fast vollständig aus ihren Höhlen traten: „UND NOCH EINE SACHE, LUXUS LADY UND SHOPPING QUEEN … VERHALTE DICH EINMAL IN DEINEM LEBEN WIE EIN NORMALES WESEN, NATÜRLICH, WIE GOTT DICH SCHUF, ALS DU AUF DIE WELT KAMST, UND HÖR AUF DIESE SCHEISSBLUSE ANZUSTARREN, DEN DRECKSARMREIFEN, DARAUF ZU ACHTEN, WAS DIE ANDEREN DIR SAGEN, DEINEN SCHWACHSINN, DEINE KLEIDUNG, ALL DIE MATERIELLEN DINGE, DEINE ACH SO SCHÖNEN MÖBEL, DEINE KÜCHE, DEIN FERNSEHER, DEINE PUPPEN, DEINE POSE, DEINE ERSCHEINUNG, DAS ALLES, ABER WIRKLICH ALLES, WAS DIR SO WICHTIG IST, IST NUR VORÜBERGEHEND, SOGAR DU SELBST, DENN AM ENDE, WENN DU STIRBST, WIRST AUCH DU NUR NACH VERFAULTEM STINKEN UND ALS FUTTER FÜR DIE WÜRMER DIENEN!" Sie holte Luft und schaute überall hin, nur nicht zu Laura, weil sie keine Lust mehr hatte, sie zu sehen. „Und zum Abschluss, Fräulein Fatzke, weil ich als Ärztin der Immunologie jetzt gebraucht werde, will ich das Gespräch nicht beenden, ohne Dir etwas mitzuteilen, dass ich eines Tages von Henry

Miller gelesen habe und was Dein Mann Tilo vor einer Weile auch sehr schön erfasst hat: *Der schlimmste Feind des Menschen sind nicht Mikroben oder Krankheiten, es ist der Mensch selbst, sein Stolz, seine Gier, Anmaßung, Eitelkeit, Arroganz, seine Vorurteile und Dummheit. Dagegen, ja, dagegen ist bis heute keine soziale Klasse geimpft worden und kein System bietet Heilung ...*"

Die Ärztin stand wie von einem Hebel angetrieben aus ihrem Sitz auf und, ohne auch nur ihre Hand zur Verabschiedung auszustrecken, verschwand sie und ließ Laura mit lächerlich weit geöffnetem Mund in ihrem Büro zurück.

Ungewisser Zustand

„Ja, hier muss es sein ... Haufbergstr. 2, 01445 Radebeul", sagte sich die Ärztin Abigail Mangold. In ihren Händen hielt sie einen schönen Strauß aus zwölf Nelken. Sie wusste, dass Tilo an dieser Adresse wohnte, sie wollte seine Frau Laura besuchen, um sich dafür zu entschuldigen, wie sie sie am Vortag behandelt, und dass sie sie in ihrem eigenen Büro sitzen gelassen hatte.

An diesem Tag, hatte Tilos Frau die ganze Nacht über nicht schlafen können. Die Gedanken an das Erlebte ließen sie nicht los und erlaubten es ihr kaum ihre Augen zu schließen. Sie kam gerade völlig durchnässt vom Supermarkt zurück, weil es wie aus Eimern geregnet hatte. Sie war unterwegs gewesen, um Kaffee für das Frühstück zu kaufen.

„Frau Doktor Abiman, Sie!", rief sie, als sie die Ärztin vor der Tür des Gebäudes stehen sah. „Was für ein Zufall, ich wollte Sie anrufen! Kommen Sie, kommen Sie bitte herein!", sagte sie überrascht und lud sie in ihre Wohnung ein. Ohne ihre nasse Jacke abzulegen, half sie der Ärztin dabei ihr Sakko und ihr Halstuch an dem Haken aufzuhängen, der sich auf einer Seite hinter der Eingangstür befand.

„Danke, vielen Dank", antwortete die Ärztin ein wenig ängstlich, und bevor ihre Gegenüber weitersprechen konnte, fügte sie hinzu: „Ich bin nur gekommen, um mich zu entschuldigen, ich weiß, dass ich mich gestern sehr, sehr schlecht verhalten habe, ich war sehr rücksichtslos Dir gegenüber." Da sie es weder gewohnt war diese Art von Dingen zu tun, noch daran die Häuser ihrer Patienten zu betreten, fühlte sie sich unwohl und vermied zum ersten Mal den direkten Blickkontakt. „Ich habe in Wirklichkeit keinerlei moralische Autorität, um über Dich zu urteilen, und noch weniger, um Dir zu sagen, was Du richtig oder falsch gemacht hast", fügte sie hinzu. „Ich fühle mich schlecht, sehr schlecht. Verdammt! Ich glaube, dass ist die Schuld all meiner Ziehkinder, ich meine all der Kranken, die mich mit all ihren Problemen manchmal so weit bringen. Bitte verstehe, Laura, dass mich das alles sehr betroffen macht, sodass ich die Gewohnheit habe mich über alles, was ich tue oder sage zu beschweren. Vergib mir, vergib mir!" Und in offensichtlicher Büßerpose neigte sie den Kopf ein wenig zur Seite. „Ich weiß, dass das als Ärztin nicht gut ist, ich muss noch besser lernen nicht so sensibel zu sein, sondern mit dem Leiden der Anderen neutraler umzugehen, verstehst Du? Ich kann die Art, auf die meine Patienten leiden, einfach nicht ertragen, das ist alles. Vielleicht fällt es mir deshalb auch so schwer mich in Andere hineinzuversetzen, die gesund sind, so wie in Deinem Fall als seine Frau. Glaub mir, dass es nicht meine Absicht war Dich zu verletzen, als ich Dir all diese Grausamkeiten gesagt und Dich alleine in meinem Büro sitzen gelassen habe, so als wärest Du nichts." Die Ärztin klopfte ihre Schuhe an der Fußmatte am Eingang ab, und hastig oder sogar etwas unbeholfen reichte sie Laura den Strauß mit den zwölf Nelken, jede einzelne in einer anderen Farbe, weil sie wusste, dass sie diese Blumen mochte. „Hier, die sind für Dich ..."

„Für mich ...? Ach, danke, die sind aber schön, wirklich hübsch! Ich habe nie so große Blumen in solchen Farben gesehen!", sagte Laura erstaunt. Ihre Hände zitterten. Sie schaute jede Blume an und streichelte vorsichtig einige Blütenblätter, so als frage sie sich: *Und warum das jetzt?* „Nein, Abiman, Du irrst Dich! Ich bin es, die sich in Wirklichkeit entschuldigen muss, nicht Du. Deshalb wollte ich Dich auch anrufen. Du hast mit allem Recht gehabt ..." Ihre Augen wurden feucht und sie umarmte sie weinend und von Emotionen überwältigt, sie zerquetschte den Blumenstrauß, sodass die Ärztin schließlich ebenfalls zu weinen begann. „Ach, ich Idiotin, ich heule schon wieder wie ein Schlosshund", sagte sie und stieß ein klägliches Lachen aus, so als wolle sie sich entschuldigen und fuhr sich mit der Hand über die Augen. „Aber warum kommst Du nicht rein, ich wollte gerade frühstücken. Los, komm, komm rein, ich lade Dich ein!" Die Ärztin trocknete sich ebenfalls ihre Tränen, putzte sich die Nase und schnäuzte sich in ihr schmutziges Stofftaschentuch, das wie ein Küchenhandtuch aussah. Keine der Beiden traute sich etwas zu sagen, sie blieben stehen wie Statuen, sie waren sprachlos und schauten sich wie hypnotisiert an, so als erkläre dieses Schweigen zwischen ihnen alles.

Während sie durch den weiten, von kleinen, kunstvoll in die Decke eingelassenen Halogenlampen erleuchteten Flur liefen und ihre Füße auf den Teppich setzten, der so weich wie ein Schwamm war, war die Ärztin vom Luxus und der Pracht des Hauses überrascht.

„Was für ein schönes Haus, wie luxuriös. Jetzt verstehe ich, warum Du Dir immer solche Sorgen machst", deutete die Ärztin lächelnd an, da sie, als Frau mit einem einfachen, praktischen Lebensmuster, die immer von Kranken umgeben war und sich beschmierte und beschmutzte, um den Bedürftigsten und am schlimmsten auf diesem Planeten Leidenden zu helfen, von dieser Pracht geblendet wurde.

„Komm, setzen wir uns lieber ins Wohnzimmer, was denkst Du? Ich will, dass Du Dich wie Zuhause fühlst, mach es Dir bequem!", sagte ihr Laura und setzte sich zuerst; sie berührte die Knospe der größten Nelke und roch daran. „Die sind schön, wirklich schön. Ich werde sie in meine Blumenvase aus Meissener Porzellan stellen, die mir Mama Emma geschenkt hat. Das ist meine Schwiegermutter, oder Ex-Schwiegermutter bessergesagt, die Mutter von Hans, meinem ersten Mann, der bereits verstorben ist."

Die Ärztin hatte auch schon aus Tilos Mund etwas über Hans und eine gewisse Mama Emma gehört, eine unglückliche, krankhaft egozentrische Alte, die immer sehr laut und ausschließlich über ihre eigenen Sachen sprach, niemanden je ausreden ließ und sich auch nicht dafür interessierte, was die anderen zu sagen hatten, sodass die Ärztin, nach allem was sie wusste, das Thema lieber nicht anreißen wollte und es vorzog zu schweigen.

„Aber Du hättest Dir die Mühe nicht machen sollen, Abiman", sagte Tilos Frau und stand auf, öffnete ihre elegante Vitrine und holte die feine Porzellanvase heraus. „Warte eine Minute auf mich, ich gehe in die Küche und gebe ihnen Wasser und bereite das Frühstück vor. Worauf hast Du Lust? Tee, Kaffee, Milchkaffee oder nur Milch?

Wenn Du willst, kann ich Dir auch Rührei machen." Laura sprach mit ihr, als ob sie sie seit Jahren kennen würde.

„Danke, wenn es Dir nichts ausmacht, dann nehme ich einen Saft, denn Kaffee habe ich schon vor dem Losgehen getrunken. Ah, aber das Rührei nehme ich gerne. Hm, wie lecker, ich liebe Eier und besonders Rührei, das ist noch besser!" Während die Ärztin sprach, berührte sie das feine, weiche Kalbsleder des Sofas, so als streichle sie die Haut eines lebendigen Wesens. „Sehr gute Qualität, oder? Ich glaube, ich werde den betagten Lederstuhl austauschen, den ich im Büro habe. Weißt Du, wie viele Jahre ich den schon habe …? Mindestens fünfundzwanzig." Und sie lachte vor Nervosität, weil sie wusste, dass sie den Stuhl nicht austauschen würde, und schon gar nicht gegen etwas so teures wie dieses Leder.

„Ja, das ist sehr edel, es hat mich, äh, entschuldige, ich meine Tilo, es hat Tilo viel Geld gekostet, denn er war es, der es für ungefähr zehn Tausend Euro gekauft hat. Und alles extra in Italien handgefertigt, oder hast Du etwas anderes erwartet?", fragte Laura mit geschwollener Brust.

Die Ärztin war erstaunt über all diesen Luxus und seine Zurschaustellung, aber es kostete sie auch viel Kraft das alles nicht mit dem zu vergleichen, was sie in den Siedlungen in Afrika erlebt hatte, oder an der Seite dieser Kinder in Kambodscha, die Unfälle mit Sprengstoffresten überlebt hatten, oder mit all diesen anderen Orten, an denen die Menschen nichts hatten außer Schmerzen, Armut und Trauer. Während Laura das Frühstück in der Küche vorbereitete, ließ die Ärztin ihren Blick über jeden Winkel des Wohnzimmers streichen, ohne dass ihr auch nur ein Detail entgangen wäre: so wie die große, chinesische Porzellanvase mit Zeichnungen nackter Buddhas und Drachen, die in der Mitte eines großen, ovalen Tisches stand; oder der Bonsai in einer Ecke, neben dem riesigen Bildschirm eines Fernsehers, über den sie Tilo auf der Intensivstation so viel hatte reden hören; ihr fiel auch auf, dass der Boden so makellos glänzte wie ein Spiegel, sie bemerkte die elegante, meisterhaft gefertigte italienische Mahagonivitrine, die Laura gerade geöffnet hatte, um die Vase von Mama Emma herauszuholen; oder diese sündhaft teuren Originale bekannter, zeitgenössischer Maler wie *Hessam Abrishami, Bernhard Heisig, Tim Barton*, die dort wie in einer Museumsausstellung an der größten, mit dunkelbraunem Kork bedeckten Wand hingen; oder diese zwei schweren Elefantenstatuetten aus Elfenbein und andere Ornamente aus afrikanischem Holz, die sich auf einer großen, runden Glaskonsole von anderthalb Metern Durchmesser befanden, die an das größte Fenster grenzte. Sie prüfte heimlich mit dem Fuß die Qualität dieses riesigen, dicken Perserteppichs aus Ziegenwolle, der quasi den gesamten Boden des Wohnzimmers bedeckte. *Mein Gott, was für eine Verschwendung! Wie viele Euro mag ihn wohl dieser Fußabtreter gekostet haben ... Hunderttausend, zweihunderttausend oder dreihunderttausend?*, fragte sie sich und betrachtete kopfschüttelnd den Teppich, bedrückt von solcher Verschwendung und in dem Wissen, dass die Leute sich im Kongo sogar für ein Stück Brot umbrachten. Sie beobachtete auch ein wenig überrascht, böse und genervt diese eleganten Vorhänge in einem milden Melonenton, die das Licht diskret filterten, oder diese zwei Puppen aus der Kollektion *Zwergnase* von fast einem Meter Höhe, beide schön angekleidet und aus einem Spezialmaterial hergestellt, sodass sie aussahen wie aus Fleisch und Blut. Sie saßen am anderen Ende dieses bequemen Dreisitzer-Sofas. *Verdammt, wenn so das Wohnzimmer aussieht, wie sehen dann die anderen Zimmer aus?*, dachte sie etwas verblüfft beim Anblick von so viel versammeltem Pomp, und so konnte sie mit eigenen Augen das feststellen, was Tilo an jenem Tag im Fieberwahn gesagt hatte.

Die beiden Frauen setzten sich endlich zum Frühstücken zusammen und gestanden sich aufgewühlt all die Dinge, die sie am Vortag falsch gemacht hatten oder die sie gerne besser gemacht hätten; die eine entschuldigte sich ständig bei der anderen. In dem Maße, wie sich das Gespräch intensivierte, gewann Laura an Vertrauen und sie gestand der Ärztin: „Glaub mir, ich sage Dir das ganz ehrlich: Du hast Recht, ich hätte Dir bei dem, was Du mir gestern gesagt hast, lieber zuhören sollen, ich werde mich bemühen mich zu ändern. Ja, ich werde mich ändern, ich werde mich ändern." Sie wiederholte diese Aussage mehrmals, während sie das Glas der Ärztin mit mehr Saft füllte und schüchtern lächelte, so als verberge sie immer noch etwas. „Ich werde ihn jetzt nicht mehr so kritisieren, und das ist nicht alles: ich werde ihn sogar unterstützen, ja, ich werde ihn auch bei seinen *Plänen* und mit der *Grupo* und all dem unterstützen ..." In ihrem Kopf brodelte es, sie hielt es nicht länger aus und sagte der Ärztin schließlich: „Nur seine Freunde, dieses degenerierte Schwein Pocho und der Cholo Quispe mit seiner Quenaflöte, die ekeln mich so an, ich halte die nicht aus, immer muss ich die sehen, folkloristische Schmarotzer, die sollten Maiskolben auf der Straße verkaufen. *Gringuita, Gringuita* nennen sie mich immer, diese Idioten, so als wäre ich was weiß ich wer ... Das Sperma, ja, das milchige Sperma ist es, was ihnen ständig aus den Augen quillt! Scheiß geile Säcke!"

Nach diesem Ausbruch zählte Laura im Stillen bis zehn, atmete tief ein und beruhigte sich.

Die Ärztin schaute sie nachdenklich an, weil Sie sie im Grunde, tief im Grunde ihres Wesens etwas beneidete: *Ja, aber wen, wenn nicht Dich sollen sie denn angucken, denn Du bist hübsch und attraktiv. Aber ich, was bin ich denn ...? Nur eine hässliche, bucklige Hexe.*

„Entschuldige bitte, aber das musste ich Dir sagen", entschuldigte sich Laura mit einer verärgerten Grimasse. „Ich glaube, dass es ein Mentalitätsproblem ist, weshalb ich mich an diese Art von Leuten nicht gewöhnen kann. Deshalb habe ich Tilo auch einmal, kurz nachdem wir uns kennengelernt hatten, gesagt, dass ich niemals mit ihm nach Peru gegangen wäre, um dort zu leben, keine zehn Pferde hätten mich dorthin gebracht. Aber gut, da ich ihn liebe und immer geliebt habe, muss ich auch lernen toleranter und verständnisvoller gegenüber seinen Freunden zu sein, denkst Du nicht?" Ihre Stirn kräuselte sich und in ihren Augen begann sich erneut das Wasser zu sammeln.

Die Ärztin war berührt und umarmte Laura, fast hätte sie erneut zu schluchzen begonnen, sie wollte ihr sagen: *Schau mal, glaub nur nicht, dass ich perfekt bin, und ich bedaure es sehr, dass ich wie eine Idiotin diese direkten, taktlosen Dinge gesagt habe, die mir immer rausrutschen und die für viele Leute sehr verletzend sind. Vielleicht hassen mich deshalb auch viele und können mich nicht mal aus der Ferne ertragen ...* Und sie betrachtete aus den Augenwinkeln den perfekt geformten Körper von Laura mit seinen wohlproportionierten Kurven und dachte: *Ach Du, mit Deinen zwei perfekten Brüsten und diesem festen und runden Hintern, mit dem man sogar Tote wiederbeleben könnte. Aber gut, das ist nicht wichtig, deshalb habe*

ich freudig diesen Beruf gewählt: damit mich die Kranken lieben können, denn so übel, wie ich zugerichtet bin, habe ich es nie geschafft mit einem Mann zusammen zu sein, der mich wirklich als Frau liebt, so wie in Deinem Fall ...
Sie beherrschte sich, presste ihre Lippen fest aufeinander und sagte nichts.

„Ich war sehr egoistisch und rücksichtslos gegenüber Tilo, ich weiß, ich weiß", fuhr Laura fort. „Das alles tut mir sehr leid, weil er das wirklich nicht verdient hat. Tilo ist ein Geschenk Gottes, er war immer sehr gut, liebevoll, freigebig und sehr offen mir und allen anderen gegenüber, vielleicht sogar zu sehr. Er hat mir immer Freude bereitet und mit allem geholfen, mir, meiner Tochter Karina und allen anderen. Wir leben schon mehr als zwanzig Jahre zusammen, Abiman! Ich kenne jede einzelne Sommersprosse, die er auf dem Rücken hat, seine Reaktionen, seinen Geschmack, seine Denkweise, alles, alles kenne ich. Du hast mir glücklicherweise dabei geholfen mir die Augen zu öffnen, Abiman. Ich erkenne jetzt, dass ich ihn aufgrund meiner Eitelkeit und meines Egoismus manchmal sehr schlecht behandelt und seine Gutmütigkeit ausgenutzt habe."

Die beiden Frauen waren sehr bewegt, sie trockneten sich beide mit dem knittrigen und schmutzigen Taschentuch der Ärztin die Tränen.

„Es ist gut, es reicht jetzt mit dem Geheule und dem Melodrama, Laura, heute ist mein Geburtstag und das müssen wir feiern", schlug die Ärztin vor, ganz auf ihre spezielle Art und Weise. Und es stimmte: an diesem Tag wurde die Ärztin tatsächlich sechsundsechzig Jahre alt. „Warum löschen wir diesen Brand nicht mit einem guten Drink? Oder soll ich lieber die Feuerwehr rufen?", sagte sie ironisch, um das Thema zu wechseln, dann stand sie auf, ging zu den Elefantenstatuetten aus Elfenbein hinüber, erinnerte sich daran, was sie in Afrika erlebt hatte und ließ eine ihrer sarkastischen Anspielungen los: „Schöne Dekoration, hm? ... Ich verstehe nicht, warum die Leute so verrückt nach den Stoßzähnen dieser armen Tiere sind, wenn man sie in China, wo doch alles nachgemacht wird, sicher auch perfekt aus Plastik herstellen könnte. Hm, jedenfalls ... Du hast nicht zufällig auch ein paar *Blutdiamanten*?" Und sie lachte alleine vor sich hin.

„Ich weiß, dass ich mich", fuhr Laura zu beichten fort, so als interessiere sie der Kommentar ihres Gastes nicht, „seit Tilos Erkrankung wie ein Feigling verhalten habe, ein schäbiger Feigling, verstehst Du ...?" Und sie ging zur Ärztin hinüber und ergriff ihre Hand, so als wolle sie jetzt einen Pakt mit ihr schließen. „Da ich weiß, dass ihm die neuen Medikamente den Kopf noch mehr verwirren werden, wäre es wohl das sinnvollste mich so zu verhalten, wie Du sagst: offener zu sein und seine Spinnereien alle zu akzeptieren." Sie lachte schüchtern, so als zweifle sie einen Augenblick daran, was sie gerade gesagt hatte; ihre Augen erschienen wie die der *Mona Lisa*: Das eine traurig und das andere erleichterter, ruhiger. „Das heißt, dass ich sagen will, dass ich mehr bei ihm sein, ihn mehr in den Sachen unterstützen werde, die ihm Freude machen, seinem Zeitvertreib. Wir werden mehr zusammen sein und nicht so distanziert wie jetzt. Ich glaube, nur so werde ich mich ruhiger fühlen und nicht so sehr merken, wie ihn diese verdammte Krankheit jeden Tag mehr verzehrt ..."

Nach einigen weiteren Geständnissen schlossen die beiden Frauen nicht nur einen Pakt, sondern sie feierten als krönenden Abschluss auch bis zum Morgengrauen den

Geburtstag der Ärztin mit vier Flaschen Champagner *Armand de Brignac Brut Gold* und wie siamesische Zwillinge hingen sie am nächsten Tag zusammen mit einem höllischen Kater auf dem Sofa im Wohnzimmer.

Fast zwei Jahre nach dieser unerwarteten Begegnung waren aus Laura und der Ärztin enge Freundinnen geworden. Sie verstanden sich wirklich blendend, oder versuchten es bessergesagt, da die Ärztin am Ende fast immer nachgeben musste.

Eines Morgens schien es so, als ob Tilo sich bei einer tiefen und angenehmen Siesta erholte; er saß auf einem elektrischen Rollstuhl in seinem Zimmer. Seine rechte Hand war steif und ausgestreckt und seine Finger lagen gespreizt auf dem Steuerknüppel des Rollstuhls. Seit etwa vier Monaten konnte er seine linke Hand nicht mehr bewegen, so wie fast seinen gesamten Körper, er hat auch die Fähigkeit zu sprechen verloren und atmete nur noch mit Hilfe eines Sauerstofftanks, der an der Rückseite seines elektrischen Rollstuhls befestigt war. Tilo war an diesem Morgen vor fast einer halben Stunde gestorben. Er hing ein wenig schief, seine Augen waren geschlossen, so als schliefe er, seine Züge spiegelten eine große Gelassenheit wider, Frieden, Zufriedenheit, so als habe er endlich jene lange Unterhaltung mit Morbo abgeschlossen, dieses endlose Selbstgespräch, das in seinem Inneren obsessiv gewachsen und gewachsen war und ihn nie hatte zur Ruhe kommen lassen. Zu seiner Rechten, auf einem Rolltischchen, lagen ausgedruckte Seiten, die er gerade geschrieben hatte und die er noch hatte durchsehen und den anderen zweihundert ausgedruckten Seiten hinzufügen wollen, die sich in einem Ordner befanden, der mit dem Titel *Unge-*

wisser Zustand beschriftet war. Auf den losen Blättern stand Folgendes:

Verdammt, heute bin ich, glaube ich, wirklich über das Ziel hinausgeschossen! ... Ich fühle mich leicht, einfach nur leicht, so als würde mein ganzer Körper verdunsten. Hey, Abiman, obwohl ich dieses Mal lieber Abi nennen möchte, denn alles muss kurz sein, da mir das Leben heute sicher aus den Händen gleitet: dieses antispasmatische Aerosol, das ist wirklich gut! Ich habe Deine Anweisungen in Bezug auf die neue Dosis ignoriert, die Du mir verschrieben hast, und ich so habe ich diese letzte Packung Cannabidiol wie nichts verputzt; außerdem habe ich mir natürlich von den letzten Morphium-Zäpfchen vier Stück nacheinander in den Hintern geschoben wie Torpedos. Denn Morbo nervt mich wieder, es scheint, als ob er jetzt die Waffenruhe brechen möchte. Und ich bin, um ehrlich zu sein, müde, sehr müde. Entweder verschwindet er, oder ich ... Ja, ja, ich weiß: laut Deines letzten Rezeptes müsste ich schon längst bei diesem Quacksalber im Universitätsklinikum Carl Gustav Carus sein (Heilige Scheiße, was für ein Name! Warum kürzen die das nicht lieber mit CGC ab? Obwohl, wenn ich darüber nachdenken, dann lieber nicht: auf Englisch könnte das paradoxerweise Certified Guaranty Company bedeuten). Und laut Deiner Empfehlung ist es auch notwendig, dass sie mir dringend für eine Muskularbiopsie den Deltamuskeln wie einen Fleischspieß durchbohren, da Du vermutest, dass ich in den wenigen Fasern, die mir geblieben sind, noch etwas anderes ausbrüte. Aber okay, ich warte jetzt sicherlich schon seit drei Monaten auf diesen Aufenthalt, diese Einweisung oder wie das heißt, und ich habe bis heute keinerlei Bestätigung erhalten, und ich schwör Dir, dass die mich aber mal am Arsch lecken können, in den ich mir gerade diese vier Morphinprojektile gesteckt habe. Sicherlich bin ich als chronisch Kranker für sie nicht so rentabel wie einer, dem sie die Hüfte für eine Prothese mit Titangelenk aufsägen sollen, oder, ich weiß nicht, vielleicht auch komplizierter als irgendein anderes Opfer, dem sie einen Schnitt von dreißig Zentimetern auf dem Bauch machen und ein Geschwulst entfernen müssen. Hoffentlich nähen sie dieses Opfer danach nicht überhastet zu und vergessen drinnen eine Klemme, einen Skalpell oder irgendein anderes chirurgisches Instrument. Und es ist wirklich ein armes Opfer, wenn es dazu noch ein Festmahl für diese resistenten Keime wird, die sich aufgrund von mangelnder Hygiene immer in diesen Operationssälen herumtreiben, oder es an der Brutalität dieser Antibiotika leiden muss, die einige Doktörchen wie Kaminsky oder der langhaarige Rossmann so gerne verschreiben. Und dazu erzählen sie mir noch das Märchen, dass in einigen Spezialkliniken die Operationen jetzt Roboter machen. Aber ich halte lieber meinen Schnabel und sage nichts mehr. Ah ja, und Du, Morbo, um das Thema zu wechseln: Du wirst doch nicht etwa glauben, dass ich mich so schwebend und glücklich fühle nur durch den Effekt dieses Marihuanas.

Ich bin echt so high, happy, super happy, weil meine geliebte Frau Laura endlich nicht mehr so, ich will nicht sagen nervig oder nicht mehr so auf die materiellen Dinge fokussiert, ist (im Gegenteil, ich glaube sogar, dass das stärker geworden ist). Sie ist immer ganz schickimicki, fein und exklusiv, die perfekteste und hübscheste Frau auf diesem Planeten, aber doch ein wenig (oder genauergesagt: ein klein wenig) offener und toleranter. Leider nur mit mir und nicht mit den kupfer- oder dunkelhäutigen Dritte-Weltlern, die meine Freunde sind. Seitdem zum Beispiel Pocho, mein treuer Gefährte und Verbündeter, sich den Bart bis zur Brust hat wachsen lassen, ist ihre Fremdenfeindlichkeit so stark geworden, dass sie jetzt sogar Teil dieser PEGIDA-Bewegung geworden ist, die gegen Asylanten, Kriegsflüchtlinge und Flüchtlinge aus Krisenzonen in Dresden protestiert. „OH, ich hab solche Angst ...! Aber der sieht doch genauso aus wie der selbsternannte Kalif dieses Islamischen Staates. Sicher ist er mittlerweile auch Terrorist geworden." Das hat sie mir vor ein paar Tagen gesagt, weil sie wie immer alles über einen Kamm schert. Apropos, meine geliebte Frau: wegen dieses zweihundertsten, ja, zweihundertsten Schuhpaares, das sich mein kompulsives Aschenputtel jetzt gekauft hat, musste ich ihr zu allem Überfluss noch einen größeren Schrank schenken, weil ihr der jetzige einfach zu klein wurde. Und um Ärger zu vermeiden, sagte ich ihr einfach: „Kauf, kauf nur alles, was Du willst, Schatz, und mach Dir keine Sorgen! Du willst natürlich nicht, dass jemals irgendjemand etwas in Deinem schönen, parfümierten, gut belüfteten Schlafzimmer in Unordnung bringt, außer natürlich Deine beiden Adoptivtöchter für tausend Euro, äh, ich meine diese schönen Plastikpuppen der Kollektion Zwergnase, die Du immer so pflegst. Pack also alle Deine Schuhe, Handtaschen und den Schmuck, den Du nicht mehr so viel benutzt, in diese Tasche und bewahre sie ruhig in meinem Zimmer unter dem Bett auf." So stehen die Dinge Morbo, und ich glaube, so werden sie weitergehen. Wie mein Vater zu sagen pflegte: „Auch wenn ein Affe Seide trägt, bleibt er ein Affe." Und ich glaube, da ist etwas dran. Ah, aber wer sich wirklich verändert hat, eine Änderung wie Tag und Nacht, das sind diese lieben Alten im Altersheim. Das Fotoshooting, das wir im Heim mit der Genehmigung von Doktor Abiman und ebenfalls, auch wenn es ihr anfangs schwer fiel, mit der Hilfe von Laura gemacht haben, war ein totaler Erfolg. Und ich muss Dir sagen, dass Fräulein Fatzke, das heißt meine hübsche und wundervolle Frau, die immer so „in" ist und den letzten Schrei aus der Modewelt trägt, sehr mit ihren Ideen geholfen hat. Als wir dieser einen schlechtgelaunten Meckeralten, die fast haarlos ist und wie ein Mann aussieht, die Perücke Dreadlocks aufgesetzt haben und ihr das Gesicht mit Schuhcreme beschmierten, sodass sie aussah wie Bob Marley ... Hahaha ...! Das war großartig! Laura erinnert sich bis heute noch gerne daran und macht sich fast nass vor Lachen. Das hat mich so begeistert, dass ich mich daran machte meinen ultramodernen, elektrischen Superrollstuhl mit Turboantrieb, in dem ich hänge wie das Genie und der Einstein-Nachfolger Stephen Hawking (damals konnte ich meine beiden Hände natürlich noch besser bewegen und mit meiner unverwechselbaren Piepsstimme wenigstens noch einige Worte sagen), neben sie zu fahren und diese miesmutige Alte heimlich auf einige Züge Cannabidiol (das heißt Cannabis) einzuladen. Und kannst Du Dir vorstellen, Morbo, was sie danach gemacht hat ...? Du wirst es mir kaum glauben: also, sie sang uns in perfektem jamaikanischen Englisch „No woman no cry" vor und mit roten Augen und vom Marihuana beeinflusst, sagte sie uns anschließend in unglaublich fließendem Englisch: „Smoking herb is freedom. If you want to be free, just smoke herb." Wenn Du sie jetzt siehst, wirst Du feststellen, dass sie sich im weiteren Verlauf ziemlich schnell in eine Morphinabhängige verwandelt hat, weil sie sich später auch eines meiner Schmerzzäpfchen in den Hintern gesteckt hat. Es ist jedenfalls sicher, ist dass ihr Enthusiasmus so auf den Raum zurückstrahlte, dass wir uns nach der Ankunft von Abiman, Laura, Pocho und dem Cholo Quispe (natürlich mit seiner Quena-Flöte um den Hals und der Charango-Mandoline über der Schulter) sofort daran gemacht haben ein leer stehendes Zimmer herzurichten, um das beste Fotoshooting aller Zeiten durchzuführen. An diesem Tag haben wir sogar Projektoren mit speziellen Lichtern aufgestellt, die ich vorher gekauft hatte, und eine große, papageien-

grüne Leinwand von dreimal drei Metern als Greenscreen aufgehängt; außerdem hatte ich natürlich meine Super-Digitalkamera mit speziellem pentaprismischem Sucher und Fokus mit Bildschirmausschnitt zum Auslesen des Belichtungsmessers und allem drum und dran dabei. Außerdem hat mich auch der große Mario Testosterono, äh, ich meine Testino beraten, aber natürlich nicht kostenlos, denn ich musste seiner Hilfsbereitschaft, obwohl er mein Kommilitone an der Universidad del Pacífico in Lima war, erst einmal mit achthundert Euro nachhelfen. „Festpreis nur für Freunde, mein Bruder", sagte er mir noch ganz selbstgefällig. Erinnere Dich an diesen Tag, Morbo: wir haben die Umgebung sogar mit einer speziellen Dekoration vorbereitet und das alles Dank Laura, die wirklich eine Meisterin ist, wenn es um Farben und Geschmack geht. Und klar ... in der Wartezeit war es die Ärztin Abi selbst, die bei allen die jeweilige Anamnese durchführte, mit Zuckerkontrolle, Blutdruckmessung und allem, und es dann auch übernahm im Besonderen diejenigen Alten als Modelle für die Aufnahmen auszuwählen, die psychosomatisch am stärksten geschädigt waren, so wie auch die an Sklerose leidende Gertrude, an die ich mich immer liebevoll als Emiline erinnere. Aber vorher, und hier wird es erst interessant, Morbo, habe ich natürlich heimlich alle Auserwählten versammelt, damit sie mir ihre Münder öffnen und so jeder von ihnen die wundervolle Dosis von drei Zügen über 5 Milligramm Delta 9-Tetrahydrocannabinol erhält (das heißt pures und super konzentriertes Marihuana). Hahaha...! Alle waren super happy. Und der Cholo Quispe wollte auch seine Ration, und ich sagte ihm: „Du? Am Arsch! Für Dich habe ich etwas anderes ..." Und ich gab ihm also einige lose Kokablätter zu kauen, die er mir eines Tages nach seiner Rückkehr aus Cusco geschenkt hatte. „Kau nur, kau ordentlich auf Deiner Alfalfa, Cholo", erinnere ich mich ihm zu sagen, „und jetzt komm und begleite mich mit Deiner Quena und der Charango, damit wir alle zusammen einige Bob-Marley-Hymnen singen können!" Und so interpretierten wir am Ende alle völlig drauf und zufrieden „Get Up Stand Up", „Three Little Birds", „Love I Can Feel", „Ba Ba Boom", etwas mehr Reggae hier, ein bisschen kubanischen Reggeaton da, Peace and Love, I'm so happy ... solche Sachen. Da der Cholo Quispe von einer tiefen Peru-Nostalgie erfasst wurde, wollte er die berühmten peruanischen Musiker Pastorita Huaracina, Picaflor de los Andes und Jilguero de Huascaran spielen. Und natürlich wollte er auch auf seiner Quenaflöte den gesegneten El Condor Pasa trällern, aber das habe ich kategorisch abgelehnt: „Scheiße, Cholo, nicht schon wieder! ... Ich weiß, dass Deine heimischen Wurzeln nach Dir rufen, aber wir sind jetzt in Deutschland. Wenn Du willst, kriegst Du auch drei Züge Marihuana und dann kannst Du eine Version von Bushido-Hip-Hop auf Quechua probieren, ja?" Das sagte ich ihm und kniff ihm liebevoll in seine dicke Wange, die mit einer Mischung aus Kokablättern, Kalk und Speichel gefüllt war, die er so lange ge-

kaut hatte, dass sie sich zum einem Klumpen in seinem Mund verbunden hatten. Und erinnere Dich auch an diesen Einen, Morbo, einen dicken Alten, wirklich sehr füllig, der fast sein gesamtes Leben in Neuseeland gelebt hatte und der Fernweh bekam, auch wenn er, wenn man es genau bedenkt, eher wie ein Paranoider wirkte, dem eine Psychoanalyse gut getan hätte, also dem Alten, meine ich, der sich als Maori-Krieger verkleidet hatte und nackt bis auf die Unterhose seine Zunge herausstreckte, den Mund weiter aufriss, als ich es jemals gesehen habe, und auf Maori brüllte: „TAMA A TE UWHA!" (Was übersetzt so viel bedeutet wie: verdammte Scheiße.) Erinnere Dich daran, dass sich ihm sogar der Kiefer verkrampfte, sodass er ihn nicht mehr schließen konnte und wir einen anderen Arzt rufen mussten, weil weder Doktor Abi, noch meine Frau, noch Pocho, noch sonstjemand ihm den Mund schließen konnte. Aber die Geschichte endet nicht so, Morbo, und ich sollte sie Dir wohl besser zu Ende erzählen, bevor Dein Heißhunger auch die letzten spärlichen Minuten verschlingt, die mir noch bleiben, denn ich kann fühlen wie jetzt nach und nach all meine Organe ihren Geist aufgeben und mir aus einfacher Schwäche, oder Rachitis oder weiß Gott warum die Augen zufallen. Und es scheint so, als ob ich Gertrude wiedersehen werde (das heißt Emiline), der ihre Verkleidung als Großmutter von Rotkäppchen an diesem Tag so sehr gefallen hatte, dass sie sie auch während des Fotoshootings nicht ausziehen wollte und so habe ich einige Fotos von ihr in diesem Aufzug in ihrem Bett gemacht, mit ihrem Blümchenpyjama und ihrer Pudelmütze. „Wenn ich jetzt sterbe, Tilo, Tilolein, Tilolein", sagte sie mir ganz deutlich und wiederholte meinen Namen wie einen Glockenklang, sie grinste so breit vor Freude, als verspotte sie mich. „Als Großmutter meiner geliebten Enkelin Rotkäppchen, sollte ich das lieber hier tun, schön ins Bett gekuschelt und versteckt. Hahaha...!" Und sie lachte und zeigte mir ihre drei einzigen verbliebenen, schiefen Zähne, bis sie dann ihren ganzen Körper mit der Decke bedeckte und man nur noch ihre faltigen Schildkrötenaugen sehen konnte. „Ah, und noch etwas Tilo Tilolein Tilolein: Wusstest Du, das ich selbst den Bösen Wolf verschlungen habe? HAHAHA!" Und so verarschte sie mich immer. Und es war sehr interessant und dazu komisch, weil diese poetische Deformation, die Gertrude dem Märchen der Brüder Grimm verpasste, mich sofort an die „Reise um den Tag in 80 Welten" des Cronopisten Julio Cortázar denken ließ. Deshalb bin ich auch stolzer als jemals zuvor, dass ich diesen letzten Plan von mir erfolgreich durchführen konnte. Ich habe einen wahren Meilenstein in der Geschichte dieses Altenheims gesetzt. Ja, mein Herr! Sogar den Hauptflur haben wie verändert, da dort jetzt die Fotos mit den Porträts der Alten hängen, deren faltige Gesichter durch die Injektionen mit Schlangengift (natürlich als Ersatz für Botox) der Kosmetologin und Regisseurin Laura geglättet worden waren. Und so sieht man sie nun ihre Idole imitieren: Clark Gab-

le, Audrey Hepburn, Humphrey Bogart, Greta Garbo, John Wayne, Marlene Dietrich, Bette Davis und viele andere. Die Ältesten, also diejenigen, die neunzig Jahre alt oder älter waren, genau die wollten paradoxerweise, und das umso stärker, je mehr wir versuchten sie davon zu überzeugen es nicht zu tun, sich unbedingt als Michael Jackson verkleiden, mit weißen Handschuhen und einer Tunika wie Jesus; eine Andere wollte Lady Gaga sein, obwohl sie mit dieser Krone auf dem Kopf eher aussah wie die Freiheitsstatue; ein Anderer wollte Karl Lagerfeld imitieren, aber da er eine Glatze hatte und dazu noch an Parkinson litt, mussten wir wirklich enorm geschickt vorgehen, damit er am Ende mit dem entsprechenden Pferdeschwanz auf dem Foto erschien. „Hey, bleib doch mal ruhig und zittere nicht so, denn wir werden Dir jetzt diese Matte aus Pelikanfedern auf dem Kopf befestigen, was hältst Du davon?", sagte ich ihm, daran erinnere ich mich so gut, als sei es gestern. Natürlich durfte auch ein Boris Karloff als Mumie nicht fehlen, und dieser andere Alte wiederum, der bleicher war als ein Geist, setzte sich einen Motorradhelm auf: „Ich bin Neil Armstrong und ich werde, nachdem ich selbstverständlich ein zweites Mal zum Mond geflogen bin, weiter zur heißesten Ecke des felsigen Planeten Merkur fliegen, um mal zu schauen, ob ich da ein wenig sonnenbaden kann." Und er sagte mir das ganz ernst. Später erfuhr ich, dass er bereits mehrere Male versucht hatte sich das Leben zu nehmen, aber immer damit gescheitert war, weil er stets einen zu langen Strick genommen hatte, um sich zu erhängen, sodass er jedes Mal lebendiger als eine Eidechse auf dem Boden gelandet war. Die rebellischsten, exzentrischsten, idealistischsten und revolutionärsten Veteranen zum Beispiel zweifelten nicht eine Sekunde daran, dass sie zumindest für einen Tag Che Guevara oder Evita Perón mit ihrem Don't Cry for me Argentina sein würden, oder etwas dieser Art. Es erschien auch ein Mahatma Gandhi auf der Bühne, und da der Alte glatzköpfig, mager und recht kaputt war, konnte man sagen, dass er genau so aussah. In diesem ganzen Ensemble aus Veteranenmodells gab es drei Alte, die aussahen wie „The Three Stooges" und das motivierte mich natürlich dazu ihnen sehr enthusiastisch zu sagen: „Hey, Ihr, Ihr Three Stooges! Jetzt tut Euch aber mal schnell zusammen, genau so, sehr gut ... noch enger, nur keine Angst, ich mach eine Aufnahme von Euch als Moe, Curly und Larry!" Natürlich durfte auch eine Andere nicht fehlen, die gerne die extravagante Nina Hagen sein wollte, ein Anderer Alice Cooper, Salvador Dalí; es gab sogar einen, der die Dreistigkeit besaß mich zu fragen, ob er Adolf Hitler sein könnte, und ich sagte ihm: „Ja klar, warum nicht, aber vorher verprügeln wir Dich und schicken Dich in eine Dusche, aus der Zyanid kommt." Alles war sehr lustig, denn im Grunde, ganz tief im Grunde, sind wir doch alle so: jeder Einzelne ist unzufrieden mit sich selbst und möchte ein Anderer sein, oder zumindest wie ein Anderer aussehen. Ich muss Dir sagen, dass wir sogar vor Freude ge-

weint haben und für den einen oder anderen Augenblick auch all unsere Beschwerden, Schmerzen und Leiden vergessen konnten. Dieses Ereignis hat Doktor Abiman so gut gefallen, dass sie mir sehr überrascht sagte: „Das ist unglaublich, Tilo, ich kann es nicht fassen, ausnahmslos alle haben die Freude wiederentdeckt! ... Stell Dir vor, sogar ich selbst, die ich Ärztin bin, um ihnen allen zu helfen, bin nie auf diese Idee gekommen." Und ich dachte still bei mir: „Ja, aber alles Dank dieser halluzinogenen Pflanze, die Du mir immer verschreibst", und lächelte sie nur ein wenig schuldbewusst an. Die Ärztin umarmte mich so innig, dass Fräulein Fatzke (das heißt meine Frau) sogar einen Eifersuchtsanfall bekam. „Das ist nicht alles", fuhr sie mir zu sagen fort, „ich persönlich werde mich darum kümmern, dass diese Art von Aktivitäten auch im Krankenhaus Dresden-Friedrichstadt und im Universitätsklinikum Carl Gustav Carus, wo ich meine Vorlesungen für die Studenten abhalte, durchgeführt werden." Und so war es, denn acht Monate später wurden diese Nachahmungen für Kranke nicht nur an diesen beiden Krankenhäusern eingeführt, sondern außerdem auch auf alle Altenheime und Altenpflegestätten in Dresden ausgeweitet. Es ist erstaunlich, dass ich das alles noch machen konnte, Morbo, denn jetzt fühle ich mich schwächer als ein Fliegenschiss (der Mist dient wenigstens als Dünger), fühle, dass ich im Sterben liege, schon fast nicht mehr existiere, und in diesem gesegneten elektrischen Rollstuhl jetzt nur noch auf den Tod warte. Aber nun gut ... das ist jetzt nicht wichtig, denn ich fühle mich trotzdem glücklich, sehr glücklich, weil ich diese letzte meiner Aufgaben erfolgreich abgeschlossen habe. Ist das nicht vielleicht schön? Wofür also noch weiterleben, Morbo, wenn ich alles erreicht habe, was ich im Leben wollte? Alle, die mich immer begleitet haben liebe ich und werde ich immer sehr lieben. Ich glaube, wenn ich nicht krank geworden wäre, hätten wir Beide, Du und ich Morbo, uns niemals kennengelernt, und ich wäre mir nie darüber klar geworden, was ich im Leben gut oder schlecht gemacht habe. Es ist überraschend, und obwohl Du es mir vielleicht nicht glaubst, aber ich sehe jetzt alles viel klarer, nur dass ich mich in diesem Moment so unendlich müde fühle ... Verdammt, ich würde so gerne nur schlafen, schlafen und schlafen. Na gut, ich weiß nicht, ich glaube, du verstehst mich, mein stürmischer Morbo, oder meine Morbide Faszination, ich glaube es ist so weit, dass ich mich verabschieden muss. Wir Beide haben am Ende gewonnen: Du, weil ich es zuließ, dass Du Dich bis zum Ende von meinen gesunden Zellen ernähren konntest, und ich, weil ich es durch unseren Pakt geschafft habe, bis zum Ende, bis zu diesen letzten Zeilen zu schreiben. Was für eine Erleichterung, endlich habe ich ihn gefunden, da ist er: Der ungewisse Zustand. Ich sehe es ganz deutlich: eine schwarze, unberührbare Masse, so wie eine Sturmwolke, die sich auflöst, ja, das ist es, denn der Wechsel von einem schlechten Zustand in einen anderen, ungewissen, kann nichts anderes sein als eine Sturmwolke, die sich immer-

zu bewegt und deren Zentrum sich mit Energie füllt, immer mehr Energie, bis zum BUMM! ... und sie sich befreit, es regnet, immerzu regnet und sie sich auflöst. Bingo, ich bin ein Genie! Danke, Morbo, danke ..."

Andere Titel des Autors

Meine Opfer
BOD, 2008, Deutschland; ISBN 978-3-8370-6208-3

¿Por qué a mí?
BOD, 2008, Deutschland; ISBN 978-3-8370-4938-1

El expresionista
BOD, 2004, Deutschland; ISBN 978-3-8334-1812-9

La dulce espera
BOD, 2006, Deutschland; ISBN 978-3-8334-4471-5

www.fredericlujan.com

www.flujanz.blogspot.com

MIX
Papier aus verantwortungsvollen Quellen
Paper from responsible sources
FSC® C105338